陈洪 著

“西游”新说十三讲

中華書局

图书在版编目(CIP)数据

“西游”新说十三讲/陈洪著. —北京:中华书局,2022.11
(2025.4重印)
ISBN 978-7-101-15890-8

Ⅰ.西… Ⅱ.陈… Ⅲ.《西游记》研究 Ⅳ.I207.414

中国版本图书馆 CIP 数据核字(2022)第 171591 号

书　　名	“西游”新说十三讲
著　　者	陈　洪
责任编辑	董邦冠
插　　图	张　旺
装帧设计	周　玉
责任印制	管　斌
出版发行	中华书局 (北京市丰台区太平桥西里 38 号　100073) http://www.zhbc.com.cn E-mail:zhbc@zhbc.com.cn
印　　刷	三河市鑫金马印装有限公司
版　　次	2022 年 11 月第 1 版 2025 年 4 月第 2 次印刷
规　　格	开本/920×1250 毫米　1/32 印张 11¾　插页 2　字数 250 千字
印　　数	6001-7000 册
国际书号	ISBN 978-7-101-15890-8
定　　价	58.00 元

目　录

绪　论

《西游记》是一部影响久远、风格独特的古典名著。一方面，通俗、浅显，所包含的童话元素“老幼咸宜”；另一方面，自问世以来，歧解纷纭，特别是其独树一帜的话语形态，引发了种种相差悬殊的解读。

明清两代的数百年间，阐释者纷纷挖掘《西游记》的微言大义，或言“《华严》之外篇”，或言“合二氏之妙而通之于《易》”，或言“证圣贤儒者之道”，或言“金丹奥旨”。这种种说法，到新文化运动兴起，被鲁迅与胡适一扫而光。应该说，《西游记》的基本属性是文学，是一部通俗小说。从这个意义上讲，鲁迅与胡适的“扫荡”是有道理的。但是，也还有一个困惑，二位当年似乎没有想到：同一时代，同一文体，同一类型，同一长篇的神魔小说《封神演义》与《西洋记》，为什么没有这样热闹纷纭的“深化”解读呢？特别是《封神演义》，其传播之广泛，影响之深远，较之《西游记》均不遑多让——尤其是在“旧时代”，却也没有类似的解读现象。

原因只能从文本本身去找。也就是说，《西游记》文本具有“诱发”深入解读的成分，这种文本现象是这部小说所特有的。

从这个角度考察《西游记》的作品，学界尚不多见。

由这个角度延伸出去，就面临着两个根本性难题待解：一个是作品的话语系统与叙事态度之间的矛盾。作品在叙事过程中使用了大量道教内丹学的话语，甚至抄录了为数不少的全真道诗词、文章。但是，小说的故事情节却有很多对道教不利，甚或敌视的安排。对此，学界大多持回避的态度，视如不见。如何解释这一矛盾现象，既是阐释文本无法回避的话题，又与另一个“主旨”问题密切相关。作品的主旨问题则是解读《西游记》的另一个大难题。我们历来把“大闹天宫”当作反抗昏聩的天庭统治来理解，甚至有“折射农民起义”的说法。但是，这就与后文的悟空皈依，特别是皈依后剿灭其他魔怪的情节产生了逻辑上的矛盾。现在对此矛盾的一般解读办法就是“两截化”，各说各的。但这样绕过矛盾来解读一部长篇名著，毕竟不是谨严、有说服力的做法。

本书就是要解决这两个难题，故腼颜名之为“新说”。

由于思维惯性，也由于知识结构的局限，人们对于自己不熟悉的方法、不理解的观念，有时会不假思索地拒斥。“新说”可能也会面临如此境地——但愿只是杞忧，阿弥陀佛！

惟此杞忧，饶舌两句，望学界朋友稍加留意：

本书立论，秉胡适名言：“拿证据来。”“有一分材料说一分话。”材料有承诸前辈学人者，也颇有“自家凿破一片田地”（严沧浪语）的；

对已有材料的解释，设若有数种可能，当取逻辑圆通、自洽者，当取简洁、明快者。此为数理学科之通例，“他山之玉”，人文学科似宜借鉴之。

一点说明：本书所引《西游记》之文本，均取人民文学出版社1980年5月第二版的整理本，行文中不再一一注出。

第一讲　出发点：讲的是哪本《西游记》？

一

我们要讲的是哪本《西游记》？

初看起来，这个问题有点奇怪。

其实并不然。

第一讲由此开始，是基于两点考虑：一、书名标作“西游记”的小说，并非一种，而彼此间差异不小。先把研究、讨论的对象确定下来，自然是所有话题的出发点。二、借此梳理一下各种《西游记》之间的大致关系，与本书要讨论的核心问题——《西游记》的成书过程，有着直接的关联；先来讲一讲“哪本”，也是为后文的讨论做个铺垫。

书名标作“西游记”的小说，据孙楷第《中国通俗小说书目》所载，便有13种之多。当今读者面对的“通行本”，乃是其中若干种的综合整理本。当今通行本中影响最大的则是人民文学出版社1980年版的整理本。这个整理本卷首的《关于本书的整理情况》中讲到整理的宗旨：1.以明万历金陵世德堂刊“新刻出像官板大字《西游记》”为基础，参以明崇祯刊“李卓吾批评《西游记》”及清代《西游证道书》《新说西游记》等共计7种校核。其理由是“（世德堂本）在今天所见到的许多刻本中，却是最早的”。2.“除了‘书业公记’本《新说西游记》外，其他清代刻本，实际上是世德堂本的删节本。”3.把《西游证道书》中的唐僧出身传部分补充到世德堂本之中，作为第八回的“附录”——理由是怀疑世德堂本原有唐僧出身的文字不知何故被刊落，而“证道书”的出身传部分却又较为拙劣粗疏。

可以说，这些处理都是很恰当的，突出了世德堂本在《西游记》成书、传播过程中的核心地位，也是符合文学史实际情况的。

至于世德堂本的成书过程，人民文学社通行本的《前言》则采取了学界通行的说法，即四阶段说：唐初的《大唐西域记》《三藏法师传》为第一阶段，二者的基本属性为宗教历史文献。南宋的《大唐三藏取经诗话》与元末的《西游记平话》为第二阶段——前者主体尚存，惟时代存疑；后者仅见断简残篇，时代也有不同看法。第三阶段，元明之际的多种戏剧，其中仅明前期杨景贤杂剧《西游记》尚得睹全貌——同样，时代存疑。最后，第四阶段，明嘉、隆、万时期的吴承恩“集大成”“再创作”——成果便是前面提到的世德堂本《西游记》。而其结论是：“《西游记》是我国古代人民群众集体创作和作家创作相结合的成果。可以说，没有关于《西游记》的民间文学，就没有吴承恩的《西游记》。”

此《前言》撰于二十世纪七十年代，“人民群众”“民间文学”云云，明显带有那个时代的印记。说《西游记》的成书属于“世代累积”型，这个大思路肯定没有问题。但是，抬出“人民群众”，就过于笼统，甚至不着边际了。另外，与“成书过程”密切相关的一个学术难题——诸多《西游记》版本中，繁本与简本孰先，则被《前言》的作者完全回避了。

二

讨论一部作品的作者以及成书过程，主要可以从两条路径入手：一条是着眼于题署、序跋，以及著录、笔记等方面，另一条则是直接面对文本，由故事情节的源流演变、语言文字的沿袭及“互文”等方面，探寻蛛丝马迹。[1]

下面，我们便以世德堂本《西游记》为坐标的原点，回溯唐初的两个宗教历史文献，然后再顺流而下，看一看在这个“世代

① 这种方法的一个典型例证是马幼垣对《水浒传》成书过程的分析。例如他揭示了文本中的不合情理之处：穆弘位列天罡，明显德不配位，从而推论世代累积过程应该有一失落的中间环节，是有关穆弘能力或贡献的内容（见《水浒论衡》，生活·读书·新知三联书店，2007年）。虽为推论，却具有说服力。

累积”的漫长时段中，“取经西游”的故事是怎样发展演化的。

由玄奘口述、辩机执笔的《大唐西域记》，总体观之当属于一部文化地理类著作。顾名思义，全书的内容为广义的“西域”地理风貌——包括中亚、南亚数十个国家的地理位置、山川河流，以及政治、文化、物产等方方面面的内容。其中作者特别予以关注的是各国的宗教生态。不夸张地讲，该书所记几乎可视为半部印度佛教史。而作者玄奘其实兼具双重身份：一重是探险家、跨文化交流的学者，一重是朝圣、弘道的宗教圣徒。于是，全书也就具有了两种不同笔法的记述。一种笔法是客观的，特别是涉及地理、物产、政治等方面内容时。另一种就是宗教色彩较为浓郁的，在涉及宗教历史的时候尤其明显。不过，玄奘还是注意后一方面书写时的分寸感。在讲述佛教历史的各种神异性内容时，大多加上“传说”“故事”，甚至强调“闻诸先志云”——我只是听说而已。

就《大唐西域记》的具体内容看，几乎与小说《西游记》没有丝毫瓜葛——除了玄奘取经这一基本史实外。反过来讲，小说《西游记》的作者们（写定者“吴承恩”[①]以及累积过程中的其他无名作者）似乎并没有读过《大唐西域记》，否则不会对书中大量的宗教神异故事、地理路线一无采择，对取经卷数以及经目这一类最基本的材料也竟然弃而不取。

① 近三十年来，吴承恩的作者身份受到质疑，迄无定论。此问题不在本书讨论范围之内。为行文方便，仍依旧说。下文之小说《西游记》作者概称吴承恩，不另加说明。注释中《西游记》引文均据人民文学出版社1980年版，不另标作者、出版社。

稍后，由玄奘门徒慧立、彦悰撰写的《大唐大慈恩寺三藏法师传》，情况就大有不同了。如果说《大唐西域记》的神异描写大多是宗教史书写的题中应有之义，而且作者往往以“传说”来收敛笔锋的话，《三藏法师传》的神异描写就是着意张扬作者之师玄奘的超凡身份。如开篇讲述玄奘西行，一连写了三个梦：出生时其母便“梦法师着白衣西去”；玄奘将出发时求吉兆，便梦见富丽堂皇的苏迷庐山，而有石莲花与神奇的旋风助其登顶；玄奘为向导之事对弥勒像祈愿，便“有胡僧达摩梦法师坐一莲华向西而去”。而西行途中，类似的神话笔墨比比皆是，最夸张的竟称文殊、观音、弥勒联袂显灵，为玄奘“导夫先路”。可以说，《三藏法师传》是玄奘西行求法的史实迈向神话小说的第一步。

如果我们以世德堂本《西游记》为坐标原点，向前回溯，会发现《大唐大慈恩寺三藏法师传》的一系列情节与小说《西游记》已有血脉关联。为更清楚显示，列表如下：

卷数	《大唐大慈恩寺三藏法师传》	《西游记》	回数
卷一	胡翁曰：“师必去，可乘我马。此马往反伊吾已有十五度，健而知道。师马少，不堪远涉。”法师……心以为当，遂换马。	观音：“你那东土来的凡马，怎历得这万水千山？”（遂换龙马）	十五回
卷一	胡人乃拔刀而起，徐向法师，未到十步许又回，不知何意，疑有异心，即起诵经，念观音菩萨。胡人见已，还卧遂眠。	（行者）“心上还怀不善”“望唐僧就欲下手”“长老口中又念了两三遍”“（悟空）只得回心”	十四回

续表

卷数	《大唐大慈恩寺三藏法师传》	《西游记》	回数
卷一	胡人自行数里而住，曰："弟子不能去。家累既大而王法不可忤也。"	八戒多次欲回高老庄，"回炉做女婿"。	三十回
卷一	沙河，上无飞鸟下无走兽，复无水草。	流沙河……仙槎难到此，莲叶莫能浮	八、二十二回
卷一	初，法师在蜀，见一病人，身疮臭秽，衣服破污。愍将向寺，施与衣服饮食之直。病者惭愧，乃授法师此经，因常诵习。至沙河间……	"见菩萨变化个疥癞形容，身穿破衲，赤脚光头"	十二回
卷二	不信佛法，以事火为道。有寺两所，迥无僧居。客僧投者，诸胡以火烧逐不许停住。	观音院僧人先是"不许停住"，后又放火行凶。	十六回
卷四	王宫侧有佛牙精舍，高数百尺，以众宝庄严，上建表柱，以钵昙摩罗伽大宝置之刹端。光曜映空，静夜无云，虽万里同睹。……后有人欲盗此珠。	祭赛国，金光寺宝塔上供舍利，"夜放霞光，万里有人曾见"……碧波潭老龙将舍利盗去。	六十二回
卷四	西南海岛有西女国，皆是女人，无男子……	"西梁女国，尽是女人，更无男子。"	五十三回
卷五	法师乘象涉渡……将至中流，忽然风波乱起，摇动船舫，数将覆没……遂失五十夹经本及花种等，自余仅得保全。	唐僧乘老鼋涉渡，"连马并经，通皆落水"，于是经有残缺。	九十九回

显然，《三藏法师传》的某些故事在漫长的"世代累积"过程中，渗入了《西游记》开放的机体之中，最终被消化成了小说的内容。不过，与世德堂本《西游记》的相关内容比较，除了文字简单粗糙之外，还有两个大的不同。

一个是小说的主角猴王孙悟空还没有出现。

另一个是小说中讲述这些故事时，一种特殊的话语系统在《法师传》中也还没有踪迹。

所谓的“特殊的话语系统”，指的是把道教内丹学的术语嵌入到叙事话语之中。即如上述各节，《西游记》十五回写换马，“只因路阻鹰愁涧，龙子归真化马形”的“归真”；十四回写行者起恶念，“心猿归正，六贼无踪”的“心猿”；三十回写悟空放逐、八戒离心，“邪魔侵正法，意马忆心猿”的“心猿”“意马”；二十二回写流沙河收悟净，“一个是久占流沙界吃人精，一个是秉教迦持修行将”“只因木母克刀圭，致令两下相战触”的“秉教迦持”“木母”“刀圭”；六十二回的祭赛国悟空、八戒寻失宝，“木母遭逢水怪擒，心猿不舍苦相寻”的“木母”“心猿”；五十三回过女儿国，“黄婆运水解邪胎”的“黄婆”、“真铅若炼须真水，真水调和真汞干。真汞真铅无母气，灵砂灵药是仙丹”的“真铅”“真汞”；九十九回返程落水，“秉证三乘随出入，丹成九转任周旋”的“丹成九转”、“婴儿枉结成胎象，土母施功不费难。推倒旁门宗正教，心君得意笑容还”的“婴儿”“结胎”“土母”“心君”，都是典型的例证。作为宗教历史文献的《三藏法师传》，它的叙事并没有特殊的宗教话语因素掺杂其中。而通俗小说《西游记》中反而出现的这种话语现象，是我们梳理“累积”过程要特别予以关注的一个方面。

按照同一思路，我们顺流而下，再来考察《大唐三藏取经诗话》之情节与小说《西游记》的血脉关联。同样是列表如下：

第二	秀才曰：“我不是别人，我是花果山紫云洞八万四千铜头铁额猕猴王。我今来助和尚取经。”……当便改呼为猴行者。	那猴道：“我是五百年前大闹天宫的齐天大圣……愿保你取经。”	十四回
第三	天王赐得隐形帽一事，金镮锡杖一条，钵盂一只。三件齐全，领讫。法师告谢已了……	观音赐唐僧三件宝物：锡杖、袈裟、紧箍。	十二、十四回
第五	主人曰：“今早有小行者到此，被我变作驴儿，见在此中。”猴行者当下怒发，却将主人家新妇，年方二八，美貌过人，行动轻盈，西施难比，被猴行者作法，化此新妇作一束青草，放在驴子口伴。主人曰：“我新妇何处去也？”猴行者曰：“驴子口边青草一束，便是你家新妇。”主人曰：“然！你也会邪法？我将为无人会使此法。今告师兄，放还我家新妇。”猴行者曰：“你且放还我小行者。”主人噀水一口，驴子便成行者。猴行者噀水一口，青草化成新妇。	• 与二郎神变化争胜。 • 黄袍怪施法将唐僧变虎；悟空喷水使“长老现了原身”。 • 与虎力大仙赌变化。	六、三十、三十一、四十六回
第六	云雾之中，有一白衣妇人，身挂白罗衣，腰系白罗裙，手把白牡丹花一朵，面似白莲，十指如玉。睹此妖姿，遂生疑悟。猴行者曰：“我师不用前去，定是妖精。待我向前问他姓字。”猴行者一见，高声便喝：“汝是何方妖怪，甚处精灵？久为妖魅，何不速归洞府？……更若踌躇不言，杵灭微尘粉碎！”白衣妇人见行者语言正恶，徐步向前，微微含笑，问师僧一行，往之何处。	“妖精停下阴风……变做个月貌花容的女儿，说不尽那眉清目秀，齿白唇红……行者笑道：‘……你瞒了诸人，瞒不过我！我认得你是个妖精！’”	二十七回

续表

第六	猴行者曰："汝若未伏，看你肚中有一个老猕猴！"……遂教虎精开口，吐出一个猕猴，顿在面前，身长丈二，两眼火光。……猴行者化一团大石，在肚内渐渐会大。教虎精吐出，开口吐之不得；只见肚皮裂破，七孔流血。	孙悟空先后钻入黑熊精、铁扇公主、蟒蛇精、青毛狮子精、老鼠精的肚子。把蛇精肚子撑破。	十七、五十九、六十七、七十五、八十二回.
第八	深沙云："项下是和尚两度被我吃你，袋得枯骨在此。"和尚曰："你最无知。此回若不改过，教你一门灭绝！"深沙合掌谢恩，伏蒙慈照。	（流沙河怪）："我在此间吃人无数，向来有几次取经人来，都被我吃了。"	八回
第十	入到国内，见门上一牌云"女人之国"。……近前相揖："起咨和尚，此是女人之国，都无丈夫。今日得覩僧行一来，奉为此中起造寺院，请师七人，就此住持。且缘合国女人，早起晚来，入寺烧香，闻经听法，种植善根；又且得见丈夫，夙世因缘。不知和尚意旨如何？"法师曰："我为东土众生，又怎得此中住院？"女王曰："和尚师兄岂不闻古人说：'人过一生，不过两世。'便只住此中，为我作个国主，也甚好一段风流事！"和尚再三不肯，遂乃辞行。	"此处乃西梁女国，国中自来没个男子。今幸御弟爷爷降临，……我王十分欢喜，道夜来得一吉梦，梦见金屏生彩艳，玉镜展光明，知御弟乃中华上国男儿，我王愿以一国之富，招赘御弟爷爷为夫。"	五十四回
第十	此中别是一家仙，送汝前程往竺天。要识女王姓名字，便是文殊及普贤。	黎山老母不思凡，南海菩萨请下山。普贤文殊皆是客，化成美女在林间。	二十三回
第十一	行者曰："我八百岁时，到此中偷桃吃了，至今二万七千岁，不曾来也。"法师曰："愿今日蟠桃结实，可偷三五个吃。"猴行者曰："我因八百岁时，偷吃十颗，被王母捉下，左肋判八百，右肋判三千铁棒，配在花果山紫云洞……"	"乱蟠桃大圣偷丹"	五回

续表

第十一	猴行者曰：“此桃种一根，千年始生，三千年方见一花，万年结一子，子万年始熟。若人吃一颗，享年三千岁。”师曰：“不怪汝寿高！”猴行者曰：“树上今有十余颗，为地神专在彼处守定，无路可去偷取。”师曰：“你神通广大，去必无妨。”说由未了，攧下三颗蟠桃入池中去。师甚敬惶。问：“此落者是何物？”答曰：“师不要敬，此是蟠桃正热，攧下水中也。”师曰：“可去寻取来吃。”猴行者即将金镮杖向盘石上敲三下，乃见一个孩儿，……行者放下金镮杖，叫取孩儿入手中，问：“和尚，你吃否？”和尚闻语，心敬便走。被行者手中旋数下，孩儿化成一枝乳枣，当时吞入口中。	“……后面一千二百株，紫纹缃核，九千年一熟，人吃了与天地齐寿，日月同庚。” 五庄观偷吃人参果一节，果实自落、形似小儿，唐僧拒吃，悟空等吞食诸情节与此相类。	五回、二十四回
第十五	三藏顶礼，点检经文五千四十八卷，各各俱足，只无《多心经》本。	“检出五千零四十八卷，与东土圣僧传留”。	九十八回
第十六	有一僧人，年约十五，容貌端严，手执金镮杖，袖出《多心经》，谓法师曰：“授汝《心经》，归朝切须护惜。此经上达天宫，下管地府，阴阳莫测，慎勿轻传；薄福众生，故难承受。”	“我有《多心经》一卷，凡五十四句，共计二百七十字。若遇魔瘴之处，但念此经，自无伤害。”	十九回
第十七	三藏法师从王舍城取经回次，僧行七人，皆赴长者斋筵。……长者抱儿，敬喜倍常，合掌拜谢法师：“今日不得法师到此，父子无相见面！”大众欢喜。长者谢恩。	寇长者死而复生事。	九十七回

从宗教历史文献到书场市民文学，《诗话》中西游故事的趣味性、生动性都有明显的增强。如猴行者钻进妖怪肚子、猴行者

与唐僧商议偷吃蟠桃、猴行者与树人国妖人斗变化等，都更接近于小说《西游记》了。这些故事的内容同样在漫长的“世代累积”过程中，渗入了《西游记》开放的机体之中，最终被消化成为了小说的内容。就与小说《西游记》的“相似度”而言，《取经诗话》比起《三藏法师传》更进了一步。从累积、演变的角度看，很重要的一点，是“猴行者”出现了，而且成为“戏份”超过唐僧的角色。

不过，前面提到的小说讲述故事时那种特殊的话语系统——浓厚的内丹学色彩，仍然没有踪迹。

细考察，小说《西游记》的“内丹话语”以韵文形式出现的比例是很高的，如“木母遭逢水怪擒，心猿不舍苦相寻”“真铅若炼须真水，真水调和真汞干。真汞真铅无母气，灵砂灵药是仙丹”“婴儿枉结成胎象，土母施功不费难”等。《三藏法师传》却是用散文书写，通篇没有韵文，这未免使得可比性打了折扣。相比之下，《取经诗话》每节皆有韵文，使得这个角度的比较更有意义一些。例如《诗话》中：“百万程途向那边，今来佐助大师前。一心祝愿逢真教，同往西天鸡足山。”“东土众生少佛因，一心迎请不逡巡。天宫授赐三般法，前路摧魔作善珍。”“行过蛇乡数十里，清朝寂莫号香山。前程更有多魔难，只为众生觅佛缘。”

有趣的是，这些韵语中也多有宗教话语，如“佛因”“佛缘”“鸡足山”等，而细加比较却发现，这里的宗教话语都是地道的佛教语词，和世德堂本《西游记》的“黄婆”“木母”之类道教内丹术语迥然相异。于是，一个问题自然产生：在故事世代累积的过程中，讲述佛教故事的佛教语词在什么时候被置换为（或是掺杂了）道教内丹的术语呢？

从逻辑上讲，只有两种可能：一种是最终的写定者“吴承恩”对道教内丹术感兴趣，把它夹带进小说叙事之中；另一种则是在《取经诗话》与《西游记》之间还有一个演化的中间环节，这个环节与道教内丹术有关联。

哪一种可能性更大、更合理呢？

第一种可能，面对着严重的情理困境与逻辑困境，基本可以排除。不过，具体的这两个困境问题，我们要留待第二讲再加分说。

第二种可能性则与《西游记》研究中一个“老大难”的话题直接关联，就是“繁本”与“简本”的关系问题。换言之，在世德堂本《西游记》（“繁本”的代表）与《取经诗话》之间，是否横亘着一种“简本”《西游记》？这也是不得不加辨析的前提性问题。

三

所谓“繁本”，指的是前面提到的世德堂刊《西游记》、“李卓吾批评《西游记》”，以及清代刊刻的《西游证道书》《西游真诠》等版本。“繁”有两重意思，一重指的是篇幅浩繁，一重指的是繁枝密叶式的文学性描写笔墨。

所谓“简本”，指的是杨致和的《西游记传》与朱鼎臣的《唐三藏西游释厄传》。“简”也有两重意思，一重指的是篇幅简短，一重指的是缺少文学性描写笔墨，大部分只是粗陈梗概的粗线条简单叙述。

这两类本子主要情节基本相同，文字重合之处亦甚多，肯定是有密切关系。但彼此之间是何种关系，却是纠缠了近一个世纪的未了公案。

鲁迅《中国小说史略》主张吴承恩的繁本乃取杨致和的简本“扩写”而成。其略云：“一百回本《西游记》，盖出于四十一回本《西游记传》之后……《西游记》全书次第，与杨致和四十一回本殆相等……惟杨志和本虽大体已立，而文词荒率，仅能成书；吴……加以铺张描写，几乎改观。”①

郑振铎在二十世纪三十年代有《西游记的演化》一文，主张朱鼎臣本与杨致和本——两种“简本”，都是吴承恩的繁本的删节改写本，简言之，简本是由繁本“缩写”而成。

其后，鲁迅从善如流，改正了自己的观点，承认繁本在先。但学界主张“扩写”的仍大有人在，有日本学者也加入到了论争之中。同时，问题又涉及同为简本的朱本与杨本的关系，其状犹如治丝，唯见益棼而已。

① 鲁迅：《中国小说史略》，《鲁迅全集》第九卷，人民文学出版社，2005年，第167—168页。

对于这个复杂的版本问题，因其与本书主旨关系不大，故不作全面的展开性讨论。但作出基本的判断，则是不容回避的学术前提。

版本问题也是可以从多种不同角度切入的，其中一个很重要的角度就是文本的比勘。而比勘可以是全面的，也可以是抓住一二要领，发现不可逆的关系，一锤定音。[①]我们就以繁、简本某些特别的语词为靶标，看看有没有不可逆现象。

吴本三十回写孙悟空被唐僧驱逐回了花果山，沙僧被黄袍怪擒住，八戒败阵落荒逃走，白龙马救主不成受了重伤，于是有一首诗描写如此惨状：

意马心猿都失散，金公木母尽凋零；
黄婆伤损通分别，道义消疏怎得成！

这里面出现了“金公”“木母”“黄婆”这样的道教内丹术语，还有佛教、道教皆习用的“心猿”“意马”这样的修心常用语。

杨本卷三的“猪八戒请行者救师”一节节末同样有这首诗，一字不差。朱本则没有。

检索吴本，这些特别的语词都是出现多次，如“金公”4次，“木母”15次，“黄婆”7次，“心猿”27次，“意马”4次。另外，

---

① 英国学者魏安在《三国演义版本考》（上海古籍出版社，1996年）中提出“串句脱文”判断法，以“不可逆性”为据，以简驭繁，有效且可信。

还有若干变格的用法，如变“金公”为“金老”，变“心猿意马”为“马猿”，等等。这些散布于吴本全书的特别语词，彼此之间具有内洽的逻辑联系，如“金公”“心猿”专指孙悟空，“木母”专指猪八戒，“黄婆”专指沙和尚。这些称谓与他们各自的性格，与他们相互的关系，都有一定的关联性。也就是说，这些镶嵌在叙事文本中的特别词语并非率意、偶然使用，而是具有特定的意义，并成为覆盖全书的一种意义网络。如真假猴王一段，五十七回写沙僧去花果山寻孙悟空，有诗云：

> 身在神飞不守舍，有炉无火怎烧丹。黄婆别主求金老，木母延师奈病颜。
>
> 此去不知何日返，这回难量几时还。五行生克情无顺，只待心猿复进关。

“黄婆”求“金老”喻指沙僧求悟空，[①]“心猿进关”喻指悟空回归取经队伍。而接下来的五十八回更有“二心搅乱大乾坤”，喻指真假猴王。在情节演进中，作品还一再把这个比喻用法生发开来，作为揭示有关内容隐喻价值的手段。如：“看那两个行者，飞云奔雾，打上西天。有诗为证。诗曰：人有二心生祸灾，天涯海角致疑猜……禅门须学无心诀，静养婴儿结圣胎。”“（如来）

---

① 以“金老”代“金公”，有亲切感，正是道教人士以人事比喻丹道的常用手段，如王重阳有“金翁须是娶黄婆”之语。

对大众道：‘汝等俱是一心，且看二心竞斗而来也。’”“一心”“二心”显然是与“心猿”的称谓有着直接关联的。

而杨本中虽然也有“意马心猿”那首诗，但在全书中，“金公”“木母”“黄婆”仅此一见，前无踪后无影，亦无任何意义关联。“心猿”一词虽出现了两次，其中的寓意也是毫无体现。朱本的情况也大体相同。在真假猴王一段，杨本、朱本都是草草叙过，不过几十字而已，“一心”“二心”之类的话题根本不曾出现。

从写作的规律讲，叙事过程中忽然插入毫无意义的若干词语，这是无法想象的；而后继者又把这莫名其妙的插入成分赋予意义，并扩展到全书构成有机的意义系统，更是无此道理。

仅此一端，便由其“不可逆性”证明，这几种版本之间，只能是删繁为简，而绝无扩简为繁的道理。

为了增强说服力，我们还可举出几个类似的例子。

《西游记》中，不只是孙悟空有多种称谓，唐僧同样不止一个名字，如“三藏”“唐僧”“玄奘”“长老”“法师”等。其中使用最多的是“三藏”，或“唐三藏”。因而，这个名称的由来、意义便是个需要交代的关目。

简本《西游记传》卷二是这样交代的：“玄奘谢恩。唐王排驾，与众官送至关外。太宗与御弟曰：‘我知你出家人无号，当时菩萨说：西天有经三藏，御弟可指经为号作三藏。’玄奘又谢出关。”《西游释厄传》卷六与之基本相同：“玄奘谢恩。唐王排驾，与众官送至关外。太宗与御弟曰：‘我知你出家人无号。当时菩萨说，西天有经三藏。御弟可指经取号，号作‘三藏’何如？’……三藏就谢太宗之恩，径辞出关而去。”二书交代的取名缘起都是太宗赐名，而赐名的原因是“当时菩萨说：西天有经三藏，御弟可指经为号作三藏”。可是，很奇怪，两本书的菩萨都没有讲过“西天有经三藏”的话。

《西游记传》的有关段落是这样写的：“菩萨道：‘你那法师讲的是小乘，超不得生，度不得亡。’太宗正色问道：‘你那大乘佛法，在于何处？’菩萨道：‘在西天竺国大雷音寺我佛如来处。’”

《西游释厄传》则是这样写的：“菩萨道：‘你那法师讲的是小乘教法，度不得亡者升天。我有大乘佛法。’太宗曰：‘在于何处？’菩萨道：‘见在西天天竺国大雷音寺我佛如来处。能解百冤之结，能消无妄之灾。’”

白纸黑字，二者都没有“菩萨说，西天有经三藏”的字样。那么，此说何来呢？

我们来看吴本的有关段落：

> 菩萨道：“你那法师讲的是小乘教法，度不得亡者升天。我有大乘佛法三藏，可以度亡脱苦，寿身无坏。”太宗正色喜问道：“你那大乘佛法，在于何处？”菩萨道：“在大西天天竺国大雷音寺我佛如来处，能解百冤之结，能消无妄之灾。”

> 太宗举爵，又问曰：“御弟雅号甚称？”玄奘道：“贫僧出家人，未敢称号。”太宗道：“当时菩萨说，西天有经三藏。御弟可指经取号，号作三藏何如？”玄奘又谢恩，接了御酒……复谢恩饮尽，辞谢出关而去。

原来如此！吴本这两段，前后照应，天衣无缝。两个简本都是删掉了前一段的“三藏”二字，以致后面出现了脱榫。

杨本由于删之过糙，竟然还出现了“玄奘又谢出关”这样的不词之句。

这显然只能以“删繁为简”来解释，而绝无可逆的几率。

类似删之过糙的文例非止一端。

与“心猿”的象征相呼应，吴本中还有一个贯穿始终的宗教性内容：《心经》。有关情节分别见于十九、二十、三十二、四十三、九十三等回之中，其中十九回“浮屠山玄奘受《心经》”用了半回篇幅，写乌巢禅师授《心经》于唐僧，并且迻录了全部经文。

《心经》的情节由来有自。《心经》全称为《般若波罗蜜多心经》，有八种汉译本，以玄奘所译最为流行。因此，就有了玄奘西行途中遇异僧“授《多心经》[①]一卷……虎豹藏形，魔鬼潜迹”的传说（见《太平广记》卷九十二）。而《大唐三藏取经诗话》则以整整一节文字写定光佛向玄奘授《心经》事，且云“此经上达

① 此经正确的简称当作《心经》，自《太平广记》误作《多心经》之后，后世取经故事多沿其误。

天宫、下管地府，阴阳莫测”。可见，在早期的取经故事中，《心经》是玄奘西行的重要成果，“授经”也是着意渲染的情节。

吴本作者承继了这一思路，故有上述围绕《心经》的多处文字。同时，他又望文生义，把《心经》之“心”（“心要”“核心”意）误读为“心猿”之“心”，使这方面的描写也纳入全书“驯心”“求放心”这一寓意系统。

关于这方面的内容，杨本有两点应予注意。一是脱略了乌巢禅师授经一段，使上下文不相衔接，二是全书只在卷二提到一次《多心经》，文字也颇有可议之处。

先看第二点。卷二“唐三藏被妖捉获”一节中，写虎精败阵逃走，“路上那师父正念了《多心经》，被他一把拿住”。这段文字很突兀：《多心经》前无来历，后无照应，令读者莫名其妙。吴本则不然。其二十回也有“路口上那师父正念《多心经》，被他一把拿住”，但前文却有三处有关的铺垫，一是乌巢禅师授经时所言“若遇魔障之处，但念此经”，二是二十回卷首，“那长老常念（《多心经》）常存，一点灵光自透”，三是虎精出现时，“三藏才坐将起来，战兢兢的，口里念着《多心经》不题”。这与“正念”一段彼此照应，是一条连贯、完整的线索。而后文又多有照应，如九十三回，孙悟空批评三藏对《多心经》“只会念得，不曾解得”，正是点明了二十回三藏诵此经，但“战兢兢”而未曾解得，因此才被妖魔捉去的题旨。显然，围绕《心经》的文字，吴本有机而系统，杨本突兀而零散。

解释同样有两种可能：一种是杨本删之未净，漏存片言只语，故既无照应，也无意义；另一种是杨本原文如此，乃早期草创之痕迹。对于第二种解释来说，经之莫名其妙而来是个不易克服的难题。这便牵涉到前面所讲的第一点——脱略问题。

在杨本“唐三藏收伏猪八戒”一节的末尾，杨本是这样写的：

> ……师徒上山顶而去。话分两头，又听下文分解。……道路已难行，巅崖见险谷。……行者闻言冷笑，那禅师化作金光，径上乌巢而去。长老往上拜谢。行者不喜他说个“野猪挑担子”，是骂八戒；“多年老石猴”是骂老孙，举棒望上乱捣……[①]

吴本相应的段落则是：

> 师徒们说着话，不多时到了山上……那禅师见他三众前来，即便离了巢穴，跳下树来（以下是禅师点悟三藏及传《心经》的描写）……那禅师笑云：“道路不难行……”行者闻言……行者道：“你哪里晓得？他说‘野猪挑担子’，是骂的八戒；‘多年老石猴’是骂的老孙。你怎么解得此意？”……[②]

① 杨致和：《西游记传》，人民文学出版社，1984年，第147页。

② 《西游记》，第248—250页。

互相比较，杨本在两个地方留下了删节的破绽。一个是删去了乌巢禅师授经而代之以“话分两头，又听下文分解”，以致“道路已难行”变成了说书人的诗赞，而下文的“那禅师”也莫知所云。[①]另一个是删去了行者与三藏的对话，结果出现了“行者不喜他说个‘野猪挑担子’是骂八戒；‘多年老石猴’，是骂老孙”这样不通的句子——通观全书，说书人称孙悟空为“老孙”，既无此文理，亦无此文例。这断是删节过于草率留下的痕迹，若无成心，绝不会作他种解释。

又如孙悟空别称“弼马温”的有关文字。

吴本是这样的：

玉帝传旨道：“就除他做个弼马温罢。”众臣叫谢恩，他也只朝上唱个大喏。玉帝又差木德星官送他去御马监到任。当时猴王欢欢喜喜，与木德星官径去到任。事毕，木德回宫。他在监里，会聚了监丞、监副、典簿、力士、大小官员人等，……这猴王查看了文簿，点明了马数。本监中典簿管征备草料；力士官管刷洗马匹、扎草、饮水、煮料；监丞、监副辅佐催办。弼马昼夜不睡，滋养马匹。日间舞弄犹可，夜间看管殷勤，但是马睡的，赶起来吃草，走的捉将来靠槽。那些天马见了他，泯耳攒蹄，都养得肉肥膘满。不觉的半月有余。一朝闲暇，众监官都安排酒席，一则与他接风，一则与他贺喜。正在欢饮之间，

① 由于朱本此处基本全同于杨本，就排除了杨本流传中脱、错的可能性。

猴王忽停杯问曰：“我这弼马温是个什么官衔？”众曰：“官名就是此了。”又问：“此官是个几品？”众道：“没有品从。”猴王道：“没品，想是大之极也。”众道：“不大不大，只唤做未入流。”猴王道：“怎么叫做‘未入流’？”众道：“末等。这样官儿，最低最小，只可与他看马。似堂尊到任之后，这等殷勤，喂得马肥，只落得道声‘好’字；如稍有些尫羸，还要见责；再十分伤损，还要罚赎问罪。”猴王闻此，不觉心头火起，咬牙大怒道：“这般藐视老孙！老孙在那花果山，称王称祖，怎么哄我来替他养马？养马者，乃后生小辈，下贱之役，岂是待我的？不做他！不做他！我将去也！”……却说那玉帝次日设朝，只见张天师引御马监监丞、监副在丹墀下拜奏道：“万岁，新任弼马温孙悟空，因嫌官小，昨日反下天宫去了。”①

写得相当生动、细致而趣味横生。而朱本则是：

玉帝传旨：“就除他做个‘弼马温’罢。”众臣叫谢恩，他也只朝上唱个大喏。玉帝就差木德星官送他御马监去到任。当时猴王欢欢喜喜，同木德星官径去到任。众监官都安排酒席，一则与他接风，二则与他贺喜。正在欢饮之间，猴王忽停杯问曰：“我这‘弼马温’是个甚么官衔也？有几品？”众监答道：“没有品从，只唤做‘未入流’。”猴王道：“怎么唤做‘未入流’？”众

① 《西游记》，第39—42页。

> 道：“末等。这样官儿，最低最小，只可与他看马。”猴王闻此，不觉心头火起，咬牙大怒道：“这般渺视老孙！老孙在花果山，称王称祖，怎么哄我来替他养马？养马乃后生小辈下贱之役。我今到任一月，这个岂是待我的？不做！不做！真不做！我将去也！”……却说玉帝设朝，高座灵霄宝殿。只见张天师引御马监监丞、监副在丹墀下拜奏道：“万岁，新任弼马温孙悟空，因嫌官小，昨日反下天宫去了。”①

这里显然存在因删简而脱榫的情况：明明是刚刚到任酒席“接风”，却出来了“我今到任一月”的话。除了“删简脱榫”，不可能有别的解释。再来看杨本：

> 玉帝传旨，就除他做个弼马温罢。玉帝又差木德星官送他到任。弼马温昼夜不睡，滋养马匹，养得天马肉肥膘满。约有半月，众监官设酒请他。猴王停杯问曰：“我这弼马温是个甚么官？是几品？”众道：“极小，没有品从，只可与他看马。”猴王闻言大怒，曰：“老孙在花果山称王称圣，怎么哄我来替他养马！”……那张天师拜奏道：“万岁，新任弼马温孙悟空，他嫌官小，昨日反下天宫去了。”②

---

① 朱鼎臣：《唐三藏西游释厄传》，人民文学出版社，1984年，第34—36页。

② 杨致和：《西游记传》，第208—209页。

看来这一段杨本与朱本的删节是“各自为战”的，所以没有出朱本那样的脱榫毛病。但是张天师直接上奏弼马温事，也显露出草率删减的痕迹。

总之，从三种版本的文本比勘中，可以发现一系列删繁为简的痕迹，其中大半是不可逆的。所以不难断定，“简本”《西游记传》与《西游释厄传》成书皆晚于“繁本”世德堂刊《西游记》。在下文以世德堂本《西游记》为坐标，“回溯”讨论小说的成书过程问题时，“简本”的因素就可以不予考虑了。

第二讲　悬念：《西游记》文本解读的两大困惑

一

现代阐释学有一个方法论意义上的悖论：文本的整体意义是要在各部分意义的整合基础上得出的，而每个部分意义的确定必须顾及整个文本的意义。

《西游记》的解读十分典型地反映出这样的困境。换言之，如果我们不是选择性遮蔽掉一些内容的话，两个根本性的悖论就会自然而然地横亘在面前：

一个是作品的主题，或称主旨。《西游记》全书给人们印象最深的部分无疑是孙悟空大闹天宫，而作者的叙事态度显然也是站在猴王的立场上，同情地讲述着他所遭受的不公正待遇，欢乐地讲述着他对昏庸的玉帝、无能的老君之流的大胆反叛。于是，二十世纪一种权威式的解读就是“这表现了农民起义”。但是，如此一来，全书的其他部分却无法安顿了——猴王成为了“孙行者”，他到处除妖降魔，而那些妖魔与他当年在花果山的角色并无二致。这种意义的断裂导致某些研究者把孙悟空比作宋江，招安了就去打方腊，所以全书是“叛徒的颂歌”。显然，这种极端的结论是和绝大多数人的阅读经验不合的。但是，你也不能不承认，他的逻辑具有自洽性。那么，问题出在哪里呢？

第二个是作品的宗教态度问题：全书讲述的是佛教故事，但文本中却充斥着道教的专用话语（前一讲已约略言及）；文本中虽然包含着大量道教话语，但全书却站在佛教的立场上，褒佛贬道，甚至流露出对道教敌视的态度（具体且听下文分说）。

指出第一个悖论，人们倒还容易理解。而对于第二个，大多数人恐怕有坠入五里雾中的感觉。因为，所谓的“道教专用话语”，现代读者根本莫知所云，阅读时对那些“奇怪”的名词都是径自跳过。但是，对于研究者，跳过绝不是严肃的学术态度，解读文本是不应该有所遮蔽的。由于这两个问题密切关联，而第一个悖论的彻底消解需要在解决第二个悖论的基础上，所以我们先从“道教话语”入手。

如前一讲所言，我们讲的《西游记》是刊刻于万历二十年（1592）的世德堂本，这也是现存最早的《西游记》。在这个本子卷首有一篇署名陈元之的《全相西游记序》，其中涉及到全书的大旨，以及“道教话语”：

> 此其书直寓言者哉！彼以为大丹丹数也，……其言始参差而俶诡可观，谬悠荒唐，无端崖涘，而谭言微中，有作者之心、傲世之意，夫不可没也。[①]

也就是说，他认为小说的故事背后有所寓意，这个寓意与道教有关。但是具体寓意是什么？关联到何种程度？陈元之并没有具体说明，而是给读者留下了想象的空间。

稍晚些的“李批本”《西游记》卷首有署名袁于令的《西游记题词》，也就这两个问题谈了看法：

> 说者以为寓五行生克之理，玄门修炼之道。余谓三教已括于一部，能读是书者于其变化横生之处引而伸之，何境不通？何道不洽？而必问玄机于玉匮，探禅蕴于龙藏，乃始有得于心也哉？[②]

他同样承认书中涵有道教的内容，但是反对拘泥于这方面的文字，主张超脱出来，从整体上理解全书的哲理性旨趣。

与这种较为含糊，但留有弹性空间的解读方式不同，入清后，《西游证道书》的出现，建立起另一种解读的模式。署名虞

① 转引自孙楷第：《日本东京所见小说书目》，人民文学出版社，1958年，第76页。
② 《李卓吾批评本西游记》，岳麓书社，2006年，第1页。

集的《西游证道书序》[①]指该书为全真道士丘处机所作：

> 而余窃窥真君之旨，所言者在玄奘，而意实不在玄奘，所纪者在取经，而志实不在取经：特假此以喻大道耳。猿马金木，乃吾身自具之阴阳；鬼魅妖邪，亦人世应有之魔障。虽其书离奇浩瀚，数十万言，而大要可以一言蔽之，曰“收放心”而已！”。[②]

他把小说的性质改变为“证道书”，认为全书的情节与人物都只是一个工具，“假此以喻大道”的工具；而这个大道就是全真教的内丹术——“吾身自具之阴阳”。

关于这部书在《西游记》批评史上的地位，孙楷第这样说：“自汪象旭此书，始以为丘长春作，‘证道’之说亦自此书倡之。”“汪氏此书，虽刻于清初，而关系却甚巨：目为‘证道书’，而开后来悟一子等之笺注附会；以为丘长春作，使后此二百余年世人不复知吴承恩之名；自谓得古本，增撰第九回陈光蕊事，自此遂为《西游记》定本也。”[③]也就是说，受它的影响，清代的几种《西游记》评点——《西游真诠》《新说西游记》《西游原旨》都把小说的性质认定为某种“道书”，而从根本上否定了作品文本

① 这篇序言的真伪，清人已有不同看法。现代研究者皆认定为伪托。其实，问题并不那么简单，存在着另外的可能性。但需另文详加分说。

②《西游证道书》，中华书局，1998年，第1页。

③《日本东京所见小说书目》，第81页。

的文学属性。

由于“证道”“真诠”之类的观点过于极端，既不符合作品文本的总体情况，也不符合大多数读者的阅读体验，于是走向了反面。新文化运动兴起，鲁迅、胡适接受了西方的文学理念，用新的眼光审视文学遗产，先后对“证道”“真诠”“原旨”之类的解读从方法到观点予以彻底的否定。鲁迅在《中国小说史略》中语带轻蔑地讲：“作者虽儒生，此书则实出于游戏，亦非语道，故全书仅偶见五行生克之常谈，尤未学佛，故末回至有荒唐无稽之经目，特缘混同之教，流行来久，故其著作，乃亦释迦与老君同流，真性与元神杂出，使三教之徒，皆得随宜附会而已。”①胡适在《西游记考证》中讲得更为决绝：

> 《西游记》被这三四百年来的无数道士、和尚、秀才弄坏了。道士说，这部书是一部金丹妙诀。和尚说，这部书是禅门心法。秀才说，这部书是一部正心诚意的理学书。这些解说都是《西游记》的大仇敌。现在我们把那些什么悟一子和什么悟元子等等的“真诠”“原旨”一概删去，还他一个本来面目。……这几百年来读《西游记》的人都太聪明了，都不肯领略那极明白的滑稽意味和玩世精神，都要妄想透过纸背去寻那“微言大义”，遂把一部《西游记》罩上了儒释道三教的袍子；因此，我不能不用我的笨眼光，指出《西游记》有了几百年逐

① 鲁迅：《中国小说史略》，第172页。

> 渐演化的历史；指出这部书起于民间的传说和神话，并无“微言大义”可说；指出现在的《西游记》小说的作者是一位“放浪诗酒，复善谐剧”的大文豪做的，我们看他的诗，晓得他确有“斩鬼”的清兴，而决无“金丹”的道心；指出这部《西游记》至多不过是一部很有趣味的滑稽小说，神话小说；他并没有什么微妙的意思，他至多不过有一点爱骂人的玩世主义。这点玩世主义也是很明白的；他并不隐藏，我们也不用深求。[①]

可以说，胡适对“道士、和尚、秀才”的扫荡不无道理，特别是借以恢复《西游记》小说、文学的基本属性，揭示其滑稽、游戏的风格特色，还是功莫大焉的。

但是，真理跨出一步就是谬误。鲁迅与胡适都遗憾地跨出了这一步。鲁迅还好一些，还承认文本中道教话语、佛教内容的存在，只是过于简单地以“偶见”“未学”否定了这些内容对于文本阐释所具有的价值。胡适则意气风发地把文本中大量存在的内容一笔抹杀，豪迈地宣称“决无”，指斥几百年的读者都是“妄想”。

由于鲁迅与胡适两位先生在学术界巨人般的存在，他们的看法也就变成了定案。而到了二十世纪五六十年代，更由于特定的意识形态的原因，涉及宗教的话题越发为人们讳莫如深了。

这种情况的改变，始于二十世纪八十年代中期。海外华人学者柳存仁在《全真教与小说西游记》中对《西游记》与全真教的

---

① 胡适：《中国章回小说考证》，上海书店，1980年，第366页。

关系问题作了相当深入的研究。他的理论贡献主要在三个方面：一是搜寻出小说文本中若干迻录的全真道士的诗词（其中有的是借鉴了日本学者太田辰夫的意见），佐以散布全书的全真教内丹术语，证明《西游记》确与全真教有相当密切的关系。二是提出了大胆的设想："是否在百回本《西游》最后编定之前，还有受过道教熏陶的本子，在元、明期间流通过，因此也掺进了百回本里面呢？"[①]三是指出小说里存在着贬斥道教的内容，与前两点似有矛盾。但是，罗马城不是一天可以建成的，柳先生的研究也留下了一些遗憾，主要有：

认定"简本的杨致和编《新锲三藏出身全传》，朱鼎臣编的《鼎锲全相唐三藏西游传》[②]这些著作，都在百回本之前"。[③]这样，在讨论可能存在的"全真本"与百回本关系时，就存有一个盲区。

由于搜罗到的小说文本中与全真教有关的文字还不够多，所以对于这些文字是否"曾经是直接地做为书里叙述的一部分为它服务"[④]心存疑虑，觉得"如果单靠那些诗词做证据，即使我们已经明白调查过它们的来源背景，它们做证据的资格也还是薄弱的，至多可以当做旁证"[⑤]——也就是对于所搜罗发掘的全真

① 柳存仁：《和风堂文集》，上海古籍出版社，1991年，第1335页。

② 原作此处不确，当为《鼎锲全相唐三藏西游释厄传》。

③《和风堂文集》，第1323页。

④《和风堂文集》，第1367页。

⑤《和风堂文集》，第1367页。

教文字是否是小说的“有机”构成，仍然证据不足，信心也自然不足。

对于作品中贬斥道教的宗教立场，以好道士与坏道士之争来解释，缺乏说服力。

对于书中扬佛、崇佛的宗教立场，如百回本中赞颂佛教的种种描述，说成是“未被道教意识熏染侵蚀的……健在”[①]。这一时间先后顺序的考虑——先有对佛教赞颂的大量描述，后被道教徒“侵蚀”，仍有部分“健在”，遂与道教话语并存——是禁不起推敲的。

当然，这些遗憾与不足恰好成为推动学术进一步发展的动力。不过，在当时来说，却也一定程度影响了他的新见的传播与接受。

柳存仁关于小说与宗教关系的研究介绍到内地后，有几位知名的学者当即撰文商榷、反驳。由于这几位学者当时都据于要津，而学界亦习于几十年的思维惯性，以致柳先生的宝贵见解未能发挥相应的影响。

稍后，年轻学人中逐渐有瞩目于全真教与《西游记》关系者，亦有些新的发现。可惜或有回到清人的老路上，把这部小说的基本性质归于修炼心性的指导书，并借助媒体“热炒”。而其结果适得其反，使得不少学者一见到讨论《西游记》与宗教关系的

① 《和风堂文集》，第1350页。

文章，便条件反射式地弃如敝屣。[①]

于是，悖论问题依然存在。

本书就是在这一复杂的学术背景下展开工作的。

为了避免落入故辙，也为了尽可能地打破学术界由思维惯性形成的“茧”，本书为自己确立了一条根本性的论说“原则”：一切让材料来说话！

这既包括全面梳理旧材料，整合排比，增强其说服力；更包括努力发掘新材料、新线索，特别是能够提供关键“证词”的新材料；同时注重从具体问题入手，由小向大，最终指向悖论的消解。

下面就开始旧材料的新梳理。

二

《西游记》文本中的“全真道”痕迹可分为两类：一类是其修炼内丹的术语，一类是迻录的全真道士的诗文。前者散布于全书，各回中多寡不一，但多数章回皆有存留。后者存留于少数章回中，但篇幅可观，对于认识全真道染指于“西游”成书过程，意义更大一些。

我们先来看“术语”。

对于现代读者而言，这些词语的含义已经极为陌生，因为

① 我曾听到一位很值得尊敬的学界朋友说，这些年只要见到《西游记》的文章统统扔到一边去。

所谓“内丹”这一套修炼的学说早已从绝大多数人的生活中消失了。所以，我们例举每个词语时，只好不吝辞费地以现代话语简单解释一下。

【水火】

据元后期全真道重要人物陈致虚的《金丹大要》：“天一生水，在人曰精，地二生火，在人曰神。……神炁是性命，性命是龙虎，龙虎是铅汞，铅汞是水火，水火是婴姹，婴姹是真阴真阳。”[①]从“水火”关联的两句来看，“水火”就是“铅汞”，也是“婴姹”。“铅汞”本是古代炼丹用的两种原料：黑铅与水银。到了所谓“内丹术”中，就是一种比喻用语，指人体内的“元精”与“元神”。“婴姹”就是“婴儿、姹女”，其实也同样是黑铅与水银的隐喻，到了全真道的话语体系里，也同样比喻“元精”与“元神”。

我们先来看看“水火”在《西游记》中使用的情况：

二十二回《八戒大战流沙河　木叉奉法收悟净》：“五行匹配合天真，认得从前旧主人。炼已立基为妙用，辨明邪正见原因。金来归性还同类，木去求情共复沦。二土全功成寂寞，调和水火没纤尘。”这里的“水火”与上文的“金、木”同义，都是喻指悟空与八戒，“双土”即“圭”，喻指沙僧。这段诗赞把沙僧加入取经队伍，此后时常调和悟空与八戒的矛盾，比喻为内丹术中的调

① 陈致虚：《上阳子金丹大要》，见《正统道藏》太玄部。

和精气神。

三十六回《心猿正处诸缘伏 劈破旁门见月明》："那长老听说，一时解悟，明彻真言。满心欢喜，称谢了悟空。沙僧在旁笑道：'师兄此言虽当，只说的是弦前属阳，弦后属阴，阴中阳半，得水之金；更不道：水火相搀各有缘，全凭土母配如然。三家同会无争竞，水在长江月在天。'那长老闻得，亦开茅塞。正是理明一窍通千窍，说破无生即是仙。""水火相搀各有缘，全凭土母配如然"这一句与"二土全功成寂寞，调和水火没纤尘"同义，"土母"即"双土"，同指沙僧；"水火"则同指悟空、八戒。而小说中的全真道话语体系又是以三人关系比喻元精、元神的调和。

五十三回《禅主吞餐怀鬼孕 黄婆运水解邪胎》："德行要修八百，阴功须积三千。均平物我与亲冤，始合西天本愿。魔兕刀兵不怯，空劳水火无愆。老君降伏却朝天，笑把青牛牵转。"此诗乃由《紫阳真人悟真篇》改写而来。原文为"虎兕刀兵不害，无常火宅难牵"，"虎兕"用《老子》语，"火宅"用《法华经》的比喻。而这里一改，则变成前两回降服青牛精的"总结"了。"水火"在这里是双关，明指故事中的火德星君与水德星君，隐含着指向内丹术的"水火"——前面回目中以"心猿"与"水火"相对，既有此暗示之意。

六十一回《猪八戒助力败魔王 孙行者三调芭蕉扇》："火焰山遥八百程，火光大地有声名。火煎五漏丹难熟，火燎三关道不清。时借芭蕉施雨露，幸蒙天将助神功。牵牛归佛休颠劣，水火相联性自平”“坎离既济真元合，水火均平大道成”。这里的“水火”与“坎离”同义，具有多重隐义。“猪八戒助力孙行者”，是一重；“雨露”灭“火焰”，是又一重；二者“相联”“均平”状态，又都喻指内丹的“真元合”“大道成”。

六十二回《涤垢洗心惟扫塔　缚魔归正乃修身》：“十二时中忘不得，行功百刻全收。五年十万八千周，休教神水涸，莫纵火光愁。水火调停无损处，五行联络如钩。阴阳和合上云楼，乘鸾登紫府，跨鹤赴瀛洲。”这里的“水火调停”与“阴阳和合”同义，直接阐释内丹修炼的境界。

六十六回《诸神遭毒手　弥勒缚妖魔》：“‘龟蛇生水火，妖怪动刀兵。五龙奉旨来西路，行者因师在后收。’这一篇词，牌名《临江仙》。单道唐三藏师徒四众，水火既济，本性清凉……”后面的“水火”指“阴阳”，而前面的“水火”则关联着故事情节——“龟蛇”二将喻指“黑龟赤蛇”“苍龟火蛇”，亦即内丹学的“水火”。

七十回《妖魔宝放烟沙火　悟空计盗紫金铃》：“我身虽是猿猴数，自幼打开生死路。遍访明师把道传，山前修炼无朝暮。倚天为顶（鼎）地为炉，两般药物团乌兔。采取阴阳水火交，时间顿把玄关悟。全仗天罡搬运功，也凭斗柄迁移步。退炉进火最依时，抽铅添汞相交顾。攒簇五行造化生，合和四象分时度。二气归于黄道间，三家会在金丹路。”这一大段悟空自述，显然是执笔者借猴王之口来演说内丹的老生常谈。“乌兔”“阴阳”“水火”“铅汞”皆属同义。

七十八回《比丘怜子遣阴神 金殿识魔谈道德》：“夺天地之秀气，采日月之华精。运阴阳而丹结，按水火而胎凝。二八阴消兮，若恍若惚；三九阳长兮，如杳如冥。应四时而采取药物，养九转而修炼丹成。”“水火”“阴阳”与上例相同，而最后明确归为“修炼丹成”。

八十三回《心猿识得丹头 姹女还归本性》：“一个是天生猴属心猿体，一个是地产精灵姹女骸。他两个，恨冲怀，喜处生仇大会垓。那个要取元阳成配偶，这个要战纯阴结圣胎。棒举一天寒雾漫，剑迎满地黑尘筛。因长老，拜如来，恨苦相争显大才，水火不投母道损，阴阳难合各分开。”这里的前提是作品把悟空与地涌夫人的争斗比喻成丹道修炼时的“阴阳难合”，而“水火不投”与之同义。

要之，《西游记》中“水火”一词出现了十次，具体喻指随故事情节而有所差异，但有一点是相同的，就是根本的旨归在全真的丹道话语体系里，与内丹的“阴阳”“精神”“性命”基本同义。而在部分章回中，其用法带有双关性质，可以说一定程度渗入到作品情节的机体内。

【木母】

“木母”在《西游记》中可视为猪八戒的“专名”，如同“金公”之于孙悟空。其来历稍微复杂一些。据元代全真道人俞琰的

《吕纯阳真人沁园春丹词注解》：“人身有一物分而为二，其浮者为木，沉者为金……木龙在东，金虎在西，二物间隔，孰能使之配合而为夫妻耶？配合在黄婆而已。左手擒龙，右手捉虎，使之合并也。戊己属土，故谓之黄婆。金木间隔，黄婆能使之合并。黄婆能使之配合，岂知非媒聘使之欢合而为夫妻乎？”[①]简言之，炼丹术中，木母指汞（水银），而又有“真汞生亥”的说法。亥在五行里对应木，木性属阴，于是有“母”的称谓。属相中亥对应猪，于是以猪八戒作木母的“形象代言人”。换言之，木母就成了猪八戒的别名（宗教学说往往把简单的话语复杂化，借以增加神秘感，内丹学堪称典型）。

二十二回《八戒大战流沙河　木叉奉法收悟净》：“因此才得遇真人，引开大道金光亮。先将婴儿姹女收，后把木母金公放。”“木母金公”，这里显然是指八戒与悟空。但是加了一句“婴儿姹女”，则是提醒读者，不可忘记八戒、悟空形象带有的内丹学涵义。

二十三回《三藏不忘本　四圣试禅心》：“木母金公原自合，黄婆赤子本无差。咬开铁弹真消息，般若波罗到彼家。”“咬开铁弹”云云，原为佛门禅宗参公案的习用语。至于为何与全真术语用到一起，我们且留待下一讲说明。

三十回《邪魔侵正法　意马忆心猿》：“意马心猿都失散，金公木母尽凋零。黄婆伤损通分别，道义消疏怎得成！”“意

---

① 张伯端撰，翁葆光注，戴起宗疏：《紫阳真人悟真篇注疏》，《正统道藏》洞真部。

马”“心猿”“金公”“木母”“黄婆”指龙马、悟空、八戒、沙僧，这是显而易见的。换个角度看，也可以说是站在全真道立场提示：这段故事喻指丹道修炼的某种挫折——当然，绝大多数的读者，尤其是现代的读者，是不可能产生如此联想的。

三十一回《猪八戒义激猴王　孙行者智降妖怪》：“义结孔怀，法归本性。金顺木驯成正果，心猿木母合丹元。共登极乐世界，同来不二法门。经乃修行之总径，佛配自己之元神。兄和弟会成三契，妖与魔色应五行。剪除六门趣，即赴大雷音。”“孔怀”语出《诗经》，这里指兄弟。“八戒义激猴王”，与“义结孔怀”对应，故有“心猿木母合丹元”的结果。

三十二回回目“平顶山功曹传信　莲花洞木母逢灾”，指八戒被妖怪擒获。

四十回回目“婴儿戏化禅心乱　猿马刀归木母空”。“禅心”指三藏；“猿马刀归木母”（“归”当为“圭”），指悟空、龙马、沙僧、八戒。

四十一回回目“心猿遭火败　木母被魔擒”，指悟空、八戒败于红孩之手。

五十七回《真行者落伽山诉苦　假猴王水帘洞誊文》：“身在神飞不守舍，有炉无火怎烧丹。黄婆别主求金老，木母延师奈病颜。”“金老”是“金公”的变格，“黄婆”“木母”云云则是对沙僧、八戒有关情节的表述。

六十一回《猪八戒助力败魔王　孙行者三调芭蕉扇》：“黄婆

矢志扶元老，木母留情扫荡妖。和睦五行归正果，炼魔涤垢上西方。”意义、用法同上。

六十三回《二僧荡怪闹龙宫　群圣除邪获宝贝》：“木母遭逢水怪擒，心猿不舍苦相寻。暗施巧计偷开锁，大显神威怒恨深。”用法同上，也是情节的概括。

六十五回《妖邪假设小雷音　四众皆遭大厄难》：“碧眼猢儿识假真，禅机见象拜金身。黄婆盲目同参礼，木母痴心共话论。”用法同上。惟“禅机”代指三藏。

七十六回回目“心神居舍魔归性　木母同降怪体真”，“木母”云云，指八戒助力悟空大战白象精。

八十五回回目“心猿妒木母　魔主计吞禅”，指故事情节中悟空与八戒的矛盾。

八十六回回目“木母助威征怪物　金公施法灭妖邪”，意义类上，指二人。

八十八回回目“禅到玉华施法会　心猿木母授门人”，意义同上。

检点上述，“木母”作为最具全真道内丹学色彩的专名，在小说中出现15次之多，其中半数是与“金公”“黄婆”“心猿”同时使用的。作为文学文本来看，“木母”与“金公”“黄婆”等无非是书中人物的别名。但这些名词毕竟出于另一话语系统，而且在那个系统中表现为一种特定的彼此关系，所以换个角度看，当初使这些名称进入文本时，不排除所讲人物、故事反而是为了演绎这一话语系统，演绎这个系统中“金公”“木母”“黄婆”的功能与关系——注意，我这里说的是“当初”。

我们再来看另一组出现较多的内丹术语：

【婴儿】【姹女】

“婴儿”用于丹道之术，远源当上溯到《道德经》：“我独泊兮其未兆，如婴儿之未孩。”[①]而与“姹女”联用，则是炼制“外丹”时分指铅与汞。后来沿用到内丹术中，则成为精、神的别称。这方面典型的表述如《元始天尊说得道了身经》（亦称《生天得道全真了身经》）：“神凝炁结，全真无为……中宫胎意为黄婆，金情木性为夫妇。心神真汞为姹女，精炁真铅为婴儿。精凝形固成黑龟，炼神凝结为赤蛇……一性摄情为金木并，阴阳还返为水火交。”[②]

由于这两个词是以人喻物，所以小说中使用时会出现“人物双关”的现象，足以证明其进入叙事话语并非随手率意。如：

第一回《灵根育孕源流出　心性修持大道生》：“子者儿男也，系者婴细也，正合婴儿之本论，教你姓‘孙’罢。”可注意的是“婴儿之本论”。这显然是强调为孙悟空命名有某种理论的含义在，并与回目的“心性修持大道生”相呼应。

十九回《云栈洞悟空收八戒　浮屠山玄奘受心经》：“婴儿

① 《老子道德经注校释》，中华书局，2008年，第46页。

② 《元始天尊说得道了身经》，《正统道藏》洞真部。

姹女配阴阳，铅汞相投分日月。离龙坎虎用调和，灵龟吸尽金乌血。”这一段更是把有关名词统统罗列，除了显示其神秘并无特别的意义。

二十二回《八戒大战流沙河　木叉奉法收悟净》：“因此才得遇真人，引开大道金光亮。先将婴儿姹女收，后把木母金公放。”已见上文。

三十八回回目“婴儿问母知邪正　金木参玄见假真”。这里是双关用法。“婴儿”指王子，或者说叙事设定的王子的“儿子”身份，意在引出“婴儿”一词。而“婴儿问母”的话头里隐含的“母子”关系，也是内丹术常常涉及的话题。

三十九回《一粒金丹天上得　三年故主世间生》：“西方有诀好寻真，金木和同却炼神。丹母空怀懞懂梦，婴儿长恨杌樗身。”这里的“婴儿”仍然是涉及所谓“母子”关系，亦有双关意味。

四十回回目“婴儿戏化禅心乱　猿马刀归木母空”。这里的“婴儿”仍然是双关的用法。“禅心”则指三藏。“猿马刀归（圭）木母”指其他四众。

五十三回《禅主吞餐怀鬼孕　黄婆运水解邪胎》：“真铅若炼须真水，真水调和真汞干。真汞真铅无母气，灵砂灵药是仙丹。婴儿枉结成胎象，土母施功不费难。推倒旁门宗正教，心君得意笑容还。”“婴儿”仍为双关用法——以“怀胎”引出“婴儿”话头。

五十八回《二心搅乱大乾坤 一体难修真寂灭》:“南征北讨无休歇,东挡西除未定哉。禅门须学无心诀,静养婴儿结圣胎。”这里的“婴儿”指内丹。

八十回回目“姹女育阳求配偶 心猿护主识妖邪”。“姹女”也是双关。换言之,当初写地涌夫人的情节,很可能有喻指“姹女”的动机——宗教,尤其是带有民间色彩的宗教,其布道宣讲往往具有牵强的特征。

八十二回回目“姹女求阳 元神护道”,意义同上。

八十三回回目“心猿识得丹头 姹女还归本性”,意义同上。

九十四回《四僧宴乐御花园 一怪空怀情欲喜》:“常得衣钵随身,每炼心神在舍。因此虔诚,得逢仙侣。养就孩儿,配缘姹女。工满三千,合和四相。”“孩儿”是“婴儿”的变格。“配缘姹女”仍是铅汞的话题。

文本中的出现的“婴儿”“姹女”,与其他道教术语相比,有一个较为明显的不同,就是双关用法较多一些。例如上文所引述的“婴儿”中,基本义指炼丹术的黑铅,引申义为内丹术的精气。但同时又指向故事中的王子,或是红孩儿。由于王子与红孩儿都是父子关系中的儿辈,所以文本中的“婴儿问母”“婴儿长恨”“婴儿戏化”也就有了介入情节,实指其人的意味。同样的情况,“姹女育阳”“姹女求阳”“配缘姹女”的“姹女”,本义是指向炼丹的水银,引申为内丹术的“心神”。而这里的情节都是女妖，且劫持唐僧的目的都有盗取“元阳”的意图，所以“配缘”“求阳”也就同时实指故事情节。

从这一点看，柳存仁当年对全真话语是否“直接地做为书里叙述的一部分并为它服务”的担心，还是谨严有余，自信不足了。

再来看一个较为特殊的术语：

【三三】

这是全真道特有的内丹术语，又以马丹阳使用最频，如《赠张无尘先生》：“明六六，悟三三，三三六六味香甘。”《联句》：“六六阴消丹灿灿，三三阳聚性灵灵。”（均见《洞玄金玉集》[①]）余者不胜枚举。具体系指人身的六个穴位：任脉三个为印堂（泥丸宫）、膻中、关元；督脉三个为玉枕、大椎、尾闾。运气有所谓大周天，也称打通任督二脉。任脉这三个穴叫作“前三三”，督脉这三个穴叫作“后三三”，是“气流”通过的关隘。笼统称“三三”，即指实现了打通二脉、周天运行的状态。

第一回《灵根育孕源流出　心性修持大道生》：“大觉金仙没垢姿，西方妙相祖菩提。不生不灭三三行，全气全神万万慈。”以“三三”“全气全神”形容菩提老祖，便确定了他的道家身份。与后文的“弃道归释”相互呼应。

---

① 马钰：《马钰集》，齐鲁书社，2005年，第94、112页。

十七回《孙行者大闹黑风山　观世音收伏熊罴怪》："走盘无不定，圆明未有方。三三勾漏合，六六少参商。瓦铄黄金焰，牟尼白昼光。外边铅与汞，未许易论量。"

四十三回《黑河妖孽擒僧去　西洋龙子捉鼍回》："三藏闻言，默然沉虑道：'徒弟啊，我——一自当年别圣君，奔波昼夜甚殷勤。芒鞋踏破山头雾，竹笠冲开岭上云。夜静猿啼殊可叹，月明鸟噪不堪闻。何时满足三三行，得取如来妙法文？'行者听毕，忍不住鼓掌大笑道：'这师父原来只是思乡难息！若要那三三行满，有何难哉！常言道，功到自然成哩。'""三三"指代修行成功的状态。

九十四回《四僧宴乐御花园　一怪空怀情欲喜》："忽然遇一真人。半句话，解开业网；两三言，劈破灾门。当时省悟，立地投师，谨修二八之工夫，敬炼三三之前后。行满飞升，得超天府。"意义同上。

九十九回回目"九九数完魔灭尽　三三行满道归根"。"三三"与"行满"关联，也是指打通二脉、周天运行的内丹成功状态。

与"三三"配合的还有一个"六六"，除上面举出的"三三勾漏合，六六少参商"外，还有"今朝行满方成佛，洗净当年六六尘""六般体相六般兵，六样形骸六样情。六恶六根缘六欲，六门六道赌输赢。三十六宫春自在，六六形色恨有名"等。这个"六六"也是全真道人习用的术语，如马丹阳有"灵明六六与三三”“搜六六，论三三”“明六六，悟三三，三三六六味香甘”等。

除此之外，《西游记》中的全真道话语系统中的词汇还有：

龙虎、铅汞、坎离、金公、土木、金水、肾水、华池、天关、地阙、丹田、泥丸、九转、还丹、养性、修真、戊己、刀圭、功夫、乌兔、抽添、金丹、性命、炉鼎、火候、后天、先天、周天、木龙、金乌、灵龟、三花、五气、伐毛、乖猿、劣马、元真、九虫、三尸、六贼、龙华会……

其中多者出现六七次，少者一二次。有的是道教各宗派通用语言，有的是全真道所特有。总体观之，散布于《西游记》中的内丹术语有以下四个特点：

第一是数量相当多。这一点，相信以前不留意的读者朋友看到以上统计是会有几分吃惊的。因为作为一部讲述佛教历史故事的作品，如果出现如此多的佛教话语，那会视为理所当然。而现在的事实是文本中散落、分布着大量全真道词语——而且有的还与故事的叙述有若有若无的关联，可谓是“反常”现象了。

第二是覆盖面广。百分之七十以上的章回中都有这一类词汇，区别只在多少不一。

第三是词汇之间彼此关联，构成一个逻辑自洽的意义网络；这个意义网络与小说的故事情节、人物关系若离若合——“合”的地方，有时可以看出作者刻意为之的“双关”用心，如上面引述的“六般体相六般兵，六样形骸六样情。六恶六根缘六欲”，就是把情节竭力与“术语”搭上关系的显例。[①]

——这三点说明，这些词汇进入《西游记》文本，绝非偶然掺入；甚至也不是某个对全真道有些兴趣的“票友”文人所能做到的。

但是，还有第四点：

从全书来看，这个话语系统的覆盖是很不均衡的。有的回中十分密集，甚至和故事情节一定程度“贴合”（如红孩之为“婴儿”，地涌夫人之为“姹女”，等等）；有的回中，只是散落三两个而已；还有的回中完全绝迹（何以如此？后面就此有专门的分说）。由此看来，世德堂本《西游记》中由词汇所显示的全真道痕迹是残破、零乱的，并非“本来面目”。

这种不均衡的情况，在迻录的全真道诗文中，可以看得更为清楚。

三

《西游记》文本中的“全真道”痕迹第二类是迻录的全真道士的诗文。下面我们同样用表格的方式胪列出来，以便更清楚地进行对照。

① 狮驼国三个妖怪，与孙悟空师兄弟三人争战，作者便把“六”个参战的人数与“六根”“六欲”乃至“六六”拉上关系，赋予争战以象征意味。

《西游记》	道书
"试问禅关，参求无数，往往到头虚老。磨砖作镜，积雪为粮，迷了几多年少？毛吞大海，芥纳须弥，金色头陀微笑。悟时超十地三乘，凝滞了四生六道。谁听得、绝想崖前，无阴树下，杜宇一声春晓？曹溪路险，鹫岭云深，此处故人音杳。千丈冰崖，五叶莲开，古殿帘垂香袅。那时节，识破源流，便见龙王三宝。"这一篇词名《苏武慢》。 ——八回	试问禅关，参求无数，往往到头虚老。磨砖作镜，积雪为粱，迷了几多年少。毛吞大海，芥纳须弥，金色头陀微笑。悟时超十地三乘，疑滞四生六道。谁听得、绝想岩前，无阴树下，杜宇一声春晓。曹溪路险，鹫岭云深，此处故人音杳。千丈冰崖，五叶莲开，古殿帘垂香袅。免葛藤丛裹，老婆游子，梦魂颠倒。 ——冯尊师《苏武慢》其五 （《鸣鹤余音》卷二）
诗曰： 佛即心兮心即佛，心佛从来皆要物。 若知无物又无心，便是真如法身佛。 法身佛，没模样，一颗圆光涵万象。 无体之体即真体，无相之相即实相。 非色非空非不空，不来不向不回向。 无异无同无有无，难舍难取难听望。 内外灵光到处同，一佛国在一沙中。 一粒沙含大千界，一个身心万法同。 知之须会无心诀，不染不滞为净业。 善恶千端无所为，便是南无释迦叶。 ——十四回	佛即心兮心即佛，心佛从来皆妄物，若知无佛亦无心，始是真如法身佛。法身佛，没模样，一颗圆光含万象，无体之体即真体，无相之相即实相。非色非空非不空，不动不静不来往，无异无同无有无，难取难舍难听望，内外圆明到处通，一佛国在一沙中，一粒沙含大千界，一个身心万个同，知之须会法无心，不染不滞为净业，善恶千端无所为，便是南无及迦叶。 ——张伯端《紫阳真人悟真篇拾遗·即心是佛颂》
诗曰： 妄想不复强灭，真如何必希求？本原自性佛前修，迷悟岂居前后？悟即刹那成正，迷而万劫沉流。若能一念合真修，灭尽恒沙罪垢。 ——二十九回	《西江月》其一 妄想不复强灭，真如何必希求。本源自性佛齐修，迷悟岂拘前后。　悟即刹那成佛，迷兮万劫沦流。若能一念契真修，灭尽恒沙罪垢。 ——张伯端《修真十书·悟真篇》卷三十
前弦之后后弦前，药味平平气象全。采得归来炉里炼，志心功果即西天。 ——三十六回	前弦之后后弦前，药味平平气象全。采得归来炉里锻，锻成温养似烹鲜。 ——张伯端《修真十书·悟真篇》卷二十七

续表

《西游记》	道书
词曰： 心地频频扫，尘情细细除，莫教坑堑陷毗卢。本体常清净，方可论元初。性烛须挑剔，曹溪任吸呼，勿令猿马气声粗。昼夜绵绵息，方显是功夫。 ——五十回	心地频频扫，尘情细细除。莫教坑堑陷毗卢，常静常清净，方可论元初。性烛频挑剔，曹溪任吸呼。勿令喘息气声粗，昼夜绵绵息，端的好功夫。 ——马钰《渐悟集》卷下
德行要修八百，阴功须积三千。均平物我与亲冤，始合西天本愿。 魔兕刀兵不怯，空劳水火无愆。老君降伏却朝天，笑把青牛牵转。 ——五十三回	德行修逾八百，阴功积得三千。均齐物我与亲冤，始合神仙本愿。 虎兕刀兵不害，无常火宅难牵。宝符降后去朝天，稳驾琼舆凤辇。 ——张伯端《紫阳真人悟真篇·西江月（十一）》卷七
长老闻言，慨然不惧，即对众言曰："……夫人身难得，中土难生，正法难遇：全此三者，幸莫大焉。至德妙道，渺漠希夷，六根六识，遂可扫除。菩提者，不死不生，无余无欠，空色包罗，圣凡俱遣。访真了元始钳锤，悟实了牟尼手段。发挥象罔，踏碎涅般。必须觉中觉了悟中悟，一点灵光全保护。放开烈焰照婆娑，法界纵横独显露。至幽微，更守固，玄关口说谁人度？我本元修大觉禅，有缘有志方记悟。" ——六十四回	夫人身难得，中土难生，正法难遇，全此三者，幸莫大焉。 ——《全真清规·朗然子家书》 夫至德渺漠，妙道希夷，先地先天，不拘文字。……不死不生，无余无欠，圣凡俱遣，空色包罗。假使泥牛吼月，木马嘶风，漏逗机张，作家笑具。炎炎言下，寂寂光中，击碎金毛狮子。花收五叶，机拂三玄，放行元始钳锤。发挥象罔，闲居郑圃，已有南华御寇。 ——长荃子《洞渊集·升堂示众》
道也者，本安中国，反来求证西方。空费了草鞋，不知寻个什么？石狮子剜了心肝，野狐涎灌彻骨髓。忘本参禅，妄求佛果，都似我荆棘岭葛藤谜语，萝蓏浑言。此般君子，怎生接引？这等规模，如何印授？必须要检点见前面目，静中自有生涯。没底竹篮汲水，无根铁树生花。灵宝峰头牢着脚，归来雅会上龙华。 ——六十四回	空费草鞋，寻个甚么。石狮子剜了心肝，野狐涎灌彻骨髓。在欲行此般，君子怎生接引。今也聊将法药，掷向人问（当作"间"），出此醖酾，利滋上士。举扬本分生涯，点检见前面目。露些消息，分付知音，这段家风，是何曲调。乐非律吕，劫外阳春，琴操无弦，孔吹天籁。不消玉线金针，绣出霓裳彩凤。个人会得，即便归来，不夜楼台，同登雅会。没底篮儿汲水，无根铁树开花。此个规模，如何印授。浑沦那畔，不许

续表

《西游记》	道书
	商量；灵宝峰前，孰能着脚。直须洒洒落落，休更纷纷纭纭。顿悟玄风，逍遥宇宙，久贮仙宾，伏惟珍重。 ——长荃子《洞渊集·升堂示众》 道也者，本安中国，反来求证西方。空费草鞋，寻个甚么。石狮子剜了心肝，野狐涎灌彻骨髓。在欲行禅，望成佛果，葛藤谜语，敢把人瞒。此般君子，怎生接引。今也聊将法药，掷向人间，出此醍醐，利兹上士。举扬本分生涯，点检见前面目。露些消息，分付知音，这段家风，是何曲调。乐非律吕，劫外阳春，琴操无弦，孔吹天籁。不须玉线金针，绣出霓裳彩凤。个人会得，即便归来，不夜楼台，同登雅会。无底篮儿汲水，无根铁树开花。此个规模，如何印绶。浑沦邦畔，不许商量。灵宝峰前，孰能着脚。直须洒洒落落，休要纷纷纭纭。顿悟玄风，逍遥宇宙，久伫仙班，伏惟珍重。 ——冯尊师《升堂文》 （《鸣鹤余音》卷九）
为僧者，万缘都罢；了性者，诸法皆空。大智闲闲，澹泊在不生之内；真机默默，逍遥于寂灭之中。三界空而百端治，六根净而千种穷。若乃坚诚知觉，须当识心：心净则孤明独照，心存则万境皆清。真容无欠亦无余，生前可见；幻相有形终有坏，分外何求？行功打坐，乃为入定之原；布惠施恩，诚是修行之本。大巧若拙，还知事事无为；善计非筹，必须头头放下。但使一心不行，万行自全；若云采阴补阳，诚为谬语，服饵长寿，实乃虚词。只要尘尘缘总弃，物物色皆空。素素纯纯寡爱欲，自然享寿永无穷。 ——七十八回	大智闲闲，澹泊在不生之内；真机默默，逍遥于寂灭之中。原夫要长灵苗，先持心地。六根净而千种灭，三界空而百端治。……若乃坚成学道，须当了心。心静则孤明独照，心存则万境皆侵。真容无欠亦无余，生前可见；幻相有形终有坏，分付何求？明知诸法皆空，万缘都罢，行功打坐，乃道之狂。布惠施恩，即德之诈。大巧若拙，还知事事无为；善计非筹，直要头头放下。但使一心不动，万行自全，……是知物物皆空，尘尘总弃，…… ——三于真人《心地赋》 （《鸣鹤余音》卷九）

续表

《西游记》	道　书
修仙者，骨之坚秀；达道者，神之最灵。携箪瓢而入山访友，采百药而临世济人。摘仙花以砌笠，折香蕙以铺裀。歌之鼓掌，舞罢眠云。阐道法，扬太上之正教；施符水，除人世之妖氛。夺天地之秀气，采日月之华精。运阴阳而丹结，按水火而胎凝。二八阴消兮，若恍若惚；三九阳长兮，如杳如冥。应四时而采取药物，养九转而修炼丹成。跨青鸾，升紫府；骑白鹤，上瑶京。参满天之华采，表妙道之殷勤。比你那静禅释教，寂灭阴神，涅般遗臭壳，又不脱凡尘！三教之中无上品，古来惟道独称尊！” ——七十八回	三教之内，惟道至尊。……摘仙花而砌笠，折野草以铺茵。吸甘泉而漱齿，啖松栢以延龄。歌之鼓掌，舞罢眠云。……携箪瓢而入鄽化饭，采百药以临世济人。解安人而利物，或起死以回生。修仙者骨之坚秀，达道者神之最灵。判吉凶斡旋异象，定祸福密勘人伦。阐道法扬太上之正教，施符箓除人世之妖氛。降邪魔于掌上，布罡气于雷门。扣天阍真仙具备，击地户万神成听。颐真默坐，静室存神。夺天地之秀气，采日月之华精。运阴阳以炼性，按水火以胎凝。二八阴消兮，若恍若惚；三九阳长兮，如杳如冥。应四时而采取，养九转以丹成。跨青鸾便冲紫府，骑白鹤直谒玉京。参满天之秀气，表妙道之殷勤。比儒教兮，官高职显，富贵浮云。比释教兮，寂灭为乐，岂脱凡尘。朕观三教，惟道至尊。 ——宋仁宗《尊道赋》 （《鸣鹤余音》卷九）
大道幽深，如何消息，说破鬼神惊骇。挟藏宇宙，剖判玄光，真乐世间无赛。灵鹫峰前，宝珠拈出，明映五般光彩。照乾坤、上下群生，知者寿同山海。 ——八十七回	大道幽深，如何消息，说破鬼神惊骇。挟藏宇宙，剖判玄元，真乐世间无赛。灵鹫峰前，宝珠拈出，明显五般光彩。照乾坤、上下群生，知者寿同山海。 ——冯尊师《苏武慢》其七 （《鸣鹤余音》卷二）
修禅何处用工夫？马劣猿颠速剪除。牢捉牢拴生五彩，暂停暂住堕三途。 若教自在神丹漏，才放从容玉性枯。喜怒忧思须扫净，得玄得妙恰如无。 ——九十一回	修行何处用功夫，马劣猿颠速剪除。牢捉牢擒生五彩，暂停暂住免三涂。稍令自在神丹漏，略放从容玉性枯。酒色气财心不尽，得玄得妙恰如无。 ——马钰《渐悟集·赠众道契》

续表

《西游记》	道　书
色色原无色，空空亦非空。静喧语默本来同，梦里何劳说梦。 有用用中无用，无功功里施功。还如果熟自然红，莫问如何修种。 ——九十六回	法法法元无法，空空空亦非空，静谊（当作“喧”）语默本来同，梦里何曾说梦。 有用用中无用，无功功里施功，还如果熟自然红，莫问如何修种。 ——《紫阳真人悟真篇拾遗》
保神养气谓之精，情性原来一禀形。心乱神昏诸病作，形衰精败道元倾。 ——五十七回	流行骨肉谓之血，保神养气谓之精。 ——《太上老君内观经》 （《云笈七签》卷十七）
九九归真道行难，坚持笃志立玄关。必须苦练邪魔退，定要修持正法还。 莫把经章当容易，圣僧难过许多般。古来妙合参同契，毫发差殊不结丹。 ——九十九回	纵识朱砂及黑铅，不知火候也如闲。 大都全藉修持力，毫发差殊不作丹。 ——《紫阳真人悟真篇注疏》

考察以上比较情况，有三点应予指出：

所摘录的诗文，以冯尊师——摘自《鸣鹤余音》者为最多，其次则为马钰（马丹阳）与张伯端。

小说与原作（指《道藏》本）文字或有小异，有时反而是小说更正确一些，如“静谊语默本来同”，“谊”分明是手民之误，小说作“静喧语默本来同”就畅通无误了。还有《心地赋》的“幻相有形终有坏，分付何求？”小说作“幻相有形终有坏，分外何求？”也是小说文意通畅。更重要的是，有的差异甚至是小说作者因故事情节需要而特加改动的，如《心地赋》中有“行功打坐，乃道之狂。布惠施恩，即德之诈”，对佛教常见的修行、功德持贬斥态度。小说里将其移用到唐僧口中，便改成了“行功打坐，乃为入定之原；布惠施恩，诚是修行之本”。由贬转褒，便符合了唐僧的身份。可见，这些全真道文字进入小说文本，并非随手掺入，当初还是较为认真，且尽量使其与情节、人物产生有机的联系。

这些文字摘录到小说文本的情况不尽相同：有的是全文照录；有的是适度编辑——包括上述因小说需要而改动文字的，也包括因上下文更动语序的；还有的只是摘用一两句，掺杂到自己的诗文中。

总之，就诗文摘录情况看，《西游记》中的全真道文字是成规模的，进入文本的操作也是相当认真的，绝非一个稍感兴趣者随手拈用所能达到的程度。

这一点，在几段篇幅更大的迻录文字那里，会看得更加清楚。

四

《西游记》文本中留有“全真道”痕迹的诗文，长短、散聚不一。其中大段的、集中的文字，更能透露出全真道染指成书过程的程度，能够说明这些诗文绝非顺手所能拈来。

大段的、集中的“全真”文字，大体可以分为两种情况。一种是某小说作者（指累积过程中某个环节的隐名作者）自行撰写，一种是迻录全真道士的作品。前者形式为韵文的诗赞，甚或是诗赞之“群”，内容则以叙述金公、木母、黄婆——悟空、八戒、沙僧的修习内丹过程居多。后者则以泛论与修道相关的话题为主，亦非诗赞之类的韵文形式。

围绕悟空修行的丹道学诗赞最多，可谓反复言及。如第二回：

显密圆通真妙诀，惜修性命无他说。都来总是精气神，谨固牢藏休漏泄。

休漏泄，体中藏，汝受吾传道自昌。口诀记来多有益，屏除邪欲得清凉。

得清凉，光皎洁，好向丹台赏明月。月藏玉兔日藏乌，自有龟蛇相盘结。

相盘结，性命坚，却能火里种金莲。攒簇五行颠倒用，功完随作佛和仙。

十七回又铺排一番：

自小神通手段高，随风变化逞英豪。养性修真熬日月，跳出轮回把命逃。

一点诚心曾访道，灵台山上采药苗。那山有个老仙长，寿年十万八千高。

老孙拜他为师父，指我长生路一条。他说身内有丹药，外边采取枉徒劳。

得传大品天仙诀，若无根本实难熬。回光内照宁心坐，身中日月坎离交。

万事不思全寡欲，六根清净体坚牢。返老还童容易得，超凡入圣路非遥。

三年无漏成仙体，不同俗辈受煎熬。

至七十回，仍不厌其烦：

我身虽是猿猴数，自幼打开生死路。遍访明师把道传，山前修炼无朝暮。

倚天为顶地为炉，两般药物团乌兔。采取阴阳水火交，时间顿把玄关悟。

全仗天罡搬运功，也凭斗柄迁移步。退炉进火最依时，抽铅添汞相交顾。

攒簇五行造化生，合和四象分时度。二气归于黄道间，三家会在金丹路。

三篇文字看起来角度各有不同，但核心的内容却是高度一致，就是强调“内丹”之“内”。“休漏泄，体中藏”“身内有丹药，外边采取枉徒劳”“身中日月”“倚天为顶地为炉”都是这个意思。

为了让这个基本立场更鲜明，在安排孙悟空自述丹药在“身内”“身中”的同时，还特别从反面着笔，写了这么一段：“原来是三个妖魔，席地而坐。上首的是一条黑汉，左首下是一个道人，右首下是一个白衣秀士，都在那里高谈阔论。讲的是立鼎安炉，抟砂炼汞；白雪黄芽，旁门外道。”“立鼎安炉”炼制丹药，是所谓的“外丹”，与全真道提倡的“内丹术”相反，所以这里特地拿来做反面衬托，直接指斥为“旁门外道”——下文还有黑熊怪因服“外丹”而吃亏上当的情节。由此亦可见，当初插入这些笔墨并非无所谓的闲文。

猪八戒与沙僧的自述修道经历也是丹道语集中之处。如十九回：

自小生来心性拙，贪闲爱懒无休歇。不曾养性与修真，混沌迷心熬日月。

忽然闲里遇真仙，就把寒温坐下说。劝我回心莫堕凡，伤生造下无边孽。

有朝大限命终时，八难三途悔不喋。听言意转要修行，闻语心回求妙诀。

有缘立地拜为师，指示天关并地阙。得传九转大还丹，工夫昼夜无时辍。

上至顶门泥丸宫，下至脚板涌泉穴。周流肾水入华池，丹田补得温温热。

婴儿姹女配阴阳，铅汞相投分日月。离龙坎虎用调和，灵龟吸尽金乌血。

三花聚顶得归根，五气朝元通透彻。功圆行满却飞升，天仙对对来迎接。

接下来，还有："金性刚强能克木，心猿降得木龙归。金从木顺皆为一，木恋金仁总发挥。一主一宾无间隔，三交三合有玄微。性情并喜贞元聚，同证西方话不违。""意马胸头休放荡，心猿乖劣莫教嚎。情和性定诸缘合，月满金华是伐毛。"一回书中，一个故事，丹道语也是如此集中，而且相互关联。

又如二十二回写沙僧：

皆因学道荡天涯，只为寻师游地旷。常年衣钵谨随身，每日心神不可放。

沿地云游数十遭，到处闲行百余趟。因此才得遇真人，引开大道金光亮。

先将婴儿姹女收，后把木母金公放。明堂肾水入华池，重楼肝火投心脏。

三千功满拜天颜，志心朝礼明华向。

紧接着，二十三回又对悟空、八戒、沙僧三人汇聚作一丹道式的"小结"：

奉法西来道路赊，秋风淅淅落霜花。乖猿牢锁绳休解，劣马勤兜鞭莫加。

木母金公原自合，黄婆赤子本无差。咬开铁弹真消息，般若波罗到彼家。

“天关”“地阙”“顶门泥丸”“脚板涌泉”“肾水”“华池”“丹田”“心脏”，反反复复都在点明修行功夫是身体内做的。

这些诗赞“群”都是小说某撰写者自创的文字。

另一种情况是长篇泛论语，则是迻录全真道文献中现成的文字。

如前面提到的六十四回《木仙庵三藏谈诗》中的大段讲论佛学、道理的文字：

长老闻言，慨然不惧，即对众言曰：“禅者静也，法者度也。静中之度，非悟不成。悟者，洗心涤虑，脱俗离尘是也。夫人身难得，中土难生，正法难遇：全此三者，幸莫大焉。至德妙道，渺漠希夷，六根六识，遂可扫除。菩提者，不死不生，无余无欠，空色包罗，圣凡俱遣。访真了元始钳锤，悟实了牟尼手段。发挥象罔，踏碎涅般。必须觉中觉了悟中悟，一点灵光全保护。放开烈焰照娑娑，法界纵横独显露。至幽微，更守固，玄关口说谁人度？我本元修大觉禅，有缘有志方记悟。”

四老侧耳受了，无边喜悦……拂云叟笑云：“我等生来坚实，体用比尔不同。感天地以生身，蒙雨露而滋色。笑傲风霜，消磨日月。一叶不凋，千枝节操。似这话不叩冲虚，你执持梵语。道也者，本安中国，反来求证西方。空费了草鞋，不知寻个什么？石狮子剜了心肝，野狐涎灌彻骨髓。忘本参禅，妄求佛果，都似我荆棘岭葛藤谜语，萝蓏浑言。此般君子，怎生接引？这等规模，如何印授？必须要检点见前面目，静中自有生涯。没底竹篮汲水，无根铁树生花。灵宝峰头牢着脚，归来雅会上龙华。”

以八百余字讨论这些很枯燥的“理论”话题，真是不吝辞费。以致有研究者怀疑乃吴承恩之后的他人插入，理由是与那些降妖伏魔的热闹情节风格迥异。不过，产生怀疑可以理解，所持理由大可推敲。一部百万字的长篇，又是长时段“累积”而成，多风格从生反而是正常状态。如写江湖豪侠的《水浒传》中穿插有潘金莲、潘巧云情事，写兵戈战阵为主的《三国演义》穿插有“舌战群儒”的文戏，都可作如是观。更何况，中间全真道染指又颇有曲折——这正是本书要阐发的重点，且待后文分解。

而占据这八百余字的四分之一以上的篇幅乃迻录于全真道文献。不仅涉及多篇文献，且又根据小说人物身份对文献拆分、处理，显示出很认真的态度。所迻录的“人身难得”云云来自《全真清规·朗然子家书》，“发挥象罔，踏碎涅般”“石狮子剜了心肝”云云来自冯尊师《升堂文》。不过，冯尊师的《升堂文》又来自长荃子的《洞渊集·升堂示众》，也不是冯的原创。更有趣的是，把这大段文字迻录进小说文本的人煞费苦心，将其拆分成两部分，分别系于论辩的对立双方——唐三藏与拂云子，再稍作调整，使其吻合于各自的身份与立场。

类似这种情况在七十八回《比丘怜子遣阴神　金殿识魔谈道德》中又出现一次：

> 三藏闻言，急合掌应道：“为僧者，万缘都罢；了性者，诸法皆空。大智闲闲，澹泊在不生之内；真机默默，逍遥于寂灭之中。三界空而百端治，六根净而千种穷。若乃坚诚知觉，须当识心：心净则孤明独照，心存则万境皆清。真容无欠亦无余，生前可见；幻相有形终有坏，分外何求？行功打坐，乃为入定之原；布惠施恩，诚是修行之本。大巧若拙，还知事事无为；善计非筹，必须头头放下。但使一心不行，万行自全；若云采阴补阳，诚为谬语，服饵长寿，实乃虚词。只要尘尘缘总弃，物物色皆空。素素纯纯寡爱欲，自然享寿永无穷。”
>
> 那国丈闻言，付之一笑，用手指定唐僧道：“……修仙者，骨之坚秀；达道者，神之最灵。携箪瓢而入山访友，采百药而临世济人。摘仙花以砌笠，折香蕙以铺裀。歌之鼓掌，舞罢眠云。阐道法，扬太上之正教；施符水，除人世之妖氛。夺天地之秀气，采日月之华精。运阴阳而丹结，按水火而胎凝。二八阴消兮，若恍若惚；三九阳长兮，如杳如冥。应四时而采取

药物，养九转而修炼丹成。跨青鸾，升紫府；骑白鹤，上瑶京。参满天之华采，表妙道之殷勤。比你那静禅释教，寂灭阴神，涅般遗臭壳，又不脱凡尘！三教之中无上品，古来惟道独称尊！”

这段对话近五百字，百分之九十是迻录于三于真人《心地赋》与托名宋仁宗的《尊道赋》，而二文均出自全真道士所编《鸣鹤余音》。与前面的例子相比，这一大段“理论”对话，直接迻录的比例更大。除了个别句子的语序稍有调整，几乎算是全文照抄了。

另一篇迻录的“理论”文字是在三十六回《劈破旁门见月明》。这段情况更为特殊。前面两段都是唐僧与他人讲论，而这一段却是师徒三人自家切磋。更不可思议的是，这里涉及的“理论”问题，竟然是悟空与沙僧讲给唐僧来听。

（唐僧）对月怀归，口占一首古风长篇。诗云：……行者闻言，近前答曰：“师父啊，你只知月色光华，心怀故里，更不知月中之意，乃先天法象之规绳也。月至三十日，阳魂之金散尽，阴魄之水盈轮，故纯黑而无光，乃曰‘晦’。此时与日相交，在晦朔两日之间，感阳光而有孕。至初三日一阳现，初八日二阳生，魄中魂半，其平如绳，故曰‘上弦’。至今十五日，三阳备足，是以团圆，故曰‘望’。至十六日一阴生，

> 二十二日二阴生，此时魂中魄半，其平如绳，故曰‘下弦’。至三十日三阴备足，亦当晦。此乃先天采炼之意。我等若能温养二八，九九成功，那时节，见佛容易，返故田亦易也。诗曰：‘前弦之后后弦前，药味平平气象全。采得归来炉里炼，志心功果即西天。’”
>
> 那长老听说，一时解悟，明彻真言。满心欢喜，称谢了悟空。沙僧在旁笑道：“师兄此言虽当，只说的是弦前属阳，弦后属阴，阴中阳半，得水之金；更不道：‘水火相搀各有缘，全凭土母配如然。三家同会无争竞，水在长江月在天。’”那长老闻得，亦开茅塞。正是：“理明一窍通千窍，说破无生即是仙。”

这一大段和全真教关系匪浅，柳存仁在《全真教和小说西游记》中已经注意到：“这一大段文字，正像是《参同契》《悟真篇》的翻版。撰书的人把它们放在悟空、悟净的嘴里，读来几乎令我们忘却他们一个是大闹天宫蹬倒八卦炉的齐天大圣，一个是流沙河里贬下凡的卷帘大将了！如果在百回本之前有过一个全真本《西游记》存在，我想这一大段文字，大概是它的原装货。”可以说，柳先生的学术感觉十分敏锐，他的猜想（“如果”云云）也很准确，只是“原装货”讲得终隔一层。后来的学者陆续指出了这里的“诗曰”云云，出自紫阳真人张伯端的《悟真篇》，并加以改动。但是，我们又发现：“前弦之后后弦前，药味平平气象全。采得归来炉里炼”这三句韵文，以及悟空、沙僧两个人的长篇大论也完全是抄袭而来。如果看《紫阳真人悟真篇注疏》，那只能发现那三句的来头。但如果进一步翻检《悟真篇三注》，便不难洞察“抄袭”的全貌了。《悟真篇三注》题署为“南宋薛道光、陆墅”与元代陈致虚三人合注（一说，实乃陈氏所为，薛、陆为托名）。陈致虚是元中后期全真道领袖人物，“三注”亦影响一时。其中云：

前弦之后后弦前，药物平平气象全。

采得归来炉里煅，煅成温养自烹煎。

道光曰：月至三十，阳魂之金散尽，阴魄之水盈轮，故纯阴。阴而无光，法象坤，故曰晦。晦朔两日，日月交合，同出同没。至于初二，月感阳光而孕。初三即现一阳于坤方庚上，即魄中生魂，法象震，此时人身金气初生药苗新也。初八日二阳生，法象兑，此时魄中魂半，其平如绳，故曰上弦。弦前属阳，弦后属阴，阴中阳半，得水中之金八两，其味平平，其气象全。十五日三阳备，法象乾，此时阴魄之水消尽，阳魂之金盈轮，是以团圆纯阳而无阴，故云望。阳极则生阴，十六日轮生一阴，魂中魄生，象巽。二十三日二阴生，象艮，此时魂中魄半，亦平如绳，故曰下弦。弦前属阴，弦后属阳。阳中阴半，得金中之水半斤，其味平平，其气象全。圣人采此二八，擒居造化炉中，烹煅温养，以成还丹。仙翁此章丁宁反复，使自己一意也。烹煎者，良有妙哉意也。

其中被孙悟空以及沙僧“抄袭”走了的，略计一百三十余字，约占全文的一半稍弱。但是看得出来，抄录的人是很认真地提纲挈领式操作的。而特意安排给沙僧的那段话，绝非要彰显其学识，而是要强调一下“黄婆”——即沙僧所“代言”者在修炼内丹时的作用。

五

综合上面三节所列，《西游记》文本中掺杂有大量全真道的文字，应无疑义了。但是，令人困惑的是，小说整体的宗教态度却是扬佛贬道，有的地方甚至流露出对道教的敌视来。

这种奇怪现象的原因正是本书要解决的核心问题，且留待后面细加分说。这里先来证明“小说整体的宗教态度却是扬佛贬道”。

由于《西游记》中有一些调合“三教”的话头，特别是“安天大会”上，如来与老君同为玉帝的座上宾，车迟国一节孙悟空以“三教归一”教训国王，所以不作深察者便有“《西游记》主张三教平等、三教合一”之说。但一经深入文本，便不难得出相反的结论。

《西游记》的扬佛贬道倾向主要表现在四个不同的层面上：

第一个层面，对于佛教与道教的领袖形象褒贬不同的描写。

小说中，佛教领袖自然是“如来佛”。而这个“如来佛”则是释迦牟尼佛的专称，如：“三藏早已省悟，即对行者道：‘你两个形容如一，神通无二，若要辨明，须到雷音寺释迦如来那里，方得明白。’”（五十八回）“待得唐僧到时，急至大雄殿下，报与如来至尊释迦牟尼文佛说：‘唐朝圣僧到于宝山取经来了。’”（九十八回）——这种用法原非佛教通例，而小说的流行使得中土大众完全认同了这一称谓。

《西游记》中如来佛无疑是神通最为广大，可算是无所不能的神祇。给读者印象最深的是“跳不出如来佛的手掌心”的情节。值得注意的是，他的这种至高无上神通是以道教最高神——老君的无能来反衬的。大闹天宫一段，老君试图用八卦炉炼化孙大圣，结果反而成全了猴王。小说第七回写道：

那大圣双手侮着眼，正自揉搓流涕，只听得炉头声响，猛睁睛看见光明，他就忍不住将身一纵，跳出丹炉，唿喇一声，蹬倒八卦炉，往外就走。慌得那架火看炉与丁甲一班人来扯，被他一个个都放倒，好似癫痫的白额虎，风狂的独角龙。老君赶上抓一把，被他一捽，捽了个倒栽葱，脱身走了。

且不说八卦炉计划的失败，只看“赶上抓一把”的低能，“捽了个倒栽葱”的狼狈，这个道教领袖的能力便判然若揭了。而玉皇大帝的天庭诸神也应是道教系统居多，却同样拿猴王没有办法。最终只好去请如来佛：

当时众神把大圣攒在一处，却不能近身，乱嚷乱斗，早惊动玉帝。遂传旨着游奕灵官同翊圣真君上西方请佛老降伏。……好大圣，急纵身又要跳出，被佛祖翻掌一扑，把这猴王推出西天门外，将五指化作金木水火土五座联山，唤名“五行山”，轻轻的把他压住。

“翻掌一扑”“轻轻压住”与“抓一把”“倒栽葱”形成了鲜明对比。作者唯恐人们忽视了这一对比的意味，同一回中一而再、再而三地拿出来说事：

王母娘娘……施礼曰：“前被妖猴搅乱蟠桃嘉会，请众仙众佛，俱未成功。今蒙如来大法链锁顽猴，喜庆安天大会，无物可谢，今是我净手亲摘大株蟠桃数颗奉献。”

（寿星）曰：“始闻那妖猴被老君引至兜率宫锻炼，以为必致平安，不期他又反出。幸如来善伏此怪，设宴奉谢，故此闻风而来。更无他物可献，特具紫芝瑶草、碧藕金丹奉上。”

恭维如来，偏要举出老君、众仙的无能——还是老君在场的情况下，上下其手的意味实在太明显了。更好笑的是，如来自己也沾沾自喜地夸耀：

如来道：“那厮乃花果山产的一妖猴，罪恶滔天，不可名状，概天神将，俱莫能降伏；虽二郎捉获，老君用火锻炼，亦莫能伤损。我……将他一把抓住，指化五行山，封压他在那里。玉帝大开金阙瑶宫，请我坐了首席，立安天大会谢我，却方辞驾而回。"

"概天神将，俱莫能降伏""亦莫能伤损"，所流露的藐视；"请我坐了首席"，所表现的洋洋得意，都未免不够大气。不过，这种过于着相的抑扬，实际上反映的是作者的情感态度。我们来看所谓"安天大会"的会场安排：

那玉清元始天尊、上清灵宝天尊、太清道德天尊……都捧着明珠异宝，寿果奇花，向佛前拜献曰："感如来无量法力，收伏妖猴。蒙大天尊设宴呼唤，我等皆来陈谢。请如来将此会立一名，如何？"如来领众神之托曰："今欲立名，可作个'安天大会'。"各仙老异口同声，俱道："好个'安天大会'！好个'安天大会'！"……众皆畅然喜会，只见王母娘娘引一班仙子、仙娥、美姬、毛女，飘飘荡荡舞向佛前，施礼曰："前被妖猴搅乱蟠桃嘉会，请众仙众佛，俱未成功。今蒙如来大法链锁顽猴，喜庆'安天大会'，无物可谢，今是我净手亲摘大株蟠桃数颗奉献。"

道教的最高神——所谓"三清"，都要到"佛前拜献"；天庭——

道教的“政权”机构——的“第一夫人”王母娘娘也到佛前献舞施礼。显然，佛祖的地位要高上一层的。

作品在下文对老君的不敬也是随处流露于笔端，如四十四回车迟国一节：

> 呆子急了，闻得那香喷喷供养要吃，爬上高台，把老君一嘴拱下去道：“老官儿，你也坐得彀了，让我老猪坐坐。”……那呆子还变做老君。

让猪八戒把老君像“一嘴拱下去”，并让这个“夯货”“变做老君”，虽然是游戏之笔，但大不敬的态度还是毋庸讳言的。

小说中，代表佛教出场最多的佛门领袖人物其实是观音。一般而言，观音毕竟是佛门“第二层次”的角色，是不应和老君并列的。但事实上，《西游记》里的观音是最为可敬可亲而又威力无穷的神祇，远非老君所可比拟的。

其形象：

> 那菩萨——理圆四德，智满金身。缨络垂珠翠，香环结宝明。乌云巧迭盘龙髻，绣带轻飘彩凤翎。碧玉纽，素罗袍，祥光笼罩；锦绒裙，金落索，瑞气遮迎。眉如小月，眼似双星。玉面天生喜，朱唇一点红，净瓶甘露年年盛，斜插垂杨岁岁青。解八难，度群生，大慈悯。故镇太山，居南海，救苦寻

声，万称万应，千圣千灵。兰心欣紫竹，蕙性爱香藤。他是落伽山上慈悲主，潮音洞里活观音。（八回）

真当得起“法相庄严”的赞誉。其神通：

菩萨教：“拿上瓶来。”这行者即去拿瓶，唉！莫想拿得他动。好便似蜻蜓撼石柱，怎生摇得半分毫？行者上前跪下道：“菩萨，弟子拿不动。”菩萨道：“你这猴头，只会说嘴，瓶儿你也拿不动，怎么去降妖缚怪？”行者道：“不瞒菩萨说，平日拿得动，今日拿不动。想是吃了妖精亏，筋力弱了。”菩萨道：“常时是个空瓶；如今是净瓶抛下海去，这一时间，转过了三江五湖，八海四渎，溪源潭洞之间，共借了一海水在里面。你那里有架海的斤量？此所以拿不动也。”行者合掌道：“是弟子不知。”那菩萨走上前，将右手轻轻的提起净瓶，托在左手掌上。（四十二回）

孙悟空是“似蜻蜓撼石柱”，而观音是“轻轻的提起”，实力差距简直不可以道里计！其慈悲：

只见那山左山右，走出许多神鬼，却乃是本山土地众神，都到菩萨宝莲座下磕头。菩萨道：“汝等俱莫惊张，我今来擒此魔王。你与我把这团围打扫干净，要三百里远近地方，不

> 许一个生灵在地。将那窝中小兽，窟内雏虫，都送在巅峰之上安生。”众神遵依而退。须臾间，又来回复，菩萨道：“既然干净，俱各回祠。”遂把净瓶扳倒，唿喇喇倾出水来，就如雷响。……孙大圣见了，暗中赞叹道：“果然是一个大慈大悲的菩萨！若老孙有此法力，将瓶儿望山一倒，管什么禽兽蛇虫哩！”（四十二回）

这两段都是拿孙悟空来作反衬，显出观音菩萨的无边法力与大慈悲境界。而心高气傲的齐天大圣在观音面前竟然会“泪如泉涌，放声大哭”，观音则如慈母般予以抚慰：

> 菩萨教木叉与善财扶起道：“悟空，有甚伤感之事，明明说来，莫哭，莫哭，我与你救苦消灾也。”（五十七回）

在另外的地方，更是直接拿道教领袖，包括老君来作反衬。一个是号称“三清是朋友，四帝是故人，九曜是晚辈，元辰是下宾”的道教地仙之祖镇元子，见到观音时，“躬身谢菩萨道：‘小可的勾当，怎么敢劳菩萨下降？’”而观音自己也不无得意地讲：

> “当年太上老君曾与我赌胜，他把我的杨柳枝拔了去，放在炼丹炉里，炙得焦干，送来还我。是我拿了插在瓶中，一昼

> 夜，复得青枝绿叶，与旧相同。”(二十六回)

佛教的观音信仰虽源于《法华经·普门品》，但以大慈悲、大神通的女神形象深入中土信众之人心，实得力于《西游记》者甚多。

第二个层面是对妖道罪恶的渲染。《西游记》中也有一两笔写负面的僧人形象，但限于贪鄙、世俗而已。而写道士之作恶，则登峰造极，令人发指。如比丘国的国丈，先是蛊惑君主，要用“一千一百一十一个小儿的心肝，煎汤服药”；后又打起唐僧的主意。

> 国丈才说：“那东土差去取经的和尚，我观他器宇清净，容颜齐整，乃是个十世修行的真体。自幼为僧，元阳未泄，比那小儿更强万倍，若得他的心肝煎汤，服我的仙药，足保万年之寿。”(七十八回)

屠戮幼儿，剖取心肝，阴狠恶毒无以复加。再如黄花观。外观环境是“真如刘阮天台洞，不亚神仙阆苑家”，进门处“有一对春联：‘黄芽白雪神仙府，瑶草琪花羽士家。’”——都是超凡脱俗的神仙境界。观中“只见那正殿谨闭，东廊下坐着一个道士，在那里丸药”，也是一个标准的道教高士的样子。但现出原形后：

那道士扑的倒在尘埃，现了原身，乃是一条七尺长短的大蜈蚣精。

那厮毒药最狠，药倒人，三日之间，骨髓俱烂。（七十三回）

这样的道士形象自然会导致读者对道教的敌视。

这样的妖道形象还有乌鸡国谋朝篡位的“全真”，西梁国霸泉敛财的如意道人等。

第三个层面明目张胆地贬损道教的一些笔墨，最突出的无过于车迟国一节。车迟国的故事在“西游”成书过程的前期已略具规模。在《朴通事谚解》中是这样写的：

唐僧师徒二人，正到城里智海禅寺投宿，……孙行者……夺吃了祭星茶果，却把伯眼打了一铁棒（《西游记》云：“有一个先生到车迟国，吹口气，以砖瓦皆化为金，惊动国王，拜为国师，号伯眼大仙”）①

这里只是一个老虎精作怪，并未涉及对道教的态度问题。而到了世德堂本《西游记》中，把“孙行者夺吃了祭星茶果”一句话铺演成了极为滑稽的大段故事：

① 朱一玄、刘毓忱：《西游记资料汇编》，中州书画社，1982年，第112页。

三清观道士禳星哩……两边道士奏笙簧，正面高公擎玉简。宣理《消灾忏》，开讲《道德经》……八戒道："中间的是元始天尊，左边的是灵宝道君，右边的是太上老君。"行者道："都要变得这般模样，才吃得安稳哩。"那呆子急了，闻得那香喷喷供养，要吃，爬上高台，把老君一嘴拱下去道："老官儿，你也坐得彀了，让我老猪坐坐。"八戒变做太上老君，行者变做元始天尊，沙僧变作灵宝道君，把原像都推下去。及坐下时，八戒就抢大馒头吃，行者道："莫忙哩！"八戒道："哥哥，变得如此，还不吃等甚？"行者道："兄弟呀，吃东西事小，泄漏天机事大。这圣象都推在地下，倘有起早的道士来撞钟扫地，或绊一个根头，却不走漏消息？你把他藏过一边来。"八戒道："此处路生，摸门不着，却那里藏他？"行者道："我才进来时，那右手下有一重小门儿，那里面秽气畜人，想必是个五谷轮回之所。你把他送在那里去罢。"这呆子有些夯力量，跳下来，把三个圣像拿在肩膊上，扛将出来。到那厢，用脚登开门看时，原来是个大东厕，笑道："这个弼马温着然会弄嘴弄舌！把个毛坑也与他起个道号，叫做什么五谷轮回之所！"那呆子扛在肩上且不丢了去，口里啯啯哝哝的祷道：

三清，三清，我说你听：远方到此，惯灭妖精，欲享供养，无处安宁。借你坐位，略略少停。你等坐久，也且暂下毛坑。你平日家受用无穷，做个清净道士；今日里不免享些秽物，也做个受臭气的天尊！

> 祝罢，烹的望里一捽，濽了半衣襟臭水，走上殿来。行者道：“可藏得好么？”八戒道：“藏便藏得好。只是濽起些水来，污了衣服，有些腌脏臭气，你休恶心。”行者笑道：“也罢，你且来受用，但不知可得个干净身子出门哩。”那呆子还变做老君。（四十四回）

把道教的三个最高神神像丢进粪坑，这样的处理恐怕不能简单地看作是玩笑之笔了。清代初年的《古本西游证道书》，特地把这段文字改写为“（行者）道：‘我才进门来时，那右手有一口大池，你把他送在那里去罢。’（八戒）把三个圣像扛在肩膊上，到池边，尽抛在水里。走回殿上，仍旧变做老君。”把粪坑改为水池，显然是不满于世本过分的敌视态度。需要指出的是，这种《古本西游证道书》的题署为：“钟山黄太鸿笑苍子，西陵汪象旭憺漪子同笺评。”汪象旭曾自称是“奉道弟子”，黄太鸿就是著名的明遗民黄周星，有传说他曾做过道士。总之，这改动的一笔，同样不能看做简单的文字打磨，背后的宗教立场之别是不能忽视的。

除了把道教领袖像丢进粪坑之外，这一段还有很过分的情节设计，就是让三个道士喝了三个和尚的尿。先是道士祈祷：“扬尘顿首，谨办丹诚。微臣归命，俯仰三清。自来此界，兴道除僧。国王心喜，敬重玄龄。罗天大醮，彻夜看经。”特别点出道教与佛教争胜的大背景。然后是孙悟空等恶作剧，骗得三个道士喝尿，然后还得意扬扬地羞辱道：

> 大唐僧众，奉旨来西。良宵无事，下降宫闱。吃了供养，闲坐嬉嬉。蒙你叩拜，何以答之？那里是什么圣水，你们吃的都是我一溺之尿！（四十五回）

其间的感情态度也是肆无忌惮地表达出来。如果换个角度看，这样写法，不甚妥当，对道教来说可谓欺人太甚了。但是，小说的基本宗教立场十分确定，且毫不掩饰，就是要扬佛抑道——“昏君信着那些道士，兴道灭僧”“大唐圣僧……来显神通，灭了道士，还敬沙门禅教”。

第四个层面更为简单，却更为直接，如第十九回《云栈洞悟空收八戒》：

> 行者道：“你丈人不曾去请我。因是老孙改邪归正，弃道从僧，保护一个东土大唐驾下御弟，叫做三藏法师，往西天拜佛求经……”

“改邪归正，弃道从僧”，直接把“道”与“邪”对应，并用一“弃”字表明立场——实际在后面的情节中，并无“弃”道的描写。但是这种基本态度，并不是偶然出现一次，又如第五十三回《黄婆运水解邪胎》：

> 行者道：“我因归正释门，秉诚僧教，这一向登山涉水，把我那幼时的朋友也都疏失……”

“归正释门”的潜台词，原来的道门自然是不“正”的了。三十五回《外道施威欺正性》中，孙悟空自道：“（老孙）弃道从僧用，求经归觉正。”同样是“弃”道，也同样是以僧为“正”。还有二十六回：“寿星道：‘我闻大圣弃道从释’”，九十回：“天尊答礼道：‘大圣，这几年不见，前闻得你弃道归佛’”等等，都是直接的以“弃”“归”及“邪”“正”来书写道教与佛教的关系。

综合上述，小说在佛教与道教之间所持的态度是鲜明的有所褒贬，有所厚薄的。而这与前面三节揭示的文本中大量道教元素实相抵牾。

对于文本中这样明显而巨大的裂罅，长时间以来，我们的研究者视如不见，实在是可骇怪的现象。

六

按说，指出了“巨大裂罅”的存在，接下来应该回答一个“为什么”的问题，也就是应该消释本讲题目的“悬疑”了。

不过，考虑到柳存仁先生当年的那个疑虑：全真话语大部分是漂浮在文本表面，与小说的情节几乎没有关系。这样的话，就不排除进入文本的这些全真元素是作者偶然加入的可能。因此，在最终面对“悬疑”之前，我们还有必要深入发掘一下这些全真元素与小说情节、小说人物的内在关联……

第三讲　孙猴子：名称最多的文学人物

——先说“心猿”的来历

一

在讲本节“正题”之前，要先补一补课：就全真道问题，特别是全真道与佛教的关系问题，做一个简单的知识性说明。

全真道是中国道教后期的两大派别之一。

一部道教的历史就是大小派别迭出、不断分合的过程。以大端而言，早期的五斗米教演变成天师道，后又演化出龙虎宗，元明时期经过一系列变迁形成了正一道——是为官方支持的主流派别。与正一道并存、相对的另一大派别就是全真道。全真道主张修习内丹，形成于宋金，大盛于元初。其内部也是派别林立。创教之初，有南北两个支系。南宗奉钟离权、吕洞宾为祖师，主要人物为宋人张伯端（紫阳）、白玉蟾等。北宗为金人王重阳创立，主要人物为马钰（丹阳）、丘处机等。后南北合流，由于丘处机的强大活动能力，使得北宗人物的影响更大一些。

丘处机曾不远数千里西行谒见成吉思汗，深得成吉思汗的礼敬，尊称其为“丘神仙”。当他于1223年请准东归时，成吉思汗令他“掌管天下的出家人”，并敕免全真门下道士的差役赋税。一时间全真道弟子遍布于河北、河南、山东、山西、陕西、甘肃等广大地区。丘处机的弟子把他西行觐见经历写成《长春真人西游记》，便有以此张大本教派声势的用意。

张伯端以禅宗顿悟圆通之说阐释内丹还虚之境，有《禅宗歌颂》：“《楞严经》云：有十种仙，皆于人中炼心坚固精粹，寿千万岁。若不修正觉三昧，则报尽还来，散入诸趣。是以弥勒菩萨《金刚经颂》云：饶君百万劫，终久落空亡。故此《悟真篇》中先以神仙命衍诱其修炼，次以诸佛妙用广其神通，终以真如觉性遣其幻妄，而归于究竟空寂之本源矣。”[①]白玉蟾亦深究禅学，融会于内丹理论之中，提出“至道在心，即心是道，六根内外，一般风光”，“六根”[②]云云也是纯以佛理入道。

王重阳在创立全真教时，宣扬三教合一思想，并以此作为创教的宗旨。他在山东文登等地所建立的五个会，皆冠以“三教”二字。传教时，又经常劝人诵读佛教《般若心经》，说：“三教者，如鼎三足。”又有《孙公问三教》诗云：“儒门释户道相通，

① 《紫阳真人悟真篇拾遗》，《正统道藏》洞真部。
② 《海琼白真人语录》，《正统道藏》正一部。

三教从来一祖风。”[1]《答战公问先释后道》中称：“释道从来是一家，两般形貌理无差。”《问禅道者何》：“禅道两全为上士，道禅一得自真僧。”《老僧问生死》：“从此不生应不灭，定归般若与波罗。”《僧净师求修行》：“依旨念弥陀，清凉气候和。要全三曜照，须认六波罗。般若常令显，菩提每见多。真如应得悟，欢喜出娑婆。”《述怀》：“要见菩提相，应当识蜜多。结成三藏宝，显现六波罗。”甚至直接为信众讲解起佛经，如《吕善友索金刚经偈》：“金刚四句首摩诃，其次须寻六字歌。仗起慧刀开般若，能超彼岸证波罗。识心见性通真正，知汞明铅类蜜多。依得此中端的义，上腾碧落出娑婆。”《金刚经》“四句偈”是佛学中一个相当专门的理论话题，作为道教的领袖，为信众讲解这个问题，可见其日常传教借助佛教话语的程度。

作为道教的一个派别，把佛教的名词术语挂在嘴边，毫不掩饰地袭用佛教的理论，这是相当奇特的现象，也是全真道的一个特点。明乎此，对于全真道与佛教的唐僧取经故事产生交集就不会感到意外了。

二

《西游记》的第一主角是孙悟空。小说中，他的“戏份”当然是最多的。有趣的是，他在作品中的“名号”也是最多的。

---

① 王重阳：《王重阳集》，齐鲁书社，2005年，第9、11、12页。

按理说，把主人公的名字搞清楚，应该是阅读小说的一个基本前提。但弄清《西游记》里这只猴子的所有名号却是个比较麻烦的事情。

一则猴子的名号相当多；二则有些名号的来历、含义颇有名堂，溯源辨流不是件容易的事情；三则有的名号数百年来谬解流传，似乎已成定谳，要“翻案”需要花费加倍的力量。

我们先来做一番“定量”的工作，数数他到底有哪些名号、称谓，各自出现的频度又如何。

先从回目上看。回目中他的名称可分七类，具体为十一种，共出现47次。其中，“弼马温”1次，简称为“弼马”；“齐天大圣”8次，简称为“大圣”或“齐天”；“心猿”17次；“孙行者”10次，或简称为“行者”；“悟空”8次；“美猴王”2次，或简称为“猴王”；“金公”3次，或简称为“金”。这十一种在正文中都出现过，而以“大圣”“行者”“悟空”为最多。此外，正文中还另有“猴头”“猴子”“泼猴”等称谓。

从功能看，这些名号、称谓使用的语境明显不同，用法也颇有差别。而从来源与含义看，有些相对简单，无甚深义；有些如“弼马温”“金公”“心猿”“悟空”等却是各有名堂，很值得我们逐一来分说一番。

近些年来，随着研究方法的变化，人们对于《西游记》的宗教内容以及相关的叙事特色，逐渐给予了较多的关注。对于文本中频频出现的“心猿”一词的意义与功能，也在不少论文中有所涉及，甚至有了专题性研究。[①]在这些文章中，研究者多把“心猿”的来历归之于佛教，把“心猿”的频频出现归之于明中叶阳明心学的勃兴。甚至有人把“心猿”具体化为“解读《心经》的老猿”，从而对孙悟空、唐三藏的形象作出新的阐释。

这些解释或多或少都有望文生义的嫌疑。“心猿”一词与《心经》之“心”毫无关系，与心学更是风马牛不相及也。廓清其来历的迷雾，对于认识这部奇书多重阐释空间的特色，以及探索其成书的过程，都是很有意义的。

实际上，对这一问题，柳存仁先生早在二十年前就有了很好的见解。[②]只是当时柳先生关注的重点不在于此，所以在《全真教和小说西游记》那四万余字的宏文中，正面讨论“心猿”来历及其意义的部分不到六百字。他指出了“心猿意马的用语，是百回本《西游记》回目和若干文字里几个重要角色的代名词”，并强调“这些名词，也是宣传道教的人把这部小说的故事情节（民间的传说和《大唐三藏取经诗话》等著述的目标和立场本是佛教的）尽量道教化的一部分表现”。这些看法都是十分精辟的。不过柳先生论之未彻，大陆学者重视不够，使得这个问题仍存在上述认识误区。我们在柳先生文章的基础上，再作进一步的考察，试图在以下四点有更细致些的结论：1.“心猿”的语源，以及在各类

① 如王齐洲：《西游记与心经》，《学术月刊》2001年第8期。程毅中：《心经与心猿》，《文学遗产》2004年第1期，等等。

② 柳存仁：《全真教和小说西游记》，见《和风堂文集》，上海古籍出版社，1991年。

著作中使用的频度。2. 全真教代表人物著作中使用“心猿”的频度。3. 证明《西游记》中“心猿”一词的使用确与全真教有关。4. 说明“心猿”考论对于《西游记》研究的多方面意义。

(一)

首先，来看“心猿”一词在《西游记》中使用的情况。这里以世德堂百回本为主进行统计，其他版本有重大差别的地方在论及时指出。

在《西游记》中，孙悟空的多种称谓若从叙事学的角度看，可分为功能有明显差异的两组：一组为“孙悟空”(及“悟空”)、孙行者（及“行者”)、孙大圣（及“大圣”)等，一组为“心猿”“金公”等。前者是故事内的称谓，即可以由讲述者使用，也可以由故事中人物（包括本人）使用——所谓讲述者使用，是指在回目、诗赞等处出现；所谓“故事中人物使用”，是指故事中人物对话中出现。而后者则只能由讲述者使用，而且大多数情况只在某些特定的叙事方式中使用。

“心猿”是后一种情况中使用最多的。

统计百回本中“心猿”以及衍生出的少量“猿马”“乖猿”等，共计有35处，主要分为三种情况：

第一种是回目。这种最多，共有19条。胪列如下——

第　七　回　八卦炉中逃大圣　五行山下定心猿；
第 十 四 回　心猿归正　六贼无踪；
第 三 十 回　邪魔侵正法　意马忆心猿；
第三十四回　魔王巧算困心猿　大圣腾那骗宝贝；
第三十五回　外道施威欺正性　心猿获宝伏邪魔；
第三十六回　心猿正处诸缘伏　劈破旁门见月明；
第 四 十 回　婴儿戏化禅心乱　猿马刀归木母空[①]；
第四十一回　心猿遭火败　木母被魔擒；
第四十六回　外道弄强欺正法　心猿显圣灭诸邪；
第五十一回　心猿空用千般计　水火无功难炼魔；
第五十四回　法性西来逢女国　心猿定计脱烟花；
第五十六回　神狂诛草寇　道昧放心猿；
第七十五回　心猿钻透阴阳窍　魔王还归大道真；
第 八 十 回　姹女育阳求配偶　心猿护主识妖邪；
第八十一回　镇海寺心猿知怪　黑松林三众寻师；
第八十三回　心猿识得丹头　姹女还归本性；
第八十五回　心猿妒木母　魔主计吞禅；
第八十八回　禅到玉华施法会　心猿木母授门人；
第九十八回　猿熟马驯方脱壳　功成行满见真如。

这些回目中的“心猿”，部分只是“孙悟空”的别称。作者之所以用

① 世德堂本、李卓吾评本皆如此，“新说”本为“猿马刀圭木母空”。当以后者为是。

别称，既有柳存仁所讲的“尽量道教化”动机，也有纯粹的行文需要。如“意马忆心猿”“魔王巧算困心猿”“心猿获宝伏邪魔”等，主要是追求行文变化及对仗所需，而字面上虽有些宗教色彩，却没有这方面的具体指涉。还有一部分是作者寄予了一定的宗教思想的内涵，如“五行山下定心猿”“心猿归正”“心猿正处诸缘伏”“道昧放心猿”“心猿遭火败”“心猿妒木母”等。这一些地方，“心猿”都有双关的意味：一方面，是作为孙悟空的代称；另一方面，试图揭示出孙悟空故事中含有的某种宗教哲理。例如“五行山下定心猿”，就是针对上文大闹天宫猴王放纵“心猿意马”而言，指把狂放的野心制服。特别要指出的是，作者还往往把“心猿”与“姹女”“婴儿”“五行”等丹道话语连类使用，如“姹女育阳求配偶　心猿护主识妖邪”“心猿识得丹头　姹女还归本性”“婴儿戏化禅心乱　猿马刀归木母空”，使得整个语境染上了更鲜明的道教色彩。

第二种是正文里的诗赞韵文。这种有14条，如：

“猿猴道体配人心，心即猿猴意思深。”(七回)

“金性刚强能克木，心猿降得木龙归。金从木顺皆为一，木恋金仁总发挥。”(十四回)

“乖猿牢锁绳休解，劣马勤兜鞭莫加。木母金公原自合，黄婆赤子本无差。”(二十三回)

“意马心猿都失散，金公木母尽凋零。黄婆伤损通分别，道义消疏怎得成！”(三十回)

“金顺木驯成正果，心猿木母合丹元。共登极乐世界，同来不二法门。”（三十一回）

“未炼婴儿邪火胜，心猿木母共扶持。”（四十回）

“性烛须挑剔，曹溪任吸呼，勿令猿马气声粗。”（五十回）

“灵台无物谓之清，寂寂全无一念生。猿马牢收休放荡，精神谨慎莫峥嵘。”（五十六回）

“此去不知何日返，这回难量几时还。五行生克情无顺，只待心猿复进关。”（五十七回）

“赌输赢，弄手段，等我施为地煞变。自到西方无对头，牛王本是心猿变。”（六十一回）

“木母遭逢水怪擒，心猿不舍苦相寻。暗施巧计偷开锁，大显神威怒恨深。”（六十三回）

“猴与魔，齐打仗，这场真个无虚诳。驯猴秉教作心猿，泼怪欺天弄假象。”（六十五回）

“正是：仙道未成猿马散，心神无主五行枯。”（六十五回）

“咦！正是：心猿里应降邪怪，土木司门接圣僧。”（八十一回）

这里也有几种不同情况。一种是简单的情节复述，如“木母遭逢水怪擒，心猿不舍苦相寻。暗施巧计偷开锁，大显神威怒恨深”。“心猿”只是孙悟空的代称。一种是复述情节，同时为故事加上一些与丹道有关的哲理色彩，如：“意马心猿都失散，金公木母尽凋零。黄婆伤损通分别，道义消疏怎得成！”“身在神飞不守舍，有炉无火怎烧丹。黄婆别主求金老，木母延师奈病颜。此去不知何日返，这回难量几时还。五行生克情无顺，只待心猿复进关。”；还有一种与正在发生的故事几乎看不出关联，自说自话地讲述宗教思想，如：“性烛须挑剔，曹溪任吸呼，勿令猿马气声粗。”。而这后两种情况恰恰呼应着回目中特殊的道教语境，如“心猿复进关”，一方面是指孙悟空回归取经队伍，同时又因为前面有“有炉无火怎烧丹”之说，故此“心猿进关”也就具有了丹道方面的隐喻含义。

第三种情况是在故事的叙述中使用。这种情况只有3条，即：

“却说唐僧听信狡性，纵放心猿，攀鞍上马。八戒前边开路，沙僧挑着行李西行。”（二十八回）

“话表三藏遵菩萨教旨，收了行者，与八戒、沙僧剪断二心，锁鞚猿马，同心戮力，赶奔西天。”（五十九回）

“难活人参十九难，贬退心猿二十难……”（九十九回）

其中第三条“贬退”云云其实质并非叙述故事，而是与回目相类似。所以，《西游记》虽然大量使用了“心猿”一词，但几乎没有用在严格意义的故事叙述中。这一点，对于我们后面的分析将很有意义。

名称最多的文学人物：孙悟空

（二）

“心猿”是个外来语。六朝以前的汉语中，似未见有其踪迹。译入中土的佛经，始把印度人常用的这个比喻结合着佛理掺入到汉语中。这期间，影响最大的当属十六国时，鸠摩罗什所译《维摩诘所说经》。其《香积佛品》云：“以难化之人，心如猿猴，故以若干种法，制御其心，乃可调伏。”而讲得更详细的则是稍晚些译出的《正法念处经》，其《生死品》云：

> 次复观察心之猿猴，如见猿猴。如彼猿猴躁扰不停。种种树枝花果林等，山谷岩窟回曲之处，行不障碍。心之猿猴，亦复如是。五道差别，如种种林。地狱畜生饿鬼诸道，犹如彼树。众生无量，如种种枝。爱如花叶，分别爱声诸香味等，以为众果。行三界山，身则如窟行不障碍。是心猿猴。此心猿猴，常行地狱饿鬼畜生生死之地。[①]

显然，这种细微的描写是和印度的生态环境直接有关的。恒河流域多猴，印度人与其朝夕相处，观察、感触深入细致，自然而然写入佛典里。其他佛经，如《大日经》分述六十种心相，最后一种为“猿猴心”，比喻这种心态躁动如猿猴。《心地观经》则称：“心如猿猴，游五欲树，暂不住故。”《大乘义章》亦有“六识之

① 《正法念处经》卷五，生死品之三，《大正藏》“经集部”四。

心……如一猿猴”之说。可见以猿喻放纵不羁的心灵为佛学常谈。

这一比喻随佛理进入了汉语，如果不计翻译、疏论性质的文字，那么首先进入的可能就是较有文学色彩的作品。而由于诗歌的比兴传统，这一比喻性词语很容易与其结缘。较早在诗歌中使用“心猿”一词的有南朝诗人萧绎等。而以萧绎帝王之尊，其作品影响自然远大于一般诗人。其《蒙预忏悔诗》中的“三修袪爱马，六念静心猿”便被收录到后世的多种类书里，成为“心猿意马”成语的出典。当然，这与作品的佛教题材直接相关。约略同时的北周诗人王褒也是在佛教题材的作品中使用了“心猿”。其《善行寺碑铭》曰：“七华妙觉，三空胜境；意树已雕，心猿斯静。”到了唐代，我们可以在较多诗人笔下见到“心猿”或其衍生词。如初唐的萧翼，其《答僧辩才》云“酒蚁倾还泛，心猿躁似调”；其后如钱起《杪秋南山西峰题准上人兰若》之“客到两忘言，猿心与禅定”。

和我们现在讨论的问题直接相关的，有一条很有意思的材料，就是“西游”的真正主角玄奘也曾使用过“心猿”这个词。他在《请入少林寺翻译表》中讲到：“今愿托虑禅门，澄心定水，制情猿之逸躁，絷意马之奔驰。”[①]这里的“情猿”就是“心猿”，以“情”代“心”，不过是一个避免重复的小小文字技巧。

不过，使我们稍感意外的是，如果做一下量化的统计工作，看看古代著述中“心猿”使用的频度究竟如何，那么就会发现结

①《中国佛教思想资料选编》第二卷第三册，中华书局，1983年，第19页。

果令人吃惊。

如《四库全书》，“经、史、子、集”四类著作计三千五百余部，检索“心猿”一词，共有146条。去除重复、形近而非的9条，仅得137条。而且，其中绝大多数是一卷中只出现一次，只有五卷中出现过两次。有趣的是，这五卷中有四卷是类书，另外一卷是《悟真篇注疏》。《悟真篇》出自张伯端之手，与全真道关系密切。也就是说，卷帙浩繁的“四库”中，除去这部与全真教有关的著作外，没有哪一位作者在自己的著述中，使用过两次或两次以上的“心猿”这个词。

再看《四部丛刊》，这部丛书有初编、续编、三编，包括释典道书在内，共计五百余种。“心猿”一词，检索仅仅得到62条，其中还有一条是“心，猿”，去掉后为61条。尽管其中有若干佛典道书，但总体来看，使用频率同样是相当低的。

我们再来看看佛教的典籍。

一部《大正藏》，收释家经、律、论、史等共计三千九百余部，而检索“心猿”一词，却只得了37条。

可见，虽然到了今天，“心猿意马”已是一个常用的成语，但在古代，它的使用频率却并不像我们想象的那么高。

同时，我们也会诧异于相反的情况——《西游记》一部书中使用三四十次的“记录”。相比之下，《西游记》的作者未免太偏爱“心猿”这个词语了。难道说，这仅仅是作者个人的语言偏爱吗？

（三）

我们不妨循柳存仁先生的思路继续向前走，到全真教的著作中做一番更为细致的爬梳，量化一下，看他们使用“心猿”一词究竟到了何种程度。

先看教主王重阳。

齐鲁书社的辑校本《王重阳集》[①]是迄今较为精审的王重阳著作整理本，共收入《重阳全真集》《重阳教化集》与《重阳分梨十化集》，以及《重阳立教十五论》等散篇。其中百分之九十以上是诗词曲形式的韵文。经统计，其中出现的“心猿”以及少量衍生词（如把“心猿意马”简称为“猿马”）共有38条。

这38条自然都是在表述全真教理，但语境与功能仍有一定的差别。大致说来，有以下三种情况：

第一种最为简单，就是袭用佛教的原意，用来比喻躁动的心灵。如“心猿紧缚无杂染，意马牢擒不夜巡”（《重阳全真集》卷一《梦》），“紧锁心猿，悟光阴，尘凡百年遄速”（《重阳全真集》卷三《花心动》），“如要修持，先把心猿锁”（《重阳全真集》卷四《苏幕遮》），等等。

第二种是把这种比喻与全真道的教理、修持方法联系起来，具有明显的全真道色彩。如“擒猿马，古来一句，柔弱胜刚强”（《重阳全真集》卷三《满庭芳》），“槌槌要，敲着心猿意马。细

① 《全真道文化丛书》第一辑，齐鲁书社，2005年。

细而，击动铮铮，使俱齐擒下……明光射入宝瓶宫，早儿娇女姹”（《重阳全真集》卷八《五更令》），“不得受人钦重，不得教人戏弄。不得意马外游，不得心猿内动”（《重阳全真集》卷九《四不得颂》），“金关扣户，玉锁扃门，闲里不做修持。杳默昏冥，谁会舞弄婴儿。睡则擒猿捉马，醒来后，复采琼枝”（《重阳全真集》卷十一《声声慢》），等等。

第三种是在原有的比喻意之上，又有所发挥。如“先且牢擒劣马子，且须缚住耍猿儿”（《重阳全真集》卷十三《望蓬莱》），“莫放猿儿耍”（《重阳教化集》卷一《黄鹤洞中仙》），“猿骑马，呈颠傻，难擒难捉怎生舍”（《重阳全真集》卷七《捣练子》），“意马擒来莫容纵，长堤备，珰滴琉玎。被槽头，猢狲相调弄，攒蹄举耳，早临风，珰滴琉玎”（《重阳全真集》卷十二《风马令》），等等。

从数量来讲，一个人的集子里，反复使用同一意象近四十次，是不多见的。而当我们与前文提到的他人对“心猿”的使用情况相比时，会越发感到王重阳的用语偏好。不过，对于今天探索的问题来讲，后两种涉及内涵方面的情况更值得关注一下。

前文在分析《西游记》中“心猿”使用情况的时候，特别强调了它与“姹女”“婴儿”以及“五行”的连类、并提的形式。而在王重阳的集子里，上述第二种情况与《西游记》相同。至于第三种情况，则又有新的意味。这里的“心猿”不只是比喻意义上的代称，他还开始向有个性的形象方面发展。“耍”“颠”“骑马”“调弄”，这些用语使得一个较为概念化的用语有了生动的形象感。

在王重阳之前，似乎还没有哪个人如此集中、如此多样、如此生动地使用过“心猿”及其相关的话语。

在王重阳的影响下，全真道的后来者很多人也对“心猿”的使用情有独钟。他的七大弟子，大多数都较多使用过这个词语，[①]而大弟子马钰比起乃师更是有过之而无不及。

齐鲁书社的辑校本《马钰集》，共收入其《洞玄金玉集》十卷、《渐悟集》二卷，以及《丹阳神光灿》《丹阳真人语录》等。其中绝大多数是诗词曲。经统计，其中出现的“心猿”及少量衍生词“猿马”之类，共计78条。这种情况实在令人叹为观止。

与王重阳相比，除去使用的频度更高之外，在与全真教理其他丹道术语连类使用，以及给“心猿”以生动形象方面，马钰也是继承乃师衣钵而又有所超越。连类使用的情况如“牢擒意马与心猿。先把龙虎收在鼎，自然铅汞得归元”（《渐悟集·玩丹砂》），“炼要须教铅汞结，收心不放马猿颠”（《补遗·丹阳继韵》），而《长思仙·赠小张仙》一篇讲得更明确：“小张仙，小张仙，款款搜寻汞与铅，先须缚马猿。气绵绵，气绵绵，龙虎相交玉蕊鲜，金丹一粒圆。”（《渐悟集》）这就把缚住心猿意马列为修习内丹的三步骤之一了。

在这78条中，有4条值得特别注意。一条是《南柯子·赠众

① 其余诸子中，刘处玄《仙乐集》出现最多，谭处端次之。七子的术语使用差别很大，值得进一步研究。

道友》：

心地频频扫，尘情细细除，莫教坑堑陷毗卢。本体常清净，方可论元初。　　性烛须挑剔，曹溪任吸呼，勿令猿马气声粗。昼夜绵绵息，端的好功夫。[①]

一条是《瑞鹧鸪·赠众道契》：

修行何处用工夫？马劣猿颠速剪除。牢捉牢擒生五彩，暂停暂住免三涂。　　稍令自在神丹漏，略放从容玉性枯。酒色财气心不尽，得玄得妙恰如无。[②]

这两条均见于《马钰集·渐悟集》，而同时见于百回本《西游记》的第五十回与九十一回，文字小有异同。这一点是证明《西游记》与全真道直接关联的最有力材料。这业经柳存仁先生指出。而另外两条其实也有类似的价值，似尚未被充分注意到。其一是马钰与王重阳的唱和。《重阳全真集》卷十二《风马令》曰：

意马擒来莫容纵，长堤备，珰滴琉玎。被槽头，猢狲相调弄，攒蹄举耳，早临风，珰滴琉玎。[③]

① 《马钰集》，第185页。

② 《马钰集》，第201页。

③ 《王重阳集》，第185—186页。

马丹阳继韵唱和道：

> 意马癫狂自由纵，来往走，珰滴琉玎。更加之，猢狲厮调弄。歌迷酒惑，财色引，珰滴琉玎。（《补遗·丹阳继韵》）[①]

师徒二人的两段小令，不但把“心猿”“意马”形象化、生动化，而且给了二者之间一种新的关系：猴子是马匹的管理者，可以在“槽头”“调弄”马匹；而马匹则服从它的调弄，“攒蹄举耳”。这不由得使我们想到了《西游记》中的一段文字。第四回“官封弼马心何足”写到孙悟空被玉帝封为弼马温之后，勤劳王事的情形：

> 这猴王……昼夜不睡，滋养马匹。日间舞弄犹可，夜间看管殷勤：但是马睡的，赶起来吃草；走的捉将来靠槽。那些天马见了他，泯耳攒蹄，都养得肉肥膘满。[②]

猴王看管“舞弄”（“舞弄”一词，《西游记》多次出现，而《马钰集》亦见），马匹“泯耳攒蹄”，无论其诡异景象之相似，还是罕见词语之类同，都使读者不能不在二者之间产生关联之想。[③]

---

① 《马钰集》，第285页。

② 《西游记》，第41页。

③ 对于《西游记》的“弼马温”来历，或言为马厩养猿可避马瘟，似亦有望文生义之嫌。详见后文第四讲。

其二，《马钰集·丹阳神光灿》中有《赠曹八先生》一首，词曰：

> 妙玄易解，心意难善。穷究如何长便。牢捉牢擒，争奈马猿跳健！十二时中返倒，斗唆人、生情起念。当发愿，便至死来来，与他征战。　　饶你十分颠傻，却怎禁，坚志专专锻炼。达悟知空，自是内观不见。才方生育天地，药炉中、日月运转。常清静，圣功生，神明出现。①

这当然是在描写修行中“拴缚心猿意马”的过程、景象，可是其生动的描写却使读者仿佛看到了一段我们所熟悉的故事：“擒捉”“跳健”的“马”“猿”，而这家伙颠倒反复，生出更大的贪念，为了“长便久安”，于是决心“至死”“征战”。而其中的“生育天地”“药炉”“锻炼”等词语，更会使熟悉《西游记》的读者发会心一笑——何况这一段不长的文字中，竟然还出现了“达悟知空”的字样！

如果说只是在《马钰集》中出现了几条“心猿”的字样，我们是没有足够的理由说“全真道与《西游记》有关联”，或是说“《西游记》中频繁出现的‘心猿’为全真道影响所致”。但是，现在摆在我们面前的是一系列的材料：

《王重阳集》《马钰集》是《西游记》之前使用“心猿”词语

① 《马钰集》，第227页。

最多，且影响很大的两部著作；而《西游记》大量使用“心猿”是其行文的突出特征。

《西游记》在使用“心猿”一词时，经常和“婴儿”“姹女”及五行术语连类、并列；而这恰恰是《王重阳集》《马钰集》使用“心猿”的方式——“婴儿”“姹女”及“五行”等术语正是王重阳全真道内丹的常用语词。

《西游记》使用“心猿”一词，大多是在韵文（广义，包括回目）中，全真道著作里的“心猿”，也同样大多在诗词之中。

马钰以及全真道其他人物的作品原文照录在《西游记》中。

王重阳、马钰的作品中出现了把“心猿”形象化、生动化的趋势，其中猴子调弄马匹，猴子戏耍、跳健，猴子造反、至死征战的构想，以及表现这些构想时使用的与《西游记》语汇近似的话语。

我们还可以再补充一条小材料。在南宗全真道的典籍《紫阳真人悟真篇注疏》中，张伯端的《绝句》云：“了了心猿方寸机，三千功行与天齐。自然着鼎烹龙虎，争奈担家恋子妻。”其中“心猿”与“方寸”连用，更明确其比喻义，而接着出来“天齐”一词，也不免引发人们的遐想——《西游记》第七回有“心即猿猴意思深。大圣齐天非假论”云云，把“心”“猿”“齐天”连类提及。而另一位全真道士翁葆光的注曰：“此诗警时人之不知返者也。方寸机者，言修真之士未炼还丹以前，须是心地了了，不为心猿意马之所使。古歌云：人生本是一猿猴，万种皆因向外游。

制伏若能收拾住，六精结住夜明珠。”足见在使用“心猿”一语比喻说明内丹原理方面，全真道是南北皆用的。

这些互相关联的材料叠加到一起，无疑足以说明《西游记》中大量使用“心猿”一词是直接受到全真道的影响，而非其他；也可以进一步加强柳先生关于“全真道与《西游记》有关”的论断；还可以作为本书核心观点的佐证：在《西游记》的成书过程中，曾经历过一个“全真化的环节”。

三

回到我们最初的话题：“心猿”作为孙悟空的代称，频频出现在《西游记》（百回本）的文本中，直接的源头并非佛教，更不是明中后期的阳明心学；这种特色鲜明的话语现象，是全真道带来的，再具体些讲，是受到王重阳、马丹阳等著作影响的结果。

这样讲，并不是说《西游记》的创作就是全真道教理的展开。笔者的观点简言之可称为“环节说”。也就是说，唐玄奘取经的事迹的传播与演变，从最早的《大唐西域记》到明代中后期的百回本《西游记》，中间是经过若干错综复杂的环节的。而在“诗话”“平话”环节之后，全真道染指于这一影响广泛的故事。教中某无名氏把已有的素材同自己的教义比附、熔渗，又发挥想象力，增加、丰满了不少情节，使得《西游记》成为辅教、布道的讲唱材料——类同于晚唐五代的变文。其后，又有“华阳洞天主人”——对于道教不那么友好的人士在道教失势的时代背景下，从头整理、加工、定型，从而一定程度削减了全真道的色彩，并转变了全书的宗教立场（由道教辅教转为扬佛抑道），加入了玩世、骂世的内容，于是形成了“世德堂本”。

至于为什么会出现“全真化”的环节？换言之，全真教为什么会选择玄奘取经的故事来演唱推广自己的教义？原因可能有以下几个方面：一则这个故事历经七八百年的传播，已有相当广泛的影响，又有神异色彩，本身适合做宗教宣传的材料；二则全真道本身有《长春真人西游记》，相近似的名称自然有移花接木的效果；而第三恐怕就是由于“心猿”这个媒介。众所周知，在北宋、西夏的中期，玄奘取经的队伍中就有了一个猴子成员，而在《取经诗话》中，猴行者的“戏份”已经与玄奘分庭抗礼了。到了明初杨景贤的《西游记》杂剧中（“明初”，且用旧说），猴子已经俨然是取经故事的主角了。杨氏的杂剧写到猴子的时候，已经开始使用“心猿”的称谓。那是第十出“收孙演咒”中，山神的一个唱段：

（山神）小圣对师父说：前面有一河，名曰流沙河。河内有怪，能伤人。行者，你小心护持师父者。师父，好生加持者。

【尾】着胡孙将心猿紧紧牢拴系，龙君跟着师父呵把意马频频急控驰。一个走如风疾，一个脚似云飞。到西天取经回

来，到大唐方是你。(下)

而全真教的创教祖师以及重要人物的著作中既有大量的“心猿”使用，又开始把它形象化、故事化。于是，猴子取经的故事，与“心猿”这个意象便有了发生联系的可能。这个时候，全真道适有借助讲唱故事来传播教义的需要，[1]于是取经的猴子与携带了大量全真信息的“心猿”一拍即合，成为挽结佛教取经故事与全真道的一个重要因缘。

这里要稍加说明的是，这一因缘之结成，更深层的原因在于全真道的基本教义。全真道教义有两个最重要的支撑点，一是“三教合一”，一是佛禅与全真相通。正是基于这两点，全真道大量剿袭了佛教特别是禅宗的观点、术语，其领袖人物的集子中可谓比比皆是。所以，它对于佛教的理论、术语，乃至人物、故事，不仅绝无排斥之意，而且多方面借重。所以才可能把玄奘取经的故事“全真化”，为我所用。

这个“全真化”环节存在的证据之一，便是“心猿”的大量使用。而除此之外，还可以举出一系列类似的材料为证。后面再一一道来。

---

① 详见后文第十讲。

第四讲 “弼马温”：“心猿”之缘的旁逸斜出

孙悟空的“名号”中，“弼马温”是最为怪异的一个。

“弼马温”这个名号是心高气傲的孙大圣终身的心灵之痛，而他的敌人们也总是拿这个名号来羞辱他。何谓“弼马温”？从故事中来看，答案很简单，就是“马夫”的头儿。小说这样写道：

> 玉帝宣文选武选仙卿，看那处少甚官职，着孙悟空去除授。旁边转过武曲星君，启奏道："天官里各宫各殿，各方各处，都不少官，只是御马监缺个正堂管事。"玉帝传旨道："就除他做个'弼马温'罢。"众臣叫谢恩，他也只朝上唱个大喏。玉帝又差木德星官送他去御马监到任。[①]

---

① 《西游记》，第41页。

但是，马夫头儿为什么叫“弼马温”呢？这究竟是个什么样的职级呢？这一点，孙猴子本人也很纳闷。作品接下来对此解释道：

> 不觉的半月有馀，一朝闲暇，众监官都安排酒席，一则与他接风，二则与他贺喜。正在欢饮之间，猴王忽停杯问曰：“我这‘弼马温’是个甚么官衔？”众曰：“官名就是此了。”又问：“此官是个几品？”众道：“没有品从。”猴王道：“没品，想是大之极也。”众道：“不大，不大，只唤做‘未入流’。”猴王道：“怎么叫做‘未入流’？”众道：“末等。这样官儿，最低最小，只可与他看马。似堂尊到任之后，这等殷勤，喂得马肥，只落得道声‘好’字；如稍有些尫羸，还要见责；再十分伤损，还要罚赎问罪。”猴王闻此，不觉心头火起，咬牙大怒道：“这般藐视老孙！老孙在那花果山，称王称祖，怎么哄我来替他养马？养马者，乃后生小辈，下贱之役，岂是待我的？不做他！不做他！我将去也！”忽喇的一声，把公案推倒，耳中取出宝贝，幌一幌，碗来粗细，一路解数，直打出御马监，径至南天门。众天丁知他受了仙录，乃是个弼马温，不敢阻当，让他打出天门去了。[1]

说到底，在这一段中只有两句“官名就是此了”“受了仙录，乃

① 《西游记》，第41—42页。

是个弼马温”的含混之词。于是把难题与疑惑留给了后世的读者。后世读者却发现，这个词，不但在古今“干部序列”中都不曾见，而且除却《西游记》，其他任何地方也没发现过这个官名，或者“私名”。

人民文学出版社1980年版的《西游记》，在“弼马温”一条下加注：“民间传说，猴子可以避马瘟。”至于这个“民间传说”从何而来，却是语焉不详。而随着两岸关系的变化，人们找到了一个源头。原来台湾的学者苏同炳在他的《长河拾贝》有一篇三四百字的小文《“弼马温”释义》，其中讲道：

> 明人赵南星所撰文集中，曾有这么一段话，说：“《马经》言，马厩畜母猴辟马瘟疫，逐月有天癸流草上，马食之永无疾病矣。《西游记》之所本。”……“弼马温”者，乃是“辟马瘟”三字的谐音。①

此书于1998年印行于大陆，其后这一观点屡经征引。如2003年《文汇读书周报》刊《〈马经〉·弼马温》，称“（苏同炳教授）揭开‘弼马温’之谜，功不可没”，并特地说明苏所征引的“赵南星文集现藏美国国会图书馆，台湾有影印本”，以强调这一材料的可靠与珍贵。2003年，《羊城晚报》也有署名文章《‘弼马温’何解》，其中引述苏文，并赞叹：“历来研究、注释《西游记》的

① 苏同炳：《长河拾贝》，百花文艺出版社，1998年，第176页。

学者都没有把这个问题解释清楚，……《赵忠毅公文集》，国内无存，藏于美国国会图书馆，台湾有胶卷翻印本，苏同炳先生读后写成文章，使我们得以知道了‘弼马温’的真相。”文章中又是“国内无存”，又是“美国”云云，意思与前文类似，对苏说的推介热情更有过之。此文后被收入中学语文辅助教材，影响甚广。该学者在2011年收入自己文集时，特意在文末加上读到此说时“不亦快哉”，极言其欣赏赞叹之意。

于是，“母猴月经可辟马匹瘟疫”之怪说不胫而走，“弼马温”之“猴月经”内涵似为不刊定论。“百度”输入“弼马温、猴”，可检索到581000条，绝大多数是在重复此说。有人甚至从中还读出了某些微言大义。认为“以母猴月经‘避马瘟’来封孙悟空的官，玉皇大帝的轻视人才到了何等地步”，“这是极其辛辣的讽刺”云云。这一名号的解读有了如此微言大义，更使得我们不能不认真对待一番。

事实真相究竟如何呢？

因苏同炳的文章是随笔写法，对于出处只是含糊地说“（赵南星）文集中曾有这么一段话”，使得我们核实起来十分困难。幸亏现在的数字技术提供了检索的可能性。实际上，《赵忠毅公文集》现存两种版本，一种是明崇祯十一年（1638）范景文等刻本，署《赵忠毅公诗文集》，是最早的刊本；另一种是清同治求是斋刊《乾坤正气集》中的《赵忠毅公文集》，较之前者少了六卷诗集，其余并无二致，显然系出于前者。当我们分别以“西游”“西游记”“母猴”“马经”等关键词对《赵忠毅公诗文集》进行检索时，显示均为“0”。[①]甚至我们到“明文海”中检索“母猴”时，也只有一篇文章中出现，而且是抄录《吕氏春秋》中的一则寓言而已，与养马并无半点关联。

是否苏先生看到的美国版本与明崇祯初刻本、清同治复刻本皆不一致，倒也不敢断言。但就其行文出处含混，以及上述多方检索结果而言，我们只能得出一个结论："母猴月经辟除马瘟”与东林党领袖赵南星似乎难以拉上关系，因而借他名义所讲“《西游记》(弼马温）之所本”更属无稽。

不过，有《西游记》爱好者出于对此说的兴趣，又无法到美国国会图书馆核查，便另觅途径，终于到《本草纲目》里找到了出处。于是便把李时珍拉来做了“赵南星”的同盟军。[②]而李时珍的民间声望自然而然为这一说法做了背书。于是，一个东林党，一个“药圣”，一部美国国会图书馆的孤本文献，一部中华药学“圣典”，这些素材给了这个名号考索小问题的怪异“答案”以不容置疑的光环。

其实，问题大有可讨论的空间。

《本草纲目》中确有马厩里养猴子之说，而且还不止讲了一次。我们需要辨析的是：其说的来龙去脉，以及可靠程度；更重

① 《中国基本古籍库》，国家重点电子出版物，北京爱如生数字化技术研究中心研制，黄山书社出版发行。

② 百度百科“弼马温”：明赵南星《赵忠毅公文集》、明李时珍《本草纲目》曾引述过该书一句话：《马经》言，马厩畜母猴辟马瘟疫，逐月有天癸流草上，马食之永无疾病矣。

要的是，这与《西游记》孙悟空的雅号——“弼马温”究竟有无关联。

先来看前一方面：马厩养猴之说的来龙去脉。

明代关于马厩养猴的说法，现在能查到的，当以《本草纲目》为最早。其中在卷五十“马”的条目下，有“集说”子目，其中有这样一段话：

> 以猪槽饲马，石灰泥马槽，马汗着门，并令马落驹。系猕猴于厩，辟马病。皆物理当然耳。[①]

这段话是在“时珍曰”的下面，应看作是李时珍自己的看法。略晚于《本草纲目》的，则有徐光启的《农政全书》。略云：

> 以猪槽饲马，以石灰泥马槽，马汗系着门，此三事皆令马落驹。《术》曰：常系猕猴于马坊，令马不辟恶，消百病故也。[②]

显然，这两段话文字十九相同，必有相当密切的关联。而《农政全书》一段文字中的“《术》曰”给了我们提示。原来，这个“《术》”指的是《齐民要术》。在这部北齐贾思勰的著作中，有这样的一段话：

---

① 李时珍：《本草纲目》卷五十下，见《四库全书》子部医家类。
② 徐光启：《农政全书》卷四十一，见《四库全书》子部农家类。

凡以猪槽饲马，以石灰泥马槽，马汗系着门，此三事皆令马落驹。术曰：常系猕猴于马坊，令马不畏，辟恶消百病也。①

毫无疑问，《本草纲目》与《农政全书》都是从这里抄录的。只是《农政全书》老老实实注明了出处，而《本草纲目》省了这一环节。但二者抄录不谨，致使意思全变，难以索解。《齐民要术》的意思是，把猴子拴在马厩里，逐渐使马匹适应，“不再惊恐”——“不畏”，有助于提高马匹免疫力。《农政全书》漏抄一个“畏”字，便成了“令马不辟恶”的不词之文。而《本草纲目》更是大而化之，以“物理当然耳”应付过去。

那么，《齐民要术》的这一说法又是从何而来呢？莫非当时真的马厩里都拴着猴子吗？这实际很难确切考证，因为文献中几乎没有旁证，而现实生活中也并无遗存。不过，《格致镜原》中倒是有一段说明：

《独异志》：“东晋大将军赵固所乘马暴卒，令三十人悉持长竿，东行三十里遇丘陵社林即散击。俄顷，擒一兽如猿，持归至马前。兽以鼻吸马，马起跃如旧。”今以猕猴置马厩，此其义也。②

① 贾思勰：《齐民要术》卷六，见《四库全书》子部农家类。
② 陈元龙：《格致镜原》卷八十五，见《四库全书》子部类书类。

看来，古人对于为何要讲“猕猴入马厩”，也是莫名所以，乃至附会出如此怪异之谈。[①]

在《本草纲目》与《农政全书》之间，有谢肇淛的《五杂组》也谈到马厩养猴，恰好证明《齐民要术》所记或有事实依据。《五杂组》卷九·物部一：

> 京师人有置狙于马厩者，狙乘间辄跳上马背，揪鬣搦项，嬲之不已，马无如之何。一日，复然，马乃奋迅断辔，载狙而行，狙意犹洋洋自得也；行过屋桁下，马忽奋身跃起，狙触于桁，首碎而仆。观者甚异之。[②]

《五杂组》颇多道听途说不实之词，如砍头之后人依然饮食、言说之类。故此记之真实程度不妨存疑。假设属实，倒是有两点可拈出：一、“有置狙于马厩者”，此语气显系讲述个别事例，而非生活中之通则也；“嬲之不已，马无如之何”，则证明若有马厩养猴，其效用也是心理训练方面——“令马不畏”，而非“避免瘟疫”。当然，所记之心理训练也是失败的。可见，“常系猕猴于马坊”其说之不经。

谢肇淛接下来把这一传闻与《西游记》联系起来：

---

① 这段奇谈出于《搜神记》，本为宣扬郭璞法术，后经《艺文类聚》《太平广记》等多种类书传播，影响广泛。但其中并无“猴入马厩”之说，后世耳食异说，不敢质疑，特以此附会耳。

② 谢肇淛：《五杂组》卷九，上海书店出版社，2009年，第173页。

> 置狙于马厩，令马不疫。《西游记》谓天帝封孙行者为弼马温，盖戏词也。

这段话很可能是近人注《西游记》，以及苏同炳札记的真实出处。但显然属于难以为据的街谈巷议而已。且不说同为“置狙于马厩”，前后两段所说目的与效果皆有矛盾。就是这短短一段话，前后两截有何关联，也是很难看出的。

其实，“马厩养猴”说之由来，还有一种可能，便是古代民间驯猴为戏，或令骑羊，或令骑马。骑羊成本低下，走江湖者颇多借以维生，称作“猴跑羊”，至今偶尔还可见到。骑马则谐音“马上封侯”，故成为新宅之装饰性木雕、石雕题材。久之，与马厩养猴以抗干扰之说混同，遂成为互相支撑的理由。

不过，李时珍对于猴子这个“特异功能”情有独钟，表现出较之他人更大的兴趣。他在“猕猴”之“皮”条目中，本已引述唐慎微的《证类本草》对猴皮药用功能的说法——“治马疫气”。但不知出于何种考虑，又加上了一段与“猴皮”完全无关的话：

> 时珍曰：“《马经》言：马厩畜母猴辟马瘟疫，逐月有天癸流草上，马食之，永无疾病矣。”[1]

---

[1] 《本草纲目》卷五十下，见《四库全书》子部医家类。

他可能是引述《证类本草》时，见到“疫”字，联想到“避马瘟疫”，便插入了这段话。若从体例上讲，不免稍显乖违（这段与“猴皮”完全无关）。这且不论，问题是比起前面所抄《齐民要术》来，给马治病的猴子又多了性别因素，防治马病的“原理”也有了根本的变化：由惊扰运动的“心理锻炼”，变成了包治百病的“排泄物”“内服”。

奇怪的是，就在“猕猴”这一条里，李时珍明明考辨过一段：

> 猴好拭面如沐，故谓之“沐”；而后人讹“沐”为“母”……（母猴）即“沐猴”也，非牝也。①

就是说，因为猴子性喜洗面，所以称之为“沐猴”。世人误解为“母猴”，其实与猴子性别无关。可是一转眼，他就拿猴子的性别大做文章。

其实，这与李时珍一个不算太高明的癖好有关。《本草纲目》裒辑前人大量“本草”类著作，又广收偏方验方。好处是广采博收，有“汇编”之价值；缺点是未经实践，不加拣择，作为药方未免过于芜杂。而且，李时珍有好奇喜怪的倾向，《本草纲目》中所收以各类排泄物入药治病的“偏方”，无论数量之多，还是用途之怪，都令人瞠目结舌。如关于猪屎就有十七个方子，从

① 《本草纲目》卷五十下，见《四库全书》子部医家类。

“小儿夜啼”到“妇人血崩”，都可以服用猪屎治疗，其中有七个特别标明“母猪屎”。而最厉害的一个方子竟然声称“母猪屎水和服之，解一切毒”。至于人的各种排泄物就更用途广大了，大便可以治病三十三种，小便则治病四十五种，多为匪夷所思。而妇女月经入药也有十二个方子，适应症从“霍乱”到“中毒药箭”。看了这些，我们还能把他讲的“母猴月经避马瘟”当真吗？

我们要辨析的第二方面，就是无论“母猴月经”说多么怪诞，毕竟是有此一说，关键在于它是否是“《西游记》之所本”。

《本草纲目》初版于万历二十四年（1596）；而世德堂本《西游记》刊于万历二十年（1592），也就是说，繁本《西游记》的成书下限也要早于《本草纲目》的刊出时间。所以，无论《本草纲目》关于“马厩养猴”之说怪诞与否，都和《西游记》没有关系。

至于刊刻于万历晚期的《五杂组》，刊刻于崇祯的《农政全书》，更不可能为《西游记》所本，则是无需辞费的了。

那么，孙猴子去养马，做了“弼马温”，这一思路究竟由何而来呢？

其实，答案就在作品的文本之中。

小说第七回“八卦炉中逃大圣”有诗赞曰：

猿猴道体配人心，心即猿猴意思深。大圣齐天非假论，官封“弼马”是知音。马猿合作心和意，紧缚牢拴莫外寻。[①]

作者唯恐读者不懂“弼马温”的涵义，在此专门做了说明。

这段诗赞的第一层意思是说明猴子的形象另有“心猿”的寓意，比喻人躁动的心灵。第二层意思是说，以“齐天”为封号，正是着眼于“心”（当取“心比天高”之意），所以说是“非假论”。第三层意思则专门来解释“弼马温”的含义。作者把这个名称看作是对“心即猿猴”的“知音”之笔，指出之所以设计出“弼马温”的官职就是要把猴子与马联系到一起，凸显“心猿意马”的寓意。“是知音”，所知者何？便是下一句的“马猿合作”，也就是把猿和马写到一起，让人们关注“心猿意马”这层意思。第四层意思是强调这些名号是体现全书“紧缚牢拴”的主旨，告诫读者莫要另生歧解。注意，“是知音”与“莫外寻”相互呼应，作者显然预见到对于“猴子养马”这一情节误读的可能性，所以预加告诫。

这段诗赞对于全书是重要的点题文字。此前的第四回回目已明确标识为“官封弼马心何足　名注齐天意未宁”。表明了作者编织“闹天宫”情节的目的——心意躁动、膨胀，造成了“原罪”。这里既首次“心”“意”连用，开启了“心猿意马”话语的模式，又把心意膨胀与“弼马”“齐天”两个官职联系起来，和后文形成了呼应。而自二十世纪五十年代以来，学术界囿于当时意

① 《西游记》，第72页。

识形态的先验前提，简单地把“闹天宫”解释为歌颂反抗专制，结果造成了整个文本阐释的分裂，也形成了对上述点题话语的盲点——这便是第二讲提到的“困惑”之一，而最终解疑释惑的工作，我们还是要留待最后两讲来完成。

对这段诗赞的意指，我们还可以找到进一步的旁证。

其实，小说之所以写玉皇大帝派猴子去管马，绝非有正常的或是怪诞的饲养经验作依据，更不是由谐音而生奇想，其中原因涉及到宗教文化，且与《西游记》复杂的成书过程直接相关。

这一关联在于全真教。①

如前所述，全真教是金元之际兴起的道教一个支派，其创教（主要指北宗）祖师是王重阳，门下马丹阳、丘处机等七人称为“全真七子”。

前文已经提及，王重阳有赠马钰之作《风马令》，而马丹阳又有唱和。王重阳词曰：

> 意马擒来莫容纵，长堤备，珰滴琉玎。被槽头，猢狲相调弄，攒蹄举耳，早临风，珰滴琉玎。②

马钰和道：

① 《西游记》与全真教之间有密切的关联。经柳存仁肇端，众多学者踵武，揭橥大量内证，已成不刊之论。

② 《王重阳集》，第185页。

> 意马癫狂自由纵，来往走，珰滴琉玎。更加之，猢狲厮调弄。歌迷酒惑，财色引，珰滴琉玎。[1]

师徒二人的两段小令，不但把“心猿”“意马”形象化、生动化，而且给了二者之间一种新的关系：猴子是马匹的管理者，可以在“槽头”“调弄”马匹；而马匹则服从它的“调弄”，“攒蹄举耳”。这不由得使我们想到了《西游记》中的“官封弼马心何足”的一段文字，小说写到孙悟空被玉帝封为弼马温之后，“勤劳王事”的情形：

> 这猴王……昼夜不睡，滋养马匹。日间舞弄犹可，夜间看管殷勤：但是马睡的，赶起来吃草；走的捉将来靠槽。那些天马见了他，泯耳攒蹄，都养得肉肥膘满。[2]

猴王看管“舞弄”，马匹“泯耳攒蹄”，无论其诡异景象之相似，还是彼此间“舞弄”与“调弄”，“攒蹄举耳”与“泯耳攒蹄”这样的罕见词语之类同，都使读者不能不在二者之间产生关联之想。

现在，我们从王重阳、马丹阳的两首词与小说的比较可以知道，小说之所以安排猴王进马厩，是因为“心猿”与“意马”

---

① 《马钰集》，第285页。

② 《西游记》，第39—40页。

词义上的关联，而且不排除受到全真祖师们塑造的“槽头”“调弄”“攒蹄举耳”这些生动意象的启发。于是，作者假借玉帝之手，把猴王派到了“弼马温”的职位上。

这一点，清人在评点中已有模糊的认识，如黄周星讲：“未得意马，先见天马。天马千匹，何如意马一缰。”“可见猿马原不相离。意马未到，天马已驯矣。”[①]张书绅则评曰：“马即意也。弼即正也。”“不肯弼马，就是不肯诚其意。”[②]不过，他们无缘见到王、马这两首词，竟不能完全搔到痒处。

要而言之，小说写猴王去管马厩，起因是“心猿”与“意马”的关联，直接原因是王重阳、马丹阳都有“心猿”调伏“意马”的描写——《西游记》与全真教的渊源有很多表现，此仅一端而已；[③]而所谓“弼马温”，绝非“母猴月经”之谬说。若依张书绅之解，“弼”则为矫正、纠正之意，“马温”即“马瘟”，也就是“马的毛病”，“弼马温”其实就是“调驯意马”的别样表达。

如果觉得“‘马温’即‘马瘟’”，还是有些牵强的话，其实另有一种解读可能更为直捷一些。

只从字面的意义看，《说文》云：“弼，辅也。”“弼”解为“辅佐”更近本义。相应的，“弼马温”最直接的解读应该是“辅佐‘马温’的人”。有趣的是，在道教的神祇序列中恰恰就有这么

① 《黄周星定本西游证道书》第四回夹评，中华书局，1998年，第35页。

② 《新说西游记图像》第四回夹评，中国书店，1985年，第2—3页。

③ 《西游记》中全文迻录全真教道士的诗词多达十余种。

一位“马温”。

《道藏》的《灵宝玉鉴》卷八中有“召神霄发放大将军符”，[①]这位“神霄发放大将军”的名字叫“马温”，而召请他的灵符样子是。这道符的特点是右侧由两个“马”字并列组成。另一部道书《高上神霄玉清真王紫书大法》卷六中同样有召请“发放大将军”的灵符，这位“发放大将军”的名字也叫“马温”。符的样子是。[②]符的右侧同样由两个“马”字组成，与《灵宝玉鉴》不同的是，两个“马”字由并列变成了上下。也就是说，在道教的神祇序列中，有一位“马温”，官职是大将军。他的特点是与“马”关系密切：不仅姓马，而且相关符咒都有双“马”。

正如道教中很多神祇的名称、“官职”往往都带有一些随意性，这位“马温”的职司也还有另外一种记载。在《高上神霄玉清真王紫书大法》卷七中，有“缚龙灵官‘马温’”。他的官衔变成了“灵官”，职责不是一般的驱魔除邪，而是“专职”捉拿“孽龙”。其召请的方式为：“掐辰文，取辰炁，书符，烧，召呼云：‘灵官马温，从官一百二十人，与吾前去某处，捉孽龙神，速至坛所。疾！’”[③]

可注意的是，这个马温有“从官一百二十人”，这些“从官”

---

①《灵宝玉鉴》卷八，《正统道藏》洞玄部方法类。《道藏》称“撰人不详，约出于元明间”。

②《高上神霄玉清真王紫书大法》卷六，《正统道藏》正一部。《道藏》称“撰人不详，约出于北宋末南宋初”。

③《高上神霄玉清真王紫书大法》卷七，《正统道藏》正一部。

都是“马温”的辅弼——在当时道教的话语系统中，由“心猿意马”之“马”联想到与“马”关系密切的“马温”，由“马温”衍生出“弼马温”，恐怕也是不能完全排除的一种思路。

而且，《西游记》十四回写“弼马温”的职责时还有这样一段：“盖因那猴原是弼马温，在天上看养龙马的，有些法则，故此凡马见他害怕。”“弼马温”看养“龙马”，而“马温”和他的辅弼们专司“缚龙”，其间相似之处同样是不应完全漠然视之的。

要之，有关“弼马温”的话题可以有以下几点结论：

1. 认为“弼马温”谐音“避马瘟”，反映的是马厩中养猴可以避免马匹染上瘟疫。从文献的角度看，马与猴“结缘”之说乃起于《齐民要术》；而出处或来自神异传说，或来自某些民俗。但《齐民要术》文字的本意乃在“令马不畏”——心理锻炼，实无“避马瘟疫”之义。

2. 后世传抄不审，且望文生义，遂有“避马瘟疫”之说。后世（中晚明）更有好奇炫怪者，附会出母猴“天癸”令马食之的荒诞不经言论。

3. 此说——“母猴”云云，流传并不广泛，检索各种古籍汇编（“四库”系列、《四部丛刊》、“中国基本古籍库”等），只有极个别引述李时珍的怪说。

4. 即使《本草纲目》为人信从，其成书亦晚，影响不到《西游记》的构思、成书。

5.《西游记》第七回彰显全书题旨时明确指出：“弼马温”与

“齐天大圣”都是喻指心灵的狂放，而“弼马温”更是与全书拴缚“心猿意马”的题旨直接相关。

6. 作者唯恐他人望文生义，附会误读，特别强调对“弼马温”等描写的意义“莫外寻”。

7. 小说的猴子管马描写，与全真教祖师、领袖的诗文中猴子调教、驯养马匹的文字颇多相似之处。至少具有互文的关系。

8. 从文字训诂的角度看，“弼马温”可直接解读为“辅佐马温者”。而道教神祇系列中恰有“马温”的名号，且有带领辅佐的记载。其形象既与“马”关系密切，又有降服龙的功能。

9. 据《西游记》文本，“弼马温”亦有降服龙马的职能。

10. 在各种解读中，这种解读的思路是相对理性一些的，逻辑自洽的程度也是比较高些的。

11. 更重要的是，这种解读与“心猿”的解读，与《西游记》文本的明显的“全真之缘”相一致，而没有支离、歧出的弊端。

第五讲　说“悟空”连带而及“须菩提”

孙悟空在小说《西游记》中名号虽多，但使用率最高、知名度最高的，其实还是“孙悟空”。与“孙悟空”姓名之由来的相关问题，也是诸多名号中最为复杂的。

初看起来，似乎不然。小说第一回里是这样描写的：

> 这猴王……直至瑶台之下。见那菩提祖师端坐在台上，两边有三十个小仙侍立台下。果然是：“大觉金仙没垢姿，西方妙相祖菩提。不生不灭三三行，全气全神万万慈。空寂自然随变化，真如本性任为之。与天同寿庄严体，历劫明心大法师。”
>
> 美猴王一见，……叩头道：“弟子飘洋过海，登界游方，有十数个年头，方才访到此处。”祖师道：“既是逐渐行来的也罢。你姓什么？”猴王又道：“我无性。人若骂我我也不恼，若打我我也不嗔，只是陪个礼儿就罢了，一生无性。”祖师道：“不是这个

性。你父母原来姓什么？”猴王道：“我也无父母。”祖师道：“既无父母，想是树上生的？”猴王道：“我虽不是树上生，却是石里长的。我只记得花果山上有一块仙石，其年石破，我便生也。”祖师闻言暗喜道：“这等说，却是个天地生成的，你起来走走我看。”猴王纵身跳起，拐呀拐的走了两遍。

祖师笑道：“你身躯虽是鄙陋，却像个食松果的猢狲。我与你就身上取个姓氏，意思教你姓‘猢’。猢字去了个兽旁，乃是个‘古’‘月’。‘古’者老也，‘月’者阴也。老阴不能化育。教你姓‘狲’倒好。狲字去了兽旁，乃是个‘子’‘系’。‘子’者儿男也，‘系’者婴细也，正合婴儿之本论，教你姓‘孙’罢。”猴王听说，满心欢喜，朝上叩头道：“好！好！好！今日方知姓也。万望师父慈悲，既然有姓，再乞赐个名字，却好呼唤。”祖师道：“我门中有十二个字，分派起名，到你乃第十辈之小徒矣。”猴王道：“那十二个字？”祖师道：“乃广、大、智、慧、真、如、性、海、颖、悟、圆、觉十二字。排到你，正当‘悟’字。与你起个法名叫做‘孙悟空’，好么？”猴王笑道：“好！好！好！自今就叫做孙悟空也！”

正是：鸿蒙初辟原无姓，打破顽空须悟空。

之所以不吝词费地引述出这大段的文字，是因为其中涉及了几个带有根本性的问题，也关系到《西游记》研究中几个特别麻烦的疑案。

这个拜师赐名的桥段包含了几重意思：第一是猴王这位开蒙师父的姓名。虽然文本前面已经从樵夫的口中提到过一次：“称名须菩提祖师”，但这段叙述中的姓名与前面稍有差别，“简化”成了“菩提”——这个差别并非没有意义，后面我们再详加分说。第二是这位师父的身份。其中可以阐发之处也有多端。第三是所赐姓氏“孙”的含义，里面亦有值得分析的内容。第四是“悟空”的由来。

这几重意思都不是一目了然的，而尤以第四重——“悟空”的由来，最为缠夹难清，不过也是最为有趣的话题。

说“悟空”的由来缠夹难清，是因为猴王得名“悟空”的经过在不同的“西游”故事里说法不一，而这几种故事的关系更是迷雾重重。

所谓杨景贤的《西游记杂剧》第十出写猴王皈依佛门，当观音从山下将他救出，教训道：

> 老僧救了你，今次休起凡心。我与你一个法名，是孙悟空。……好生跟师父去，便唤作孙行者。[①]

而在《朴通事谚解》中引述平话《唐三藏西游记》：

> 其后，唐太宗敕玄奘法师往西天取经，路经此山，见此猴

①《西游戏曲集》，人民文学出版社，2018年，第77页。

> 精压在石缝，去其佛押出之，以为徒弟，赐法名吾（悟）空，改号为孙行者，与沙和尚及黑猪精朱八戒偕往，在路降妖去怪，救师脱难，皆是孙行者神通之力也。①

依前者，“孙悟空”之名系观音所赐，同时还赐名孙行者；依后者，这两项“工作”都是玄奘法师亲力亲为。于是，就产生了两个问题：一是这两种得名经过与小说《西游记》的得名描写，孰先孰后？二是这两种说法彼此之间的关系孰先孰后？

我为什么讲“所谓”杨景贤的《西游记杂剧》呢？因为这部著录于明初的《录鬼簿续编》，刊刻于明末万历二十四年（1596）的剧本，国内失传已久，直到1928年被发现于日本内阁文库。其后，引起了学术界极大关注，但也产生了一系列争议。主要的问题是剧本的作者究属何人。该剧本卷首的《总论》称作者为元代前期的吴昌龄，而孙楷第先生经考证断定为明初的杨景贤。此后，杨说占据了学术界的主流，但吴说却也不绝如缕。客观地看，二说各有所据，但也各有不周延之处。其间，又有非杨非吴说提出，亦非无稽之谈。要之，这个问题在现有条件下，几乎是无法彻底解决的。一般而言，这个问题和我们这本书的直接关系不是很大。只是，若依吴说，剧本则产生在元初，依杨说，便产生在明初——其间相差将近百年，而若依非杨非吴说，时间就更晚些。这对于本节讨论的“孙悟空”姓名由来就有些关系了。

① 《西游记资料汇编》，第112页。

至于说到《西游记平话》，有个前提性的问题要强调指出：《朴通事谚解》中关于《西游记平话》的文字，并非直接逐录，而是转述。在使用有关材料时，应有这方面的分寸感。

而如果讨论平话与杂剧的彼此先后，也应明了一个前提：在当时的抄写、印刷、传播的条件下，每种作品的影响范围都是相当有限的，彼此没有交集是大概率的情况。所以，据其中某些细节的比较来断言其时代先后，可靠程度不免会打些折扣。

但是，仅就“孙悟空”姓名的产生而言，二者与小说《西游记》的先后、传承关系还是基本可以断定的。

首先，很明确的是，在更早些的西游故事中，如《大唐西域记》《三藏法师传》中，猴子的形象尚无踪迹，而到了《大唐三藏取经诗话》，猴子开始出现了，而他的称谓是“猴行者”。“孙悟空”的名号仍然不曾出现。

再往后，这个名号就分别出现在了平话、杂剧与小说中，也就有了唐僧命名、观音命名与菩提命名三种情况。在现有文献中，找不到前两种情况的递嬗关系，但可以分析出它们与小说中“菩提命名”的先后关系。

这个关系就是：“菩提命名”晚于“唐僧命名”与“观音命名”，换言之，在小说所写的菩提祖师为猴子赐名“孙悟空”之前，在讲说“西游”故事的其他平台上——戏曲或是说唱之类，已经有了“孙悟空”“孙行者”的说法了。

理由有两条。

一条是小说中留下了“唐僧命名”与“观音命名”的痕迹。第八回，观音寻访取经人的路上，与猴王有一番对话：

菩萨道：“既有善果，我与你起个法名。”大圣道：“我已有名了，叫做孙悟空。”菩萨又喜道：“我前面也有二人归降，正是‘悟’字排行。你今也是‘悟’字，却与他相合，甚好，甚好。这等也不消叮嘱，我去也。”

那大圣见性明心归佛教，这菩萨留情在意访神僧。

第十四回，唐僧路过五行山，救出猴王后，也有一番对话：

三藏见他意思，实有好心，真个像沙门中的人物，便叫：“徒弟啊，你姓什么？”猴王道：“我姓孙。”三藏道：“我与你起个法名，却好呼唤。”猴王道：“不劳师父盛意，我原有个法名，叫做孙悟空。”三藏欢喜道：“也正合我们的宗派。你这个模样，就象那小头陀一般，我再与你起个混名，称为行者，好么？”悟空道：“好！好！好！”自此时又称为孙行者。

也就是说，小说在成书的过程中，吸纳了观音、唐僧初见猴王的情节，以及初见面欲为其命名的细节。只是由于自己在前面已经另行设计了菩提命名的内容，这里只好借对话来解释一番。

如果较一较真，这一细节在情理上是有点小漏洞的。那观音见了孙悟空时：“菩萨道：‘姓孙的，你认得我么？’”既知姓孙，便应知“孙悟空”的称谓，总不会所知为“孙某人”“孙某猴”吧？当然，小说就是小说，本不必如此较真的。这里偶一为之，是因为观音这一番问答，带有作者“打补丁”的性质，因而就露出了小小的破绽。

还有一条是猪八戒与沙和尚的命名问题。小说中他二人的法名乃是观音所赐。同样是在第八回，在讨论孙悟空命名之前：

> 菩萨方与他摩顶受戒，指沙为姓，就姓了沙；起个法名，叫做个沙悟净。当时入了沙门，送菩萨过了河，他洗心涤虑，再不伤生，专等取经人。

> 菩萨才与他摩顶受戒，指身为姓，就姓了猪；替他起了法名，就叫做猪悟能。遂此领命归真，持斋把素，断绝了五荤三厌，专候那取经人。

这里有两点应予注意：一点是“沙悟净”“猪悟能”恰与五百年前的“孙悟空”妥妥地排序，接榫未免生硬，以致观音也不得不稍加解释：“前面也有二人归降，正是‘悟’字排行。你今也是‘悟’字，却与他相合。”这一解释，反而欲盖弥彰了。另一点是，如果小说在先，师兄弟三人有了如此妥帖合序的法名排列，杂剧与平话不应毫无踪迹。杂剧与平话对猪、沙的“法名”

只字未提，足以证明小说中师兄弟三人的"系统性"命名乃是后起的。

这里要说明的是，我们所说的"小说"，不是狭义的世德堂刊行的《西游记》，而是包括了世德堂所刊行《西游记》的"前身"——前两讲提到的"全真化环节"，或称"全真本"。这一环节形成于元末明初。因此，也间接地证明了杂剧与平话的主体部分应早于明初（说"主体"，是不排除后世有逐渐加工的可能）。

综上所述，小说《西游记》成书之初，所面对的既有材料，除了第一讲提到的多种故事情节的因素外，还有西行取经的队伍构成——五众，以及第一主角猴王的姓名——"孙悟空"。

小说作者的再处理是重新设计了猴王得名的经过、情境。很自然地，作者把这一情境与拜师访道融为了一体。于是，就有了本讲开始的一大段，也就有了菩提命名这一情节。

从情节的逻辑讲，孙悟空要皈依佛门保唐僧取经，必须先有"前科"，才合乎全书的"救赎"主旨（后面还要详论）。而要有"前科"，必须要有"犯事"的资本，也就是说要先投到具有大神通的师父门下。

孙悟空一生拜了两个师父。一个是唐僧，似乎除了会念紧箍咒外一无所长，所以只是个空名儿的老师。另一个便是"须菩提"，孙悟空脱凡登仙，七十二般变化与筋斗云，皆为其所赐，故是个货真价实的师父。师徒分手时，这位须菩提祖师预见到自己的弟子会闹乱子，便发布了类似脱离关系的“宣言”，[1]于是，后面就再也没有出面。这样处理，主要可看作小说作者的狡猾之笔，免得下文缠夹不清，旁生枝节。不过，还有一个次要原因在这个形象自身。

对这个形象的意义，清代的几种批点本都有专门的分析，见解大同小异。以《西游原旨》为例，刘一明的批语是：“菩提，《华严经》云：‘菩提心者，名为种子，能生一切诸佛法。’”（《西游原旨》一回总批）以“菩提”解“须菩提”，认为这个“菩提”祖师象征着觉悟，其得名完全取自佛教的重要概念——菩提（即觉悟）。这种理解不无道理，因为作品中既有把“须菩提”简称为“菩提”之处，也有“悟彻菩提真妙理”的提法。但是，此解也面临三个困惑：1. 作品何以不径称“菩提祖师”？（第一回明确交代：“有一个神仙，称名‘须菩提祖师’。”）2. 孙悟空若就此而觉悟，何必再闹天宫，再皈依佛门，再西行以完功德？3. 这位祖师本身并非佛门大德，宗教面目十分含混，似不足以当“菩提”之义。

这三点中，以宗教面目的问题最为重要，是理解须菩提之意义及分析小说创作思路的关键。

有很多笔墨可以证明须菩提是被作为道教仙长来塑造的。孙

① 《西游记》第二回：“悟空见没奈何，只得拜辞，与众相别。祖师道：‘你这去，定生不良。凭你怎么惹祸行凶，却不许说是我的徒弟，你说出半个字来，我就知之，把你这猢狲剥皮锉骨，将神魂贬在九幽之处，教你万劫不得翻身！’悟空道：‘决不敢提起师父一字，只说是我自家会的便罢。’”

悟空未入其洞府，便先有樵夫作歌为引：“观棋烂柯，伐木丁丁，云边谷口徐行。……相逢处，非仙即道，静坐讲《黄庭》。”“观棋烂柯”“讲《黄庭》”，都与道教有关，所以猴王讲：“《黄庭》乃道德真言，非神仙而何？”初到洞边，见一仙童，“髽髻双丝绾，宽袍两袖风”，是地道的道士打扮。入门后，这位须菩提祖师开出的“课程目录”也大半是道教货色，如请仙扶鸾、问卜揲蓍、休粮守谷、采阴补阳等。而最后传授的“长生之妙道”更属纯粹道教教理，所谓“道最玄，莫把金丹作等闲”“都来总是精气神，谨固牢藏休漏泄”“月藏玉兔日藏乌，自有龟蛇相盘结”都是典型的道教内丹学语言，躲避“三灾”，“三十六天罡”“七十二地煞”之变化都是道教修炼之术。所以有的研究者据此而下断语，判定孙悟空为道教出身，反天宫属叛变教门之举。

但是，我们不得不注意到，作者又为这位祖师涂染了几分佛门色彩。首先，他为猴王的命名——“悟空”，是典型的和尚法号，因而免却了齐天大圣五百年后皈佛时的改名之劳。其次，孙猴子得道的那回书，回目作“悟彻菩提真妙理”，“菩提”为佛教常用语（这条回目双关，“菩提”既可指祖师，又可作“觉悟”解）。复次，书中形容祖师说法道：“天花乱坠，地涌金莲。妙演三乘教，精微万法全。”一派我佛灵山法会的气象。如果说，这些还可视作细枝末节，而这位祖师的出身来历就更有名堂了。原来，须菩提是释迦牟尼的十大弟子之一，在佛教史上有重要地位。历史上的须菩提为古印度拘萨罗国舍卫城人，长者之子，属婆罗门种姓。协助释迦传道，最善讲解“空”义，被称作“解空第一”。主要佛教经典中经常提到他的名字，特别是“般若”类经典。如《摩诃般若波罗蜜经》：

> 舍利弗语须菩提：“有是无心相心不？”须菩提报舍利弗言：“无心相中，有心相、无心相可得不？”舍利弗言：“不可得。”须菩提言：“若不可得，不应问：‘有是无心相心不？’”舍利弗复问：“何等是无心相？”须菩提言：“诸法不坏不分别，是名无心相。”①

《金刚般若波罗蜜经》：

> 佛告须菩提：“彼非众生，非非众生。何以故？须菩提！彼众生者，如来说非众生，非非众生，故说众生。须菩提！汝意云何？颇有一法如来所得名阿耨多罗三藐三菩提不？”须菩提言：“不也，世尊！无有一法如来所得名阿耨多罗三藐三菩提。”②

关于他的“解空”言论，如《道行般若》中，须菩提解释“菩萨”之义：

---

① 鸠摩罗什译：《摩诃般若波罗蜜经》卷三，《大正新修大藏经》第8册，第233页。
② 鸠摩罗什译：《金刚般若波罗蜜经》卷一。

> 佛使我说“菩萨”，“菩萨”有字便着……“菩萨”法字了无，亦不见“菩萨”，亦不见其处，何而有“菩萨”？①

又《五灯会元》：

> 须菩提尊者在岩中宴坐，诸天雨花赞叹。者曰：“空中雨花赞叹，复是何人？云何赞叹？”天曰：“我是梵天，敬重尊者善说《般若》。”者曰：“我于《般若》未尝说一字，汝云何赞叹？”天曰：“如是尊者无说，我乃无闻。无说无闻，是真说《般若》。”②

诸如此类，多为阐发“空无所有”“空空如也”的教义。看来，“解空第一”当非浪得虚名。

小说中的须菩提形象完全是作品的虚构创造物。在此之前，无论诗话、平话，还是杂剧中的西游取经故事，皆不曾写到猴王的证道的师门。从作品的具体描写看，作者在把须菩提这个佛门大弟子“改头换面”植入小说时，对其“身世”是了解的。上述佛门色彩是一证，其所在地又是一证。猴王本在东胜神洲，求仙访道去蓬莱、方丈岂不顺脚？之所以远渡重洋，跋涉万里，就是因为作者吴承恩顾及“须菩提”原来的佛门弟子的身份，把他的

① 支娄迦谶译：《道行般若经》卷一，《大正新修大藏经》第8册。

② 普济集：《五灯会元》卷二，《续藏经》第80册。

这位祖师涂染着几分佛门色彩

洞府安排到了西牛贺洲——佛土所在地。

这里有一个疑点：作者要为猴王构思出一个启蒙的师父，为什么会想到须菩提？若认定由佛门拣择，十大弟子、菩萨、罗汉多得很；若不拘门派，“知名度”更高的仙长更是大有人在。

须菩提与《西游记》的这段因缘，全由他“解空第一”的美称而起。

在佛教史中，释迦牟尼成道之处有十大弟子，各具一特长。须菩提厕身其中，特长为“解空第一”，也就是说对“空”的意义理解最深，阐发最妙。如《贤愚经》：

> 时须菩提次后复来，作七宝山，坐瑠璃窟，身放种种杂色光明，照曜天地，来至其国。羡那问曰：“是汝师不？”答言：“非也。是师弟子，名须菩提，广智多闻，解空第一。”即以华香，供养毕讫，即自过去。[①]

又如《大宝积经》：

> 佛言：“如是如是。须菩提！是诸世界所有众生，成就智慧如舍利弗、解空第一如须菩提、苦行超伦如大迦叶……”[②]

---

① 慧觉等译：《贤愚经》卷六，《大正新修大藏经》第4册。

② 达摩笈多译：《大宝积经》卷第一百二十，《大正新修大藏经》第11册。

传入中土的如《注维摩诘经》：

肇曰：……须菩提秦言善吉。弟子中解空第一。[1]

徒弟名“悟空”，师父为“解空第一”，这似乎不可视为巧合。何况，作者又煞费苦心地把“悟空”的命名权安排到“解空第一”的师父手中。如前所述，《西游记》第一回写猴王初参须菩提时，主要笔墨便是对命名过程的描写，让须菩提对“孙悟空”三个字作长篇大论的解释，然后缀以赞语：“打破顽空须悟空”，着意点出“悟空”的佛理内涵。看起来，合理的解释只能是：当小说作者准备叙述猴王得道经过时，自然要为他创造出一个师父来；而旧有的材料（或杂剧或平话）中恰有猴王名“悟空”之说，“悟空”触发了他的联想，“解空第一”的须菩提很自然地进入了构思。由“悟空”联想到“解空第一”，于是须菩提便被拉来做了猴王的师父，而这样的师父为徒弟命名“悟空”顺理成章。前文既已如此写定，后文只好剥夺观音以及唐僧的命名权，只好设词来圆与“悟能”“悟净”巧合的破绽了。

从小说艺术的角度看，作者这“灵机一动”之笔自有成功之处。由于须菩提在一般读者中“知名度”不高，所以使猴王的师门富有神秘色彩；同时，下文也容易“摆脱”，避免旁生枝节，关系复杂。但是，这一笔也带来了麻烦。因为作品的总体“救赎”

① 僧肇：《注维摩诘经》卷三，《大正新修大藏经》第38册。

构想不容孙悟空出身于佛门。

所以，小说在把“须菩提”引进作品的同时，又对他进行了一番“化妆”。

第一个“化妆”是给他的定性式称谓：“大觉金仙没垢姿，西方妙相祖菩提。不生不灭三三行，全气全神万万慈。”[①]这个“定性”很奇特：一方面指出这个形象是来自佛教，可另一方面，“三三行”又把他归入全真道教自己人的圈子。更有趣的是“大觉金仙没垢姿”这一句。“没垢姿”可能引起一点有趣的遐想，且留待后文分说。“大觉金仙”同样颇有名堂。

“大觉金仙”的称谓是我国宗教史上一个大事件的伴生物，关乎佛、道二教的盛衰、恩怨。北宋徽宗赵佶崇信道教，排斥佛教，于宣和元年（1119）正月下诏：

> 自先王之泽竭，而胡教始行于中国。虽其言不同，要其归与道为一教。虽不可废，而犹为中国礼义害，故不可不革。其以佛为大觉金仙，服天尊服；菩萨为大士，僧为德士，尼为女德士，服巾冠执木笏。寺为宫，院为观，住持为知宫观事。禁毋得留铜钹塔像。[②]

简言之，以皇帝的权力，强行把佛教贬为道教的一个旁支，且

---

① 《西游记》，第12页。

② 志磐：《佛祖统纪》卷四十，《大正新修大藏经》第49册。

剥夺其庙宇，强行改变其衣冠、塔像等。而最甚者，是把佛陀贬称为“大觉金仙”，位列道教的“二等”神祇天尊之中。徽宗自称“道君皇帝”，用强暴手段推行此诏书，据《佛祖历代通载》：“凡法事称故名者，加之中罪；群臣谏者，酷虐诛之。……令天下德士逐出本寺，不令将带衣钵财物，而使道士安心住坐。”①

可见，听起来堂皇的“大觉金仙”，既是佛教徒的屈辱标志，又带有强烈的道教色彩。但道教徒对此是乐于接受的，如全真教主王重阳的《金关玉锁诀》：

> 须弥山，山东坡有一支（今按，原文如此）青羊，是老君之炁；西坡见一支白羊，是夫子之炁；正南见一支黄羊，是大觉金仙之炁。②

其弟子白云子王丹挂的《咏三教》：

> 释演空寂，道谈清静，儒宗百行周全。三枝既立，递互阐良缘。
>
> 尼父名扬至圣，如来证、大觉金仙。吾门祖，老君睿号，

① 念常：《佛祖历代通载》卷十九，《大正新修大藏经》第49册。

② 《王重阳集》，第290页。

今古自相传。[①]

《紫阳真人悟真篇三注》：

释氏教人修极乐，只缘极乐是金方。大都色相唯兹实，余二非真谩度量。道光曰：道无彼我，唯一而已。子野曰：金者，万物之宝。煅炼愈刚，旷劫不坏。释称大觉金仙者，即金丹之道也。上阳子曰：极乐者，无去无来，不生不灭。直须搅长河为酥酪，倾醍醐以灌顶，即释氏之金丹也。[②]

这都是全真教道士所为。《咏三教》是把“大觉金仙”作为如来所证之果位，而《三注》更是把“大觉金仙”进一步向道教靠拢，称之为“金丹之道”。

在出于道士之手的《摩诃般若波罗蜜多心经注》中则有：

既心无罣碍，真常自然圆满，……悟得性空，……不被阴阳所拘，不被造化所役，……独行独步，上天仰之无穷，入地去之无极，山河石壁，地水火风，于此往来，总无罣碍。侧掌行千里，回程转似飞。天地莫能拘，鬼神莫能测。唤作自在大觉金仙。空无所空彻底除，坦然归去合清虚。莫炼顽空休失本，自

① 王丹桂：《草堂集》，《正统道藏》太平部。
② 陈致虚等注：《紫阳真人悟真篇三注》卷五，《正统道藏》洞真部。

然体道契真如。[①]

这段文字的作者是全真道士无垢子何道全。他与小说《西游记》有直接的关系，在下一讲中，我们会进一步揭示。这段文字所描写的种种境界，以及“悟空”“顽空”“不被阴阳所拘”“侧掌行千里，回程转似飞”等词句，也隐约与《西游记》有些许相似之处。而对于何道全之道号“无垢子”与《西游记》“大觉金仙没垢姿”之“没垢姿”的相似，也可能会激发一下我们的想象力。

这一笔，似乎是肯定了须菩提祖师出自佛教，但又用的是道教的称谓，既显得出典有据，又不拘泥于佛弟子的身份。

第二个“化妆”是简称“菩提”——“西方妙相祖菩提”。这是带有几分狡狯的手法。“西方”，在中国古代宗教语境中通常指佛教。同时，猴王也是西行至西牛贺洲，这里自有双关之义。当然，一般看来，“菩提”比绕口的“须菩提”更上口，所以成为简称很自然。于是，除了樵夫的介绍之外，“须菩提”再无提及，后文一概称“菩提祖师”了。

其实，还有深层原因：“菩提”虽然原属佛教用语，但已被道教，特别是全真道纳入了自己的话语体系。这种例子举不胜举，如教祖王重阳便反复使用：

---

① 松溪道人无垢子注：《般若心经批注》，《续藏经》第26册。

平生已得正摩诃，玉韵金声总处和。正觉途中登迥岭，菩提路上出高坡。慧灵俞达白莲果，真性还超祇树柯。从此不生应不灭，定归般若与波罗。(《老僧问生死》)

依旨念弥陀，清凉气候和。要全三曜照，须认六波罗。般若常令显，菩提每见多。真如应得悟，欢喜出娑婆。(《僧净师求修行》)

一个好门儿，关关善护持。金童赍玉锁，玉女捧金匙。闭后无人见，开来只自知。常常肩与辟，出入紫灵芝。要见菩提相，应当识蜜多。结成三藏宝，显现六波罗。(《述怀》)

妙觉证慈悲，便入菩提路。日日常开方便门，慧照生灵炷。坐雪释迦尊，面壁达摩悟。观此在缘行果成，兜率天堂住。(《卜算子　妙觉寺僧索》)

不仅一口一个“菩提”，而且“般若”“波罗”“弥陀”“达摩”也错杂其中，几乎是纯然僧人的口吻了。再看他的弟子谭处端：

毛吞大海谁人解，芥纳须弥几个知。日用居常知损益，功圆行满见菩提。(《颂》)

修行休觅虎龙儿，火灭烟消财色离。内炼气神成九转，外除清欲却三尸。

居常休话他长短，处净宜搜自己非。长使灵根无罣碍，自然证果佛菩提。(《瑞鹧鸪》)

本来真性是玄机，只在灵明悟得时。火灭烟消成大药，境忘心尽见菩提。……(《瑞鹧鸪》)

休外觅，识取自菩提。有相身中成锻炼，无为路上证牟尼。指日跨云霓。(《望蓬莱》)

王、谭师弟之外，道教人士，尤其是元代全真教徒使用“菩提”一词的例子不胜枚举，如王古昌撰《满江红慢》：“醒圆明、一点证菩提，功超彼。”李道纯撰《三天易髓》：“故是以心法皆空也。了得心法，名曰菩提；了得法空，名曰萨埵，初机之人依般若波罗蜜多，故心无坚碍。……四大俱空，真常独露，故曰菩提萨婆诃。菩提为始也，萨婆诃谓终也。始终如一，则抱本还虚，超返佛祖。”

所以，简称为“菩提祖师”，同样是兼顾两端。

第三个“化妆”是传授的内容。这位菩提祖师开出的“选修课程表”，是名副其实的杂货铺，直接表明是“儒家、释家、道家、阴阳家、墨家、医家”皆有，最终的目的也是“功完随作佛和仙”。不过，细推敲，佛呀，儒呀，只不过是障眼法，是陪衬，真正的“课程”是“好向丹台赏明月”“自有龟蛇相盘结”的道教内丹术。而后文的“躲避三灾”“天罡地煞”也纯然是道教的话语。

兼顾两端而归结于道教，这是作者描写须菩提——菩提祖师形象的基本思路。这样写的原因正如上文所指出：1. 因“悟空”而牵出了“须菩提”，不能不体现一些佛门色彩。2. 因全书的大框架——救赎、归正，猴王不能出身于佛门，所以菩提祖师教授的内容只能是道教方面。3. 因这个人物后文要消失掉，所以作者尽量使其面目模糊一些。

撇开“菩提祖师”不谈，只说未经省略的“须菩提”，全真道士们的诗文中也时有涉及。如前所述，与《西游记》关系匪浅的全真道士何道全在《随机应化录》中写道：

> 昔须菩提岩间宴坐，诸天雨华曰：“我见尊者善说《般若》。”尊者曰：“我于《般若》未尝说一字。”雨华曰：“尊者无说，我亦无闻。无说无闻，乃真《般若》也。”①

这段公案源出于禅宗名作《碧岩录》，原文为：

> 须菩提岩中宴坐，诸天雨花赞叹。尊者曰：“空中雨花赞

① 何道全撰，贾道玄编集：《随机应化录》卷上，《正统道藏》太玄部。

> 叹，复是何人？”天曰：“我是天帝释。”尊者曰：“汝何赞叹？”天曰：“我重尊者善说般若波罗蜜多。”尊者曰：“我于般若未尝说一字，汝云何赞叹？”天曰：“尊者无说，我乃无闻。无说无闻，是真般若。”[①]

也就是说，何道全既对于须菩提有印象，也对其“解空第一”有所了解。不过，如同大多数全真道士半通不通挦扯佛禅话语一样，何道全竟然把“雨花”当成了人名，这可以看作全真教徒们对待佛教态度及水准的一个缩影。

如果说何道全笔下的须菩提还是照搬于佛典的话，元代另一个全真道士——同样与《西游记》有所关联的陈致虚，他在所撰《太上洞玄灵宝无量度人上品妙经注》提及须菩提就是另一种情况了：

> 《大藏般若》云：丹成之后，委之而去，则诸天复位，其理可见。……炼丹之顷，不用二侯，犹一时不要半个时，已得还丹也。故须菩提问世尊云：是事疾否？世尊云：是事甚疾。而遗响之义尤须详明。[②]

这里的“须菩提”云云，就完全是托名虚构了。“是事疾否”的问

① 《佛果圜悟禅师碧岩录》卷一，《大正新修大藏经》第48册。

② 陈致虚：《太上洞玄灵宝无量度人上品妙经注》卷上，《正统道藏》洞真部玉诀类。

答本出于《妙法莲华经》，原文为：

> 尔时龙女有一宝珠，价直三千大千世界，持以上佛。佛即受之。龙女谓智积菩萨、尊者舍利弗言："我献宝珠，世尊纳受，是事疾不？"答言："甚疾。"[①]

这里既没有须菩提什么事，更没有须菩提来谈论"还丹""丹成"之类的话题。由此可见，全真教徒们拿须菩提来"说事"，《西游记》并非孤立个案也。

---

① 鸠摩罗什译：《妙法莲华经》第十二品，《大正新修大藏经》第9册。

第六讲 “牛魔王—大白牛”的来历

一

《西游记》的主体部分是五众一行西游取经沿途降妖除魔的故事。在作品最后的第九十九回《九九数完魔灭尽 三三行满道归根》有一个所谓“八十一难”的统计：

话表八金刚既送唐僧回国不题。那三层门下，有五方揭谛、四值功曹、六丁六甲、护教伽蓝，走向观音菩萨前启道：“弟子等向蒙菩萨法旨，暗中保护圣僧，今日圣僧行满，菩萨缴了佛祖金旨，我等望菩萨准缴法旨。”菩萨亦甚喜道：“准缴，准缴。”又问道：“那唐僧四众，一路上心行何如？”诸神道：“委实心虔志诚，料不能逃菩萨洞察。但只是唐僧受过之苦，真不可言。他一路上历过的灾愆患难，弟子已谨记在此。这就是他灾难的簿子。”菩萨从头看了一遍。上写着：

蒙差揭谛皈依旨，谨记唐僧难数清：金蝉遭贬第一难，出胎几杀第二难，满月抛江第三难，寻亲报冤第四难，出城逢虎第五难，落坑折从第六难，双叉岭上第七难，两界山头第八难，陡涧换马第九难，夜被火烧第十难，失却袈裟十一难，收降八戒十二难，黄风怪阻十三难，请求灵吉十四难，流沙难渡十五难，收得沙僧十六难，四圣显化十七难，五庄观中十八难，难活人参十九难，贬退心猿二十难，黑松林失散二十一难，宝象国捎书二十二难，金銮殿变虎二十三难，平顶山逢魔二十四难，莲花洞高悬二十五难，乌鸡国救主二十六难，被魔化身二十七难，号山逢怪二十八难，风摄圣僧二十九难，心猿遭害三十难，请圣降妖三十一难，黑河沉没三十二难，搬运车迟三十三难，大赌输赢三十四难，祛道兴僧三十五难，路逢大水三十六难，身落天河三十七难，鱼篮现身三十八难，金兜山遇怪三十九难，普天神难伏四十难，问佛根源四十一难，吃水遭毒四十二难，西梁国留婚四十三难，琵琶洞受苦四十四难，再贬心猿四十五难，难辨猕猴四十六难，路阻火焰山四十七难，求取芭蕉扇四十八难，收缚魔王四十九难，赛城扫塔五十难，取宝救僧五十一难，棘林吟咏五十二难，小雷音遇难五十三难，诸天神遭困五十四难，稀柿衕秽阻五十五难，朱紫国行医五十六难，拯救疲癃五十七难，降妖取后五十八难，七情迷没五十九难，多目遭伤六十难，路阻狮驼六十一难，怪分

> 三色六十二难，城里遇灾六十三难，请佛收魔六十四难，比丘救子六十五难，辨认真邪六十六难，松林救怪六十七难，僧房卧病六十八难，无底洞遭困六十九难，灭法国难行七十难，隐雾山遇魔七十一难，凤仙郡求雨七十二难，失落兵器七十三难，会庆钉钯七十四难，竹节山遭难七十五难，玄英洞受苦七十六难，赶捉犀牛七十七难，天竺招婚七十八难，铜台府监禁七十九难，凌云渡脱胎八十难，路经十万八千里，圣僧历难簿分明。

这里统计了八十难，有些显然是为了凑数强行拆分出来的。挤出“水分”之后，这一路遇到的妖魔在五十个左右。之所以说是“左右”，是因为统计口径不好把握，盘丝洞七个女妖似乎不能算成一个，而豹头山一窝狮子又不宜逐个上账。好在这个数字无关宏旨，“左右”也就可以了。

为什么关心妖魔的数量呢？是因为把这五十左右的妖魔摆到一起比较一下，就会发现有一个魔头迥然与众不同，就是牛魔王。

在小说中，牛魔王至少有六个明显的“不同凡妖”之处：

一、这五十多个妖魔，在作品中出现，绝大多数都是旋生旋灭：捉到唐僧，准备吃肉，或是准备盗取元阳，然后被孙悟空及救兵剿灭。有关它们的故事最多的延续三回书，最少的一回甚至半回便解决。但牛魔王的故事却延续了大半部作品，达六十回之多。小说开篇第三回写孙悟空得道之初，“日逐腾云驾雾，遨游四海，行乐千山。施武艺，遍访英豪；弄神通，广交贤友。此时又会了个七弟兄，乃牛魔王、蛟魔王、鹏魔王、狮驼王、猕猴王、狨狨王，连自家美猴王七个。日逐讲文论武，走斝传觞，弦歌吹舞，朝去暮回，无般儿不乐”。这里开始出现了“牛魔王”，与孙悟空是结义兄弟。这一层关系，在后文中作者予以浓墨重彩地反复渲染，如火焰山故事的第五十九回、六十回：

行者上前，躬身施礼道："嫂嫂，老孙在此奉揖。"罗刹咄的一声道："谁是你的嫂嫂！那个要你奉揖！"行者道："尊府牛魔王，当初曾与老孙结义，乃七兄弟之亲。今闻公主是牛大哥令正，安得不以嫂嫂称之！"

行者道："嫂嫂休得推辞，我再送你个点心充饥！"又把头往上一顶。那罗刹心痛难禁，只在地上打滚，疼得他面黄唇白，只叫："孙叔叔饶命！"行者却才收了手脚道："你才认得叔叔么？我看牛大哥情上，且饶你性命，快将扇子拿来我使使。"罗刹道："叔叔，有扇，有扇！你出来拿了去！"

大圣作礼道："长兄勿得误怪小弟。当时令郎捉住吾师，要食其肉，小弟近他不得，幸观音菩萨欲救我师，劝他归正。现今做了善财童子，比兄长还高，享极乐之门堂，受逍遥之永寿，有何不可，返怪我耶？”牛王骂道：“这个乖嘴的猢狲！害子之情，被你说过，你才欺我爱妾，打上我门何也？”大圣笑道：“我因拜谒长兄不见，向那女子拜问，不知就是二嫂嫂。因他骂了我几句，是小弟一时粗卤，惊了嫂嫂。望长兄宽恕宽恕！”……牛王闻言，心如火发，咬响钢牙骂道：“你说你不无礼，你原来是借扇之故！一定先欺我山妻，山妻想是不肯，故来寻我！且又赶我爱妾！常言道，朋友妻，不可欺；朋友妾，不可灭。你既欺我妻，又灭我妾，多大无礼？上来吃我一棍！”大圣道：“哥要说打，弟也不惧，但求宝贝，是我真心，万乞借我使使！”牛王道：“你若三合敌得我，我着山妻借你；如敌不过，打死你，与我雪恨！”大圣道：“哥说得是，小弟这一向疏懒，不曾与兄相会，不知这几年武艺比昔日如何，我兄弟们请演演棍看。”

正是由于有了“义兄弟”这一层亲密关系，才把火焰山这场戏唱得妙趣横生，迥异于其他那些降妖除魔的故事。

牛魔王的故事不但是开篇的“来年下种”，而且“伏线千里”，在后文中反复照应。如第四十一回《心猿遭火败　木母被魔擒》写红孩儿妖是牛魔王的儿子，孙悟空和他大攀亲情：

行者近前笑道：“我贤侄，莫弄虚头，……不要白了面皮，失了亲情；恐你令尊知道，怪我老孙以长欺幼，不像模样。”那怪闻言，心中大怒，咄的一声喝道：“那泼猴头！我与你有甚亲情？你在这里满口胡柴，绰甚声经儿！那个是你贤侄？”行者道：“哥哥，是你也不晓得。当年我与你令尊做弟兄时，你还不知在那里哩。”那怪道：“这猴子一发胡说！你是那里人，我是那里人，怎么得与我父亲做兄弟？”行者道：“你是不知，我乃五百年前大闹天宫的齐天大圣孙悟空是也。我当初未闹天宫时，遍游海角天涯，四大部洲，无方不到。那时节，专慕豪杰，你令尊叫做牛魔王，……我老弟兄们那时节耍子时，还不曾生你哩！”

后文更有孙悟空变作牛魔王来哄骗红孩儿的桥段，写行者以牛魔王的形象对红孩儿道：“孩儿，家无常礼，不须拜，但有甚话，只管说来。”而妖王也是以儿子的身份，伏于地下道：“愚男一则请来奉献唐僧之肉，二来有句话儿上请……”孙悟空则是“喜盈盈的笑道：‘贤郎请起，我因年老，连日有事不遂心怀，把你生时果偶然忘了。且等到明日回家，问你母亲便知。’”也是借这一“亲情关系”把故事演绎得摇曳多姿。

再往后，到第五十三回《禅主吞餐怀鬼孕　黄婆运水解邪胎》，又出来了牛魔王的弟弟如意真仙。

先生咬牙恨道：“你们可曾会着一个圣婴大王么？”行者道：“他是号山枯松涧火云洞红孩儿妖怪的绰号，真仙问他怎的？”

> 先生道：“是我之舍侄，我乃牛魔王的兄弟。前者家兄处有信来报我，称说唐三藏的大徒弟孙悟空惫懒，将他害了。我这里正没处寻你报仇，你倒来寻我，还要什么水哩！”行者陪笑道：“先生差了，你令兄也曾与我做朋友，幼年间也曾拜七弟兄，但只是不知先生尊府，有失拜望。如今令侄得了好处，现随着观音菩萨，做了善财童子。我等尚且不如，怎么反怪我也？”……大圣听得，方才使铁棒支住钩子道：“你听老孙说，我本待斩尽杀绝，争奈你不曾犯法，二来看你令兄牛魔王的情上……”

这个如意真仙本是个无足轻重的小角色，是否为牛魔王的弟弟也与情节发展关系不大。作者缀上这么一笔，真实意图在于为牛魔王再“刷一次存在感”。

作者为牛魔王“刷存在感”的意图实在是很强烈，以至于在火焰山已被浇灭，牛魔王也被擒捉献俘到佛前，还要在碧波潭降九头虫一节捎上一句牛魔王：“好大圣，捻着诀，摇身一变，还变做一个螃蟹，淬于水内，径至牌楼之前。原来这条路是他前番袭牛魔王盗金睛兽走熟了的。”这样，与牛魔王关联的内容就由第三回延续到了六十三回。

全书一百回中、五十余魔怪中，相关故事贯穿了大半部书的，只有这一个牛魔王。

这是从“量”的角度看，作者在牛魔王身上花费的笔墨远远超过其他任意一个妖魔。

牛魔王有众多“不同凡妖”之处

二、这个牛魔王得道千年，寿与天齐，却过着凡人一样的生活。

夏志清曾指出，牛魔王是《西游记》中描写最细、最富人情味的魔怪。[①]所谓“最富人情味”，是指他过的是“人”的生活。其他妖魔大多率领着一群狼虫虎豹之类的小妖。牛魔王却是生活在家庭里，有妻有妾，有兄弟，有儿子，还有酒肉朋友。妻妾之间会争风吃醋；兄弟之间有信息往来；儿子时常惦念父亲，有孝敬之心；朋友宴请，饮酒作乐……

更有趣的是，这个牛魔王对于凡人通常的欲望——酒、色、财、气，一样不少。写“酒”：六十回中牛魔王到碧波潭赴万圣老龙的酒宴，以致被孙悟空盗去了辟水金睛兽：

> 大圣爬进去，仔细看时，只见那壁厢一派音乐之声，……吃的是，天厨八宝珍羞味；饮的是，紫府琼浆熟酝醪。

写“色”：牛魔王不但娶妻生子，而且还娶妾养外宅。也是六十回，描画牛魔王夹在妻妾之间的情状与凡人毫无差异：

> 牛魔王正在那里静玩丹书，这女子没好气倒在怀里，抓耳挠腮，放声大哭。牛王满面陪笑道：“美人，休得烦恼。有甚话说？”那女子跳天索地，口中骂道：“泼魔害杀我也！”牛王笑道：

① 夏志清：《中国古典小说导论》，安徽文艺出版社，1988年，第154页。

“你为甚事骂我？”女子道：“我因父母无依，招你护身养命。江湖中说你是条好汉，你原来是个惧内的庸夫！”

写“气”：牛魔王与孙悟空性命相搏，不是因为想吃唐僧肉，也与孙悟空没有实质性的利益冲突——这与所有妖怪都不同，只是因为忍不下一口气。六十一回写他发狠道：

“泼猴夺我子，欺我妾，骗我妻，番番无道，我恨不得囫囵吞他下肚，化作大便喂狗……”

而最有趣的是写牛魔王贪财。作者先是在六十回借土地之口，介绍牛魔王纳妾养外宅的动机——不仅是好色，而且是贪图狐狸精的“百万家私”：

土地道：“大力王乃罗刹女丈夫。他这向撇了罗刹，现在积雷山摩云洞。有个万岁狐王，那狐王死了，遗下一个女儿，叫做玉面公主。那公主有百万家私，无人掌管，二年前，访着牛魔王神通广大，情愿倒陪家私，招赘为夫。那牛王弃了罗刹，久不回顾。”

然后又通过玉面狐狸精来讲述她与牛魔王一家的利益交换：

“这贱婢，着实无知！牛王自到我家，未及二载，也不知送了他多少珠翠金银，绫罗缎匹。年供柴，月供米，自自在在受用，还不识羞，又来请他怎的！”大圣闻言，情知是玉面公主，故意子掣出铁棒大喝一声道：“你这泼贱，将家私买住牛王，诚然是陪钱嫁汉！你倒不羞，却敢骂谁！”

后面，还通过幻化的牛魔王自陈贪财的初衷：

罗刹道：“大王万福。”又云：“大王宠幸新婚，抛撇奴家，今日是那阵风儿吹你来的？”大圣笑道：“非敢抛撇，只因玉面公主招后，家事繁冗，朋友多顾，是以稽留在外，却也又治得一个家当了。”

举觞在手道：“夫人先饱，我因图治外产，久别夫人，早晚蒙护守家门，权为酬谢。”罗刹复接杯斟起，递与大王道：“自古道，妻者齐也，夫乃养身之父，讲什么谢。”

“治得一个家当”“图治外产”，这样的话语出自一个魔王之口，而且是一个修行得道、神通广大的魔王之口，直让人忍俊不禁。

三、牛魔王被降服的过程，不仅与其他妖魔迥然有别，而且还有一些费解的笔墨。

六十一回“三调芭蕉扇”，写牛魔王与孙悟空赌变化，屡遭克制，智竭计穷时，“嘻嘻的笑了一笑，现出原身——一只大白牛：头如峻岭，眼若闪光，两只角，似两座铁塔，牙排利刃，连头带尾，有千余丈长短；自蹄至背，有八百丈高下。”下文写牛魔王四处逃窜时，

那牛王……往北就走。早有五台山秘魔岩神通广大泼法金刚阻住道：“牛魔，你往那里去！我等乃释迦牟尼佛祖差来，布列天罗地网，至此擒汝也！”正说间，随后有大圣、八戒、众神赶来。那魔王慌转身向南走，又撞着峨眉山清凉洞法力无量胜至金刚挡住，喝道：“吾奉佛旨在此，正要拿住你也！”牛王心慌脚软，急抽身往东便走，却逢着须弥山摩耳崖毗卢沙门大力金刚迎住道：“你老牛何往！我蒙如来密令，教来捕获你也！”牛王又悚然而退，向西就走，又遇着昆仑山金霞岭不坏尊王永住金刚敌住喝道：“这厮又将安走！我领西天大雷音寺佛老亲言，在此把截，谁放你也！”那老牛心惊胆战，悔之不及，那四面八方都是佛兵天将，真个似罗网高张，不能脱命。

牛王急了，依前摇身一变，还变做一只大白牛，使两只铁角去触天王。

天王太子牵牛径归佛地回缴。……罗刹再拜道：“我等也修成人道，只是未归正果，见今真身现象归西，我再不敢妄作。”

这一大段文字中，可注意之处有三：一是牛魔王逃逸时，北有泼法金刚，南有胜至金刚，东有大力金刚，西有永住金刚，分别拦住去路。这四大金刚乃领西天大雷音寺佛老“佛旨”“密令”“亲言”，率“佛兵”布列天罗地网来捉牛。在《西游记》中，未等到孙悟空求救，主动来援兵，且由如来佛亲自出面，由佛教最高护法神率“佛兵”动手，这是唯一的一次。而且还是“密令”“亲言”，且有“佛兵”，都显示这与众不同的“待遇”。二是最终的结果，“牵牛径归佛地回缴”，“真身现象归西”。这个结果有些奇怪，因为牛魔王并不是从西天、佛地逃逸出来的，此前也未曾与佛祖有过任何交集，为什么要“归”佛、“归”西呢？

三是牛魔王屡屡现出“大白牛”的原身形象。为什么不是黄牛、黑牛、花牛，而是“白牛”，而且还强调是“大”白牛？

这些“不同凡妖”之处，反映出牛魔王这个形象中蕴含的特殊的文化内涵。

了解这一内涵，可从分析“大白牛”入手。

二

大白牛与佛门有甚深渊源。

佛教重要经典《法华经》中，有所谓“火宅喻”，亦称“大白牛喻”：

> 譬如长者，有一大宅，其宅久故，而复顿弊，堂舍高危，柱根摧朽，……于后舍宅，欻然火起，四面一时，其炎俱炽。……其宅如是，甚可怖畏，毒害火灾，众难非一。是时宅主，在门外立，闻有人言：“汝诸子等，先因游戏，来入此宅，稚小无知，欢娱乐着。”长者闻已，惊入火宅，方宜救济，令无烧害。告喻诸子，说众患难，……诸子无知，虽闻父诲，犹故乐着，嬉戏不已。是时长者，而作是念：“诸子如此，益我愁恼。今此舍宅，无一可乐，而诸子等，耽湎嬉戏，不受我教，将为火害。”即便思惟，设诸方便，告诸子等：“我有种种，珍玩之具，妙宝好车，羊车、鹿车、大牛之车，今在门外。汝等出来，吾为汝等，造作此车，随意所乐，可以游戏。”诸子闻说，如此诸车，实时奔竞，驰走而出，到于空地，离诸苦难。长者见子，得出火宅，……当以三车，随汝所欲。……有大白牛，肥壮多力，形体姝好，以驾宝车。多诸傧从，而侍卫之。以是妙车，等赐诸子。诸子是时，欢喜踊跃，乘是宝车，游于四方，嬉戏快乐，自在无碍。[①]

这段譬喻的含意，《法华经》解释道：“是诸众生未免生老病死、忧悲苦恼，而为三界火宅所烧。”火宅即喻现实苦难世界，而羊车、鹿车、牛车比喻“三乘”佛法，即声闻乘、辟支佛乘和菩萨乘。三乘虽有高下，但都是佛超度众生的手段，只是应机说法，故似有别。若从实质来说，则三乘并无二致，仍是“一佛乘分别

① 鸠摩罗什译：《妙法莲华经》卷二。

说三”。而大白牛车象征的就是这一实质性的、无分别的“一佛乘”。而大白牛在佛学著述中就成为脱离欲界凡尘，证道归佛的象征物。如《坛经》：“有无俱不计，长御白牛车”，[①]又如《五灯会元》记长庆大安禅师论道，自称修持三十年，“只看一头水牯牛，若落路入草，便把鼻孔拽转来，才犯人苗稼，即鞭挞。调伏既久，可怜生受人言语，如今变作个露地白牛，常在面前，终日露迥迥地，趁亦不去”。[②]由水牯牛变白牛，比喻修持已成，心性已定。

大安禅师的比喻还有一点可注意，就是所谓“便把鼻孔拽转来”——把牛牵回正路，喻收束心性，归于佛境。这也是佛教习用的比喻。《阿含经》提到十一种牧牛的方法[③]，《大智度论》也有十一种，与之略有差异，但都是用来比喻不同的收心敛性的修持之道。《佛教遗经》也用这个譬喻说明成佛的方法：“譬如牧牛，执杖视之。不令纵逸，犯人苗稼。”而在中国特有的禅宗里，以牧牛（“牵牛归佛”）喻修行证道的公案更是常见。如石巩慧藏未证道时在厨房执役，马祖道一走进来问：“作甚么？”藏回答：“牧牛。”马祖又问：“作么生牧？”答：“一回入草去，蓦鼻拽将回。”马祖当下首肯：“子真牧牛。”即承认了他已证道的资格。马祖另一弟子南泉普愿禅师上堂说法：“王老师[④]自小养一

① 《六祖大师法宝坛经》，《大正新修大藏经》第48册。

② 《五灯会元》卷四，《续藏经》第80册。

③ 《增一阿含经·牧牛品》的牧牛十一法为“知色、知相、知摩刷，知护疮、知起烟、知良田茂草、知所爱、知择道、知渡所、知止足、知时宜”，分别喻识因缘空相、去恶就善等修行顺序。

④ “王老师”即普愿自称，因他俗姓王。

头水牯牛，拟向溪东牧，不免食他国王水草；拟向溪西牧，亦不免食他国王水草。不如随分纳些些，总不见得。”也是以牧牛喻修行，东牧西牧喻心性偏离中道、陷于偏执的“边见”，“随分纳些些”云云，即不偏不执，不生分别想的禅悟之境。其他如百丈怀海、沩山灵佑等禅门大宗师也都有类似的示机开悟法门。

后来，有人绘出《牧牛图》，以连环画的形式形象地喻示修行途径，并配有《牧牛图颂》。自宋代以还，各种《牧牛图颂》多达五十余种，甚至超越国界，吸引了朝鲜、日本的佛门作者。流行最广的有师远禅师据清居禅师《牧牛图》作的《十牛图颂》[①]，其中如“竭尽神通获得渠，心强力壮卒难除，有时才到高原上，又入烟云深处居”“鞭索时时不离身，恐伊纵步入埃尘，相将牧得纯和也，羁锁无抑自逐人”，很形象地写出擒牛、牵牛并终使其驯顺的过程，以喻修行阶段。又有普明禅师的《牧牛图颂》也很有名，它逐步描写在放牧中使一头黑牛变白牛的过程，先头角，后牛身，再尾巴，最终通体洁白，喻示已证佛道。

① 此颂或以为廓庵禅师所作，不确。

《牧牛图》

这个比喻为文人所熟知。苏东坡之好友佛印有《牧牛歌》四首。宋末文论家真德秀讲：“至谓制心之道，如牧牛，如驭马，不使纵逸。”

特别值得指出的是，在《西游记》中也直接言及这一佛门故典，如二十回开端有偈云：

> 法本从心生，还是从心灭。生灭尽由谁，请君自辨别。既然皆己心，何用别人说？只须下苦功，扭出铁中血。绒绳着鼻穿，挽定虚空结。拴在无为树，不使他颠劣。莫认贼为子，心法都忘绝。休教他瞒我，一拳先打彻。现心亦无心，现法法也辍。人牛不见时，碧天光皎洁。秋月一般圆，彼此难分别。

这段偈语是《浮屠山玄奘受心经》一节，乌巢禅师给唐三藏传授大乘妙法——《般若波罗蜜多心经》之后，描写玄奘所证之后的心得。十九回后一半到二十回开端，用近千字的篇幅正面讨论佛理，在全书中亦属仅见。

偈语有两点可注意：1.“人牛不见时”云云乃由前述师远《牧牛图颂》化出，《图颂》第八标题为“人牛俱忘”，诗句云“鞭索人牛尽属空，碧天辽阔信难通”。可见《西游记》成书过程中对于佛门牧牛之说是有所了解的。2.“绒绳着鼻穿”“不使他颠劣”之描写与诸神擒住牛魔王、牵牛归佛的描写用语十分相似。同一本书中，前后意象的相似，足以证明小说作者在描写降服牛精时，心中是想到佛门这一常用比喻的。

与牛魔王的描写比较一下。《西游记》写到牛魔王现出原形的样子，是“口吐黑气，眼放金光”“张狂哮吼，摇头摆尾”“东一头，西一头，两只铁角，往来抵触”，和《牧牛图颂》对未驯之牛的描写——“狰狞头角”“咆哮”“癫狂”“劣性”等相比，十分相像。而《牧牛图颂》的“芒绳蓦鼻穿”“手把芒绳无少缓”“癫狂心力渐调柔”的情境，则与小说中诸神合力擒住牛魔王、牵牛归佛的描写用语十分相似。

由此可见，在《西游记》的创作过程中，把牛魔王“牵”入作品的人，是了解白牛、牧牛的宗教寓意的，是相当自觉地塑造这一“不同凡妖”的牛魔形象的。

如此说来，《西游记》中用大量笔墨写一个与众不同的牛魔王，是与佛教有所关联了？

是，也不是。

说是，因为牛魔王的形象、牛魔王的故事，的确可以溯源于佛门、佛理；

说不是，是因为源头固然是佛教，进入小说却另有渊源。

三

这要从《卍续藏经》的一条失误说起。

《卍续藏经》，又称为《大日本续藏经》《卍续藏》《续藏经》，系日本明治三十八年至大正元年（1905—1912）间，由前田慧云、中野达慧等收录《卍大藏经》(《大日本校订藏经》)所未收之佛教文献，编集而成此“续藏”。所收录九百余部佛典，不仅为其他藏经所无，而且多为中国佛教著述，因此被研究中国佛教者予以特别重视。据民国十二年上海涵芬楼《影印续藏经启》云：“日本明治间，彼国藏经书院既以明藏排印行世，复搜罗我国古德撰述之未入藏者，汇辑成书，号曰‘续藏’，——凡此诸书绝迹于中土者，远或千有余载，近亦六七百年，苟得其一，珍逾球璧。今乃萃数十百种于几案之上，恣吾人之寻讨，可不谓非幸欤。”可见其价值以及学界的重视程度。

该书第26册收有《般若心经批注》，卷末有日人旹正保二于己酉年（1909）所写的说明性跋语，略谓：

夫《般若心经》者，诸佛肝心，众圣命脉也。以故自唐以降，释家甚多。比偶得无垢居士张九成之所注一本于书林，禅教并举，内外兼明，真暗夜明灯，雾海南针也！仍加和点，命工绣梓，欲广其传，岂非佛法良财，色空之妙处哉！[①]

跋语大致有三层意思：一是对《心经》的顶礼，二是对此注解本的推崇，三是指出作注解者是宋代著名的居士张九成。前两层可不置论，惟第三层当予以辨证一番。

岂正保二之所以对注解者作如此判断，是因为原作下署名为“松溪道人　无垢子　注”。而据元人觉岸所撰《释氏稽古略》：

> 张九成，字子韶，号无垢居士，杭州盐官人。初，绍兴二年三月，帝策试进士，九成第一。九成谓前辈搢绅所立过人，伊洛名儒所造精妙，皆由悟心，因是参学究竟。初谒大通之嗣宝印禅师楚明，见佛日杲禅师于径山，明悟心要，穷元尽性。……谈经著书，皆学者之未闻。[②]

张九成，号“无垢居士”，早年受教于大儒杨时，后虔心向佛，晚年闲居在家，每日饭僧、供佛，研思儒、佛两家经典，每每以佛解儒。其学名噪一时，但多有争议。

岂正保二据“张九成号无垢居士”，而指此篇出于张九成之手，不仅所据实系疑似（“无垢居士”并非“无垢子”），而且并未细读全篇，忽略了很多明显的反面线索。

---

① 何道全：《般若心经批注》，《卍续藏》第26册。

② 释觉岸：《释氏稽古略》，《四库全书》子部释家类。

首先，注解文字中引述了不少他人的文字，如：

重阳祖师云：“抱元守一是功夫，地久天长一也无。”①

重阳祖师云：“休教错认定盘星。”且道此句如何说！

太古郝真人在赵州桥下办道。忽一夜，闻众鬼于河畔共语云：“明日有一戴铁帽人替我。”言讫，杳无音耗。至次日，将暮，大雨忽作，一人头顶一铁锅遮雨，至桥下欲洗脚过桥。太古一见，喝云：“不可洗！”——其时真人只在桥下，鬼不能见。

这里的“重阳祖师”是全真教开创者王重阳，“太古郝真人”是“全真七子”中的郝大通。王重阳生于1112年，卒于1170年，1168年始创全真教，并被称为“祖师”。张九成生于1092年，卒于1159年，所以在他的著述中绝不可能出现“重阳祖师”的名称及言论。至于郝大通，生于1140年，卒于1212年，在赵州行道乃1180年前后事，被敕封为“广宁通玄太古真人”更是迟至至元六年（1269）的事情。那已是张九成辞世一百一十年了。

其次，注解文字中还引述了其他著作的文字，如：

《文始真经》云：“天地虽大，不能芽空中之核；阴阳虽

① 《般若心经批注》，《卍续藏》第26册。以下数条同出此文。

妙，不能卵无雄之雌。”

《文始真经》，全称《无上妙道文始真经》，又名《关尹子》《正统道藏》洞神部本文类。署名为周大夫关令尹喜，但据余嘉锡考证，应为南宋孝宗时人所假托。也就是说，此书问世已在张九成去世之后，当然也不可能被他引述了。

因此，这部《心经注解》不仅时间上不可能出于张九成之手，而且从内容看，分明是一位道教人士所为。甚至可以判断，作者应是一位与全真教关系十分密切的人——多引述王重阳、郝大通等诗文。

其实，关于“无垢子”，文本中有很明确的提示。

就在呰正保二的跋语前面，还有注经者的一段“准跋语”，略云：

注经已毕，更留一篇，请晚学同志详览研穷。二十年后，有出身之路，休要忘了老何。到岸高师不在此限。

这里明明自称“老何”，可惜也被呰正保二忽略了。

“无垢子”是谁？“老何”是否就是“无垢子”？

如果把眼光暂离佛藏，而转入道藏，问题便迎刃而解。

《正统道藏》太玄部收有《随机应化录》一种，题署作“松溪道人无垢子何道全述，门人贾道玄编集”。原来，“松溪道人无垢子”便在此处，分明与“无垢居士”大有不同。而且，这个“无垢子”何道全正是那个题跋的“老何”。

《心经注解》的作者，到此更无疑义，就是这个“松溪道人无垢子何道全”。日本人弄错了，而且错得有点离谱——这当然不是我们讨论的重点。

重点首先是：这个何道全何许人？特别是他的时代与身份。

幸而《随机应化录》有序言一篇，对此说明甚详。序的作者是“昆丘灵通子”，作于“洪武辛巳年六月上澣日”。“辛巳”其实是建文帝的建文三年（1401），因永乐政争之故讳言，故称“洪武”。这证明了此序问世当在明建文、永乐之间。序文略云：

> 陕有全真道者，祖贯浙之四明人也。父居钱塘，而生何君道全。君自幼修道，号无垢子，云游东海之上，人未之奇也。厥后西来终南，居于圭峰之墟而道成，人以为异。碑有载焉。洪武己卯孟春望后，君卒于长安医舍。王公赠以羽化之仪礼，葬群仙之茔。岁二载，孙寿通子来，以言而告曰：曩与何君交之已久，今已去世，无复可见。噫，何君之心高哉。复拜手而嘱之，乞文以冠其目。予慨然曰：……自何君去后，非寿通子，正教无复可传。何君长于寿通子，而寿通子敬礼之，往矣而又彰之，足可以知何君之德。①

① 何道全撰，门人贾道玄编集：《随机应化录》，《正统道藏》太玄部。

“洪武己卯”，实为建文元年（1399）。据序文可知，这位“松溪道人无垢子何道全”生活于元末明初，在明朝生活了三十二年。可以说主要的活动应是在明代。又可知，他是一位全真教的道士，长期活动在全真教的祖庭终南山一带，并且在教众中享有较高的声望。

接下来的问题是：这位明初的全真教道士与《西游记》有何瓜葛呢？

让我们回到前面《浮屠山玄奘受心经》一节，即乌巢禅师传授《般若波罗蜜多心经》到二十回开端那首长偈。细推敲，这段文字有些奇怪。

第十九回主要是讲高老庄收八戒的故事，但后半回缀上了路遇乌巢禅师，乌巢禅师授予三藏《多心经》。其间，作者全文迻录了《摩诃般若波罗蜜多心经》。而结尾是悟空与禅师起了小冲突：

> 行者见莲花祥雾，近那巢边。只得请师父上马，下山往西而去。那一去——管教清福人间少，致使灾魔山里多。毕竟不知前程端的如何，且听下回分解。[1]

这一段中，全文迻录整整一部佛经——《心经》，在全书已是仅有之事；另外，搬出个乌巢禅师也显得很突兀——此后这人便从书

① 《西游记》，第237页。

中“蒸发”，没有一点“戏份”了。更奇怪的是，十九回终结于悟空与禅师的争拗，而接下来的第二十回，主体部分是遭遇黄风大王，可是，二十回回首却是这样开篇的：

> 偈曰：“法本从心生，还是从心灭。生灭尽由谁，请君自辨别。既然皆己心，何用别人说？只须下苦功，扭出铁中血。绒绳着鼻穿，挽定虚空结。拴在无为树，不使他颠劣。莫认贼为子，心法都忘绝。休教他瞒我，一拳先打彻。现心亦无心，现法法也辍。人牛不见时，碧天光皎洁。秋月一般圆，彼此难分别。”
>
> 这一篇偈子，乃是玄奘法师悟彻了《多心经》，打开了门户，那长老常念常存，一点灵光自透。[1]

这一篇偈来得十分突兀。首先，它与下文的黄风大王故事一点关联也没有；其次，若说是承接上文乌巢禅师、《心经》，那为什么要借“牧牛”的象喻呢？上文讲《心经》传授已经结束，本回转入取经历险，凭空插这么一段，实在有点不伦不类。另外，这篇长偈本身其实写得不错，不像是通俗小说常见的随手的“打油”之作。那么，它出于何处、成于何人之手——也是一个连带的问题。

由于它的游离与突兀，在朱鼎臣《西游释厄传》与杨致和

① 《西游记》，第238页。

《西游记传》中都径直删掉了。

可是，当我们细检《卍续藏经》所收《般若心经批注》时，却发现了它出现的理由。原来，这篇《般若心经批注》在逐句解释了《心经》经文之后，是以一篇偈语作结的：

> 注经已毕，更留一篇请晚学同志详览研穷。二十年后有出身之路，休要忘了老何！到岸高师不在此限。“法本从心生，还是从心灭。生灭尽由谁，请君自辨别。既然皆己心，何用他人说！直须自下手，扭出铁牛血。绒绳蓦鼻穿，挽（当作“挽”）定虚空结；拴在无为柱，不使他颠劣；莫认贼为子，心法都忘绝。休教他瞒我，一拳先打彻。观心亦无心，观法法亦辍。人牛不见时，碧天清皎洁。秋月一般圆，彼此难分别。”[①]

显然，《西游记》中的《心经》并非从佛门经典直接抄来，而是把全真道士“无垢子何道全”所注解的《心经》迻录过来。不仅迻录了正文，而且把“老何”的“准跋语”中的这篇长偈也全文照搬了。

于是，接下来便产生了两个问题：第一个是，全真道士为什么要来注解佛门的经典呢？第二个是，这篇偈是偶然被迻录到小说中，还是出于对其中义理的注意？这一义理在《西游记》中有何影响？

---

① 《般若心经批注》，《卍续藏》第26册。

前面讲过，全真道士和佛教的关系，远比人们一般的印象要密切。从创教祖师王重阳开始，就从不讳言这一点，并一再强调：“释道从来是一家，两般形貌理无差。”“禅道两全为上士，道禅一得自真僧。”如此等等，不胜枚举。全真七子继承师风，同样多用佛门义理、话头，如马丹阳：“色即是空空是色，色空空色两具忘。”“个青牛，引白犊，向曹溪深处，往来相逐——显本来面目。”马丹阳这两段讲论“色空”与“白牛”，和何道全注《心经》，又以偈语唱“白牛”，几乎如出一辙。

再说第二个问题。何道全的注解与《西游记》文本实有多方面呼应。先看小的方面。注解讲到《心经》的“心”字，有这样一段话：“古云：三点如星象，横钩似月斜。披毛从此得作佛也，由他是也，上天入地，皆在自心所为，非他处所得。”《西游记》写猴王访道寻师，经人指引：“此山叫做灵台方寸山，山中有座斜月三星洞。”二者不仅一致地以“斜月三星”喻“心”，而且注解中所讲“披毛成佛”“上天入地，自心所为”，与《西游记》下文的“猴子得道”“心猿上天入地”也是深度契合。又如注解中写到学习《心经》的效果：“这点灵光道上来，只因逐妄堕尘埃。君今要见还乡路，悟得心经道眼开。”而《西游记》描写唐僧学习《心经》之后：“玄奘法师悟彻了《多心经》，打开了门户，那长老常念常存，一点灵光自透。”“灵光”“打开”，而这也颇相近似。

再来看大的方面。何道全的注解中，除了“准跋语”中的偈语以牧牛比喻驯心之外，行文中也多次用到类似的话语，如：“洞仙云：人牛不见杳无踪，月色光含万象空。”“人牛不见杳无踪，尽道空来不是空。一片白云归去也，惟留明月照玄穹。”这与《西游记》二十回那首偈语的“现心亦无心，现法法也辍。人牛不见时，碧天光皎洁。秋月一般圆，彼此难分别”，从意境到语言都有几分相似。

由此可见，在《西游记》成书的演变过程中，全真道士何道全的著作是一个相当重要的要素来源。不仅是文字被大段抄录进作品，而且一些观念、话语也在作品中留下了痕迹。其中一个方面就是“牧牛”的寓意。

也就是说，何道全继承全真教的传统，对佛教经典、学说具有浓厚的兴趣，所以才会有注解《心经》之举。而注解中，他又把对佛教、禅宗以“牧牛”喻心性修养之说的理解渗透进去，并在最后总结式般写进了跋语。这种理解与作品中牛魔王的故事是彼此呼应的。如前所述，牛魔王的“外壳”是一个魔怪，但具体的生存状态却与凡尘中的众生无异：酒、色、财、气，人生的欲望一样不少。而把它收降，“牵牛归佛”，正是体现出“牧牛”之喻的真谛——收束心性，跳出欲海。

何道全谈牧牛，并非偶然现象。

宋元两代，侈谈牧牛、白牛的佛门人物虽大有人在，却没有发现一个和《西游记》有些许瓜葛者。而另有一些宗教人物，他们与小说《西游记》关系十分密切，同样也在大谈牧牛与白牛——所使用的词语比起佛门人物来，距离小说作品却是更接近一些。这些人物就是金元之际的全真道的领袖们。

全真道的创始人王重阳以牛喻道的议论颇多，如：

款款牵回六只牛，认水草，便风流。浑身白彻得真修，无上逍遥达岸舟。[①]（《双雁儿》）

牛子却如浇墨，牵拽不回头。向川原，贪水草，骋风流。禁得这茫儿燥，加力用鞭勾。浑身都打遍，变霜球。[②]（《憨郭郎》）

他的大弟子马丹阳、谭处端、刘处玄等均有继承其衣钵之作：

马疯子，凭仗做修持。恰到人牛俱不见，澄澄湛湛入无为，正是月明时。[③]

咄！这憨牛，顽狂性劣，侵禾逐稼伤蹂。鼻绳牢把，紧紧力须收。旧习无名长乱，加鞭打，始悟回头。……黄昏后，人牛归去，唯见月当秋。[④]

外奔驰，痛鞭持，习性调和路不迷。清溪香草肥。　芒

① 《王重阳集》，第177页。

② 《王重阳集》，第211页。

③ 《马钰集》，第173页。

④ 谭处端：《水云集》，齐鲁书社，2005年，第30页。

儿归，牛儿随，明月高空照古堤，人牛不见时。[①]

四假似浮沤，真明月正秋。人牛都不见，光耀照山头。[②]

人牛不见，悟个不生不灭。[③]

同时，“白牛”“牧牛”的话头也是全真教中师弟之间相互切磋教义的内容：

问曰：“假令白牛去时，如何擒捉？”诀曰：“白牛去时，紧叩玄关，牢镇四门，白牛自然不走。”[④]

这里对于不驯顺的牛的擒捉、鞭打、牵拽，还有把黑牛驯服成为“霜球”一样的白牛，等等，当然是心性修持的比喻之词。和前面提到的佛教典籍以及禅门语录相比，全真道领袖们讲得更生动、更形象；和《西游记》擒捉牛魔王的情节比较，特别是王重阳的《金关玉锁诀》，彼此可以引发联想的地方也更明显一些。而与前面引述的《西游记》第二十回那篇卷首偈语相比，诸全真所作的类同地方就更多了。偈语曰：“人牛不见时，碧天光皎洁。秋月一般圆，彼此难分别。”而马丹阳曰：“人牛俱不见，正是月明时。”谭处端曰：“人牛归去，唯见月当秋。”“明月高空照古堤，

① 《水云集》，第51页。

② 刘处玄：《仙乐集》，齐鲁书社，2005年，第148页。

③ 郝大通：《太古集》，齐鲁书社，2005年，第432页。

④ 《王重阳集》，第283页。

人牛不见时。”刘处玄曰：“人牛都不见。”“真明月正秋。”这里不仅是景象、境界相同，何道全注解中反复出现的“人牛不见”以及《西游记》的“人牛不见时”，语句也与谭处端的字句完全相同。可见，《西游记》中这篇看似突兀的偈语，虽是迻录何道全注解时一并带过来的，但也是接受了“牛”的宗教寓意后自觉的行为。同时，这一寓意是与全真教诸位元老的传教话语中“涉牛”内容高度吻合的。

综上所述，我们可以得出以下几点结论：

1.《西游记》第二十回篇首那段偈语出于明初全真教道士何道全之手。

2. 不仅如此，《西游记》第十九回全文迻录的《心经》，也来自何道全的注解本。

3. 何道全的《心经注解》在若干方面都显示出与《西游记》的瓜葛。

4.《西游记》浓墨重彩塑造的牛魔王形象是有特殊宗教寓意的，这类寓意在全真教诸元老的著述中多有表现；同时，也是何道全《心经注解》中多处着意表现的内容。

5.《心经注解》，特别是其中的“牧牛偈语”，是《西游记》具有全真教血缘的又一直接佐证；在《西游记》成书过程中，被全真教染指这个环节为作品增加了带有宗教色彩的寓意。

6. 由何道全的卒年推算，何氏《心经注解》的流行当在明初的半个多世纪中，其影响及于《西游记》当亦在此时段。换言之，《西游记》的“全真化”环节可能延续了元末到明初较长的一段时间，这个“全真本”《西游记》也不是一次成型，出于一人之手的。

第七讲　西天取经之“真经”的来历

一

前面我们曾提到，对于《西游记》中的宗教性内容，鲁迅先生当年几乎不屑一顾。他在《中国小说史略》中语带轻蔑地讲：“作者虽儒生，此书则实出于游戏，亦非语道，故全书仅偶见五行生克之常谈，尤未学佛，故末回至有荒唐无稽之经目，特缘混同之教，流行来久，故其著作，乃亦释迦与老君同流，真性与元神杂出，使三教之徒，皆得随宜附会而已。”[①]这段话有三层意思：一是全书为一个儒生（即吴承恩）出于游戏目的而作；二是有关宗教的内容只是其“偶见”，且并非认真撰写，同时作者也不具备相关的知识结构，所以或浅显——涉及道教者，或错谬——涉及佛教者；三是由于源远流长的“三教合一”思想文化传统，

① 鲁迅：《中国小说史略》，《鲁迅全集》第九卷，第172页。

作品中的佛教与道教内容混杂在一起，不分彼此，给各种误读提供了可能。

时至今日，虽然《中国小说史略》仍为这一领域的经典，但学术的发展已经在很多方面超出了当年的论断。就上述三点而论，可以理解的是，鲁迅先生系针对清代《西游真诠》之类有所激而发；但从学术研究的角度看，迄今仍可立住的却只是一部分观点了。说作者创作动机“出于游戏”，可以说有一半真理性；说作品的宗教内容“混同”了三教，是由于长期存在的“三教合一”传统，这倒是合乎事实的。但当时鲁迅先生没意识到《西游记》成书过程的复杂程度，特别是宗教界人士曾经染指的情况，所以简单地归结为“儒生”作者的不经意以及学养不够，导致了浅薄且错谬。至于对充斥全书的全真教丹道术语、诗词，竟视如不见地称为“仅偶见”；对于全书明显的崇佛贬道态度也一概忽略，以简单的“同流”一词带过，显然失之于简单化了。而评论中有一个特别引人瞩目的判断——《西游记》作者“尤未学佛”，其中的缘由颇可玩味。

称“尤未学佛”，一方面是表达看出了《西游记》中关于佛教的文字不够“专业”，甚或错讹多多——主要表现为“荒唐无稽之经目”；另一方面，不无鲁迅先生张扬自我之意，因为鲁迅此前在佛教、佛学方面颇下过一番工夫。据鲁迅日记，1912年他初抵北京便对佛教有了兴趣；而到了1914年，前后八个半月中，他便购买了佛教书籍一百三十六种、二百三十六册——几乎每天一册，其中包括《大乘起信论》《维摩经》《金刚经》等佛教主要经典。购买之外，鲁迅还亲自动手抄经，同时又向朋友借经来读。为给母亲做寿，鲁迅还曾出资刻经。[①]

有了这一番“学佛”的功夫，再看到《西游记》小说中“半瓶醋”式的佛教文字，自然居高而临下，要下一个“尤”字的评语了。

鲁迅的这一评语自有其一定程度的合理性。不过如果从学术研究的角度看，还有进一步细化、研究的空间，也有进一步细化、调整的必要。[②]

《西游记》毕竟讲的是一个佛教的故事，而且是把一段真实的佛教史使用文学语言讲述而成的。全书的主线是“取经”，小说最后自然要给一个“取经”的结果。作品中是这样写的：

> 如来方开怜悯之口，大发慈悲之心，对三藏言曰：“我今有经三藏，可以超脱苦恼，解释灾愆。三藏：有《法》一藏，谈天；有《论》一藏，说地；有《经》一藏，度鬼。共计三十五部，该一万五千一百四十四卷。……将我那三藏经中三十五部之内，各检几卷与他，教他传流东土，永注洪恩。”

① 参见王锡荣：《从日记看鲁迅怎样读佛经》，《日记的鲁迅》，人民文学出版社，2018年，第83—86页。

② 曹炳建：《〈西游记〉中所见佛教经目考》（《河南大学学报》2004年第1期）“对《西游记》实际所涉及的佛教经目44种进行考证”，通过与《少室山房笔丛》比较等途径，得出了“假定《西游记》和《少室山房笔丛》有关经目均来自‘流行’经目，然相对来说，《少室山房笔丛》只是忠实抄录‘流行’经目之原文，而吴承恩则对其加以改造”的结论。对于质疑鲁迅先生“尤未学佛”说，首开先河。不过，对于解决问题的途径及结论，皆有探讨的空间。

……如来问：“阿傩、伽叶，传了多少经卷与他？可一一报数。”二尊者即开报：“现付去唐朝《涅盘经》四百卷，《菩萨经》三百六十卷，《虚空藏经》二十卷，《首楞严经》三十卷，《恩意经大集》四十卷，《决定经》四十卷，《宝藏经》二十卷，《华严经》八十一卷，《礼真如经》三十卷，《大般若经》六百卷，《金光明品经》五十卷，《未曾有经》五百五十卷，《维摩经》三十卷，《三论别经》四十二卷，《金刚经》一卷，《正法论经》二十卷，《佛本行经》一百一十六卷，《五龙经》二十卷，《菩萨戒经》六十卷，《大集经》三十卷，《摩竭经》一百四十卷，《法华经》十卷，《瑜伽经》三十卷，《宝常经》一百七十卷，《西天论经》三十卷，《僧祇经》一百一十卷，《佛国杂经》一千六百三十八卷，《起信论经》五十卷，《大智度经》九十卷，《宝威经》一百四十卷，《本阁经》五十六卷，《正律文经》十卷，《大孔雀经》十四卷，《维识论经》十卷，《具舍论经》十卷。在藏总经，共三十五部，各部中检出五千零四十八卷，与东土圣僧传留在唐。现俱收拾整顿于人马驮担之上，专等谢恩。”

……如来因打发唐僧去后，才散了传经之会。旁又闪上观世音菩萨合掌启佛祖道：“弟子当年领金旨向东土寻取经之人，今已成功，共计得一十四年，乃五千零四十日，还少八日，不合藏数。望我世尊，早赐圣僧回东转西，须在八日之内，庶完藏数，准弟子缴还金旨。”如来大喜道：“所言甚当，准缴金旨。”即叫八大金刚吩咐道：“汝等快使神威，驾送圣僧回东，把真经传留，即引圣僧西回，须在八日之内，以完一藏之数，勿得迟违。”①

这个经目，共计开列三十五部佛经，虽然不能与佛门大德编撰的各种《大藏》相比，却也不能简单地以“荒唐无稽”来一笔抹杀。而其中特别强调“五千零四十八卷”，且有些经目别有来历，都有深入研究的必要。

二

经目所开列的这三十五部佛经，情况并不一样。如果细加分说，就会发现不仅不能笼统地以“荒唐无稽”概括，而且对于我们研究这部作品的思想内涵，以及成书过程都会提供一些有益的启发。

经目开列的这三十五部佛经，可以分为四种情况。第一种，佛藏中确有其书的十九部，约占总数的一半强；第二种，佛藏中有其书，作者因某种意图对名称稍有改动的七部，占总数的五分之一；第三种，佛藏中并无其书，而是由“佛语”中生发出来的五部，占总数的七分之一；第四种，看似与佛教无关或关系不大的四部，其实颇有名堂，值得深入探究一番。

先来看第一种情况。

①《西游记》，第1171—1178页。

经目开列云“《大般若经》六百卷”，据《大正新修大藏经》：《大般若经》，六百卷，十六会。名称、卷数皆准确无误。

经目开列云“《菩萨戒经》六十卷”，“《佛本行经》一百一十六卷”，据《历代三宝记》：“《菩萨戒经》八卷。《佛本行经》五卷。”①名称准确无误，唯卷数不符。

经目开列云“《涅盘经》四百卷”，据《大正新修大藏经》，全称《大般涅槃经》，三十六卷，二十五品。但佛典中颇多简称为《涅盘经》的，如《续古尊宿语要》：“师问：‘德上座，菩萨在定，闻香象渡河。出什么经？’德云：‘《涅盘经》’。”

经目开列云“《虚空藏经》二十卷”，据《大正新修大藏经》，全称《观虚空藏菩萨经》，一卷。佛典中亦多简称为《虚空藏经》，如《起信论疏》：“先依经说，后依论明。依经说者，如《虚空藏经》言。”②

经目开列云“《首楞严经》三十卷”，据《大正新修大藏经》，全称《大佛顶如来密因修证了义诸菩萨万行首楞严经》，一卷。因其名称过长且过于复杂，佛典中极少用全称，大多简称为《首楞严经》，如《大般涅槃经》：“如《首楞严经》中广说……”③

经目开列云“《宝藏经》二十卷”，据《大正新修大藏经》，全称《杂宝藏经》，十卷，一百二十一则。亦简称做《宝藏经》，如

① 费长房：《历代三宝记》卷九，《大正新修大藏经》第49册，第84b页。
② 释元晓：《起信论疏》卷一，《大正新修大藏经》第44册，第202c页。
③ 昙无谶译：《大般涅槃经》卷四，《大正新修大藏经》第12册，第388b页。

《历代三宝记》:“《宝藏经》二卷。”[①]

经目开列云“《华严经》八十一卷”,据《大正新修大藏经》,全称《大方广佛华严经》,六十卷,三十四品。多简称为《华严经》,如《维摩罗诘经文疏》:“然细寻《大智论》前后所引《不思议经》,悉是《华严经》文。如说讴舍那优婆夷为须达那菩萨说度众生数量,乃是《华严经》明善财入法界所闻事。”[②]

经目开列云“《决定经》四十卷”,据《大正新修大藏经》,全称《佛说法乘义决定经》,三卷。多简称为《决定经》,如《阿毘达磨大毘婆沙论》:“《决定经》于三无数劫,修习百千难行苦行,积渐具六波罗蜜多。”[③]

经目开列云“《金光明品经》五十卷”,据《大正新修大藏经》,全称《金光明经》,四卷十九品(另有《合部金光明经》,八卷二十四品)。

经目开列云“《维摩经》三十卷”,据《大正新修大藏经》,全称《维摩诘经》,三卷,十四品。多简称为《维摩经》,如《法华经义记》:“是故《维摩经》言:‘譬如胜怨乃可为勇,如是兼除老病死者,菩萨之谓也。’”[④]

经目开列云“《金刚经》一卷”,据《大正新修大藏经》,全称《金刚般若波罗蜜经》,一卷,三十二分。多简称为《金刚经》,

① 《历代三宝记》卷六,《大正新修大藏经》第49册,第62c页。

② 智顗:《维摩罗诘经文疏》卷一,《卍续藏经》第18册,第464b页。

③ 玄奘译:《阿毘达磨大毘婆沙论》卷六十三,《大正新修大藏经》第27册,第327c页。

④ 法云:《法华经义记》卷一,《大正新修大藏经》第33册,第575b页。

如《法华文句记》：“如《金刚经》问名问持乃在经中，不可一切悉令居中。”[①]

经目开列云“《大集经》三十卷”，据《大正新修大藏经》，全称《大方等大集经》，六十卷，十七品。多简称为《大集经》，如《新华严经论》：“第七《法华经》，会权就实为宗。第八《大集经》，以守护正法为宗。第九《涅槃经》，明佛性为宗。”[②]

经目开列云“《摩竭经》一百四十卷”，据《大正新修大藏经》，全称《佛说三摩竭经》，一卷。简称为《三摩竭经》，如《阿弥陀经疏》：“《三摩竭经》云：‘佛欲度彼事裸形外道难化国王故，令诸弟子皆现神变。”[③]亦有简称《摩竭经》者，如《御制秘藏诠》：“《摩竭经》云不行见。”[④]

经目开列云“《法华经》十卷”，据《大正新修大藏经》，全称《妙法莲华经》，中土有三种译本，卷数不一，多者为竺法护译，十卷，二十七品。多简称为《法华经》，如《大智度论》：“如《法华经》中多宝世尊，无人请故便入涅盘。”[⑤]

经目开列云“《瑜伽经》三十卷”，据《大正新修大藏经》，全称《金刚顶瑜伽念珠经》，一卷。简称为《瑜伽经》，如《仁王般若陀罗尼释》：“金刚手者，《瑜伽经》释云：‘手持金刚杵，表内

---

① 湛然：《法华文句记》卷十，《大正新修大藏经》第34册，第351a页。

② 李通玄：《新华严经论》卷一，《大正新修大藏经》第36册，第721c页。

③ 窥基：《阿弥陀经疏》，《大正新修大藏经》第37册，第317a页。

④ 宋太宗：《御制秘藏诠》卷五，《高丽大藏经》，台湾新文丰出版公司1982年版，第35册，第846b页。

⑤ 龙树造、鸠摩罗什译：《大智度论》卷七，《大正新修大藏经》第25册，第109b页。

心具大菩提；外表摧伏诸烦恼。故名金刚手。’”[①]

经目开列云“《大孔雀经》十四卷”，据《大正新修大藏经》，全称《佛母大孔雀明王经》，三卷。简称为《大孔雀明王经》，如《开元释教录》：“《大孔雀明王经》三卷五十纸。”[②]

经目开列云“《未曾有经》五百五十卷”，据《大正新修大藏经》，全称《佛说未曾有经》，一卷。而据《长阿含经》：“比丘！于十二部经……十曰《未曾有经》。”[③]是有此简称。

以上十八种，均为佛藏中实有其书，小说中的经目只是卷数的表述不够确切（内有两种卷数亦恰合）。还有一种情况稍微特殊一些即经目开列云“《菩萨经》三百六十卷”，而据《大藏经》，称《菩萨经》者甚多，但皆有定语，如“月光”“月明”。大多一二卷，多者六七卷。

综合上述情况，经目所列三十五部佛典，半数以上皆实有不误。只是卷数或不够准确。

三

再来看第二种情况。

经目开列云“《起信论经》五十卷”，而据《大正新修大藏经》，只有《大乘起信论》一卷，简称做《起信论》。《大藏经》

① 不空译：《仁王般若陀罗尼释》卷一，《大正新修大藏经》第19册，第522a页。

② 智昇：《开元释教录》卷二十，《大正新修大藏经》第55册，第699c页。

③ 佛陀耶舍、竺佛念译：《长阿含经》卷十二，《大正新修大藏经》第1册，第74c页。

中，该简称出现2818次，如《佛说佛名经》：“南无《百论》、南无《起信论》、南无《三无性论》……”[①]经目中只是在“论”字后面加了一个“经”字（其原因后面再讲）。

经目开列云“《大智度经》九十卷”，而在《大正新修大藏经》中有《大智度论》，一百卷，出现2201次，据诸“论”之首。经目中只是把“论”字换成了“经”字。

经目开列云“《维识论经》十卷”，当指《成唯识论》，据《大正新修大藏经》，恰为十卷。而此《论》则确为玄奘“取”回，并译出，又以此为理论旗帜建立“唯识宗”，成为所谓“大乘八宗”之一。经目中也是在“论”字后面加了一个“经”字。

经目开列云“《具舍论经》十卷”，当指《阿毘达磨俱舍论》，据《大正新修大藏经》，为三十卷，九品。此《论》亦为玄奘“取”回，并译出。

经目开列云“《三论别经》四十二卷”。“大乘八宗”有“三论宗”，以《中论》《百论》《十二门论》开宗立派。隋释吉藏撰有《三论玄义》，一卷，总叙《中》《百》《十二门》“三论”要旨。成书于仁寿二年（602）四月。全书内容分两大部分，包括有《别释众品》。可见这里的《三论别经》虽欠准确，却也实有出处。同样是在“论”字后面加了一个“经”字。

“论”字后面加上“经”字的，经目中还有两种，一种是《正法论经》，一种是《西天论经》。这两种皆非现成的“论”

① 菩提流支译：《佛说佛名经》卷五，《大正新修大藏经》第14册，第208a页。

加一“经”字，但“正法论”“西天论”均于佛典中有所凭依，如《方便心论》：“既自有过，何由过彼？如是等名‘正法论’也。”[①]《物不迁正量论》：“‘西天论’者有所立破，必以因明为准。”[②]

以上七种，在小说经目中的共同特点是，都称之为“经”，而“经”之前都有一“论”字。其中多数也确实是佛典“经、律、论”三藏中“论藏”的名篇，如《大智度论》《成唯识论》《俱舍论》。后两种还确实是玄奘由“西天”“取经”带回的成果。

作者之所以在经目中开列这些本为“论藏”重要经典，却又后缀一个“经”字，原因盖有两端：一是开列者知道“经、律、论”三藏之说，但又知之不确，故在前文由佛祖口中讲出“有论一藏”，并就其所知举了《大智度论》《成唯识论》《俱舍论》这样有名的“论”著；二是，毕竟作品讲的是西行“取经”的故事，最终要取回一批“经”来。而小说自身的通俗性质，也不要求这方面的严谨，所以两个因素勾兑的结果，就是“论经”名目的出现。

这种情况虽似不伦，却也反映了作者较为认真的处理思路，以及知之而不甚确的佛学水准。

属于第三种情况的有五部。即“《恩意经大集》一部五十卷，《礼真如经》一部九十卷，《僧祗经》一部一百五十七卷，《佛国杂经》一部一千九百五十卷，《正律文经》一部二百卷”。经目所

① 吉迦夜译：《方便心论》，《大正新修大藏经》第32册，第27c页。

② 镇澄：《物不迁正量论》卷下，《卍新纂大日本续藏经》第54册，第920b页。

列这五部“佛经”，不见于各种佛藏，确属虚构。占整个经目的七分之一。

但是，这五部“经”虽不见于佛藏，“经”的名称却是佛教典籍十分常见的语词。如“恩意”，检索《大藏经》得81次。如《贤愚经》：“彼有恩意，以牛借我。”[①]《法华文句记》：“如十恩中初恩意也。”[②]而“恩意”又常与“十恩”关联。“十恩”也是习用语汇（以及“十种恩”），如《法华义疏》：“第二大段叹佛恩深难报。此经始终佛有十恩。”[③]可见《恩意经》名虽杜撰，却非向空虚造。杜撰者还是对佛经较为熟悉的。

“礼真如”，“真如”更为常见，检索《大藏经》得57969次，“礼真如”即为“礼佛”，泛言之耳。至于“佛国”，为中土佛徒对天竺的敬称，使用同样频繁，检索《大藏经》得12083次。如《增壹阿含经》：“云何佛国境界不可思议？”[④]“僧祇”，佛教常用语，检索《大藏经》得1776次，如“僧祇部”“僧祇律”等。《翻译名义集》：“摩诃僧祇，此云大众。大集云：广博遍览五部经书，是故名为摩诃僧祇。”[⑤]“正律”，在佛教经典中亦不罕见，如《杂阿含经》：“尔时，世尊告诸比丘：‘有非律，有正律。谛听善思，当为汝说。何等为非律？谓杀生乃至邪见，是名非

① 《贤愚经》卷十一，《大正新修大藏经》第4册，第428c页。
② 《法华文句记》卷七，《大正新修大藏经》第34册，第288c页。
③ 吉藏：《法华义疏》卷七，《大正新修大藏经》第34册，第557c页。
④ 僧伽提婆译：《增壹阿含经》卷二十一，《大正新修大藏经》第2册，第657b页。
⑤ 法云：《翻译名义集》卷四，《大正新修大藏经》第54册，第1113b页。

律。何等为正律？谓不杀乃至正见，是名正律。’”[①]检索《大藏经》得113次。而“正律”后缀“文”，则如“东塔为正律文”[②]（《四分律行事钞简正记》）。

要之，经目中看似无稽的这五部，也不是凭空捏造。同样反映出开列者对佛教典籍有较多接触，但又不具备“专业”水准的情况。

四

值得特别探究一下的是属于第四种情况的四部“佛经”：《本阁经》《宝威经》《五龙经》《宝常经》。

“本阁”一词，偶见于佛典，如《续高僧传》：“门人慧安智赜者，师资义重甥舅恩深，为树高碑于寺之内。东宫庶子虞世南为文。今像还归于本阁云。”[③]此“本阁”实为一普通名词，与佛理无涉。但这个名词同样偶见于道教典籍，如《玄天上帝启圣录》：“今再赐本阁三年恩泽一道”“自住持吴�以后，本阁收到，遂日看经开殿施利钱二万余贯，日渐聚积。”[④]意蕴与佛藏类似。

“宝威”一词，同样既偶见于佛典，亦见于道教典籍，如“三宝威神”“三宝威力”“三宝威灵”等。但严格来讲，这并不

① 求那跋陀罗译：《杂阿含经》卷三十七，《大正新修大藏经》第2册，第275c页。

② 景霄：《四分律行事钞简正记》卷六，《卍新纂大日本续藏经》第43册，第139a页。

③ 道宣：《续高僧传》卷二十九，《大正新修大藏经》第50册，第695b页。

④《玄天上帝启圣录》卷六至七，《道藏》，文物出版社、上海书店、天津古籍出版社1988年，第19册，第611a—619a页。

是一个词汇，而是截取词组形成的"接搭"。

"宝常"一词，情况与"宝威"类似，同样既偶见于佛典，亦见于道教典籍。前者如《摩诃摩耶经》："诸佛虽灭度，法、僧宝常住。"[①]《大智度论》："是宝常能出一切宝物"，[②]后者如《元始天王欢乐经》："供养三宝常住福田。"[③]《金阙帝君三元真一经》："《灵宝经》曰：天精地真，三宝常存，此之谓也。"[④]

"五龙"一词最为触目。因为它实在不像是佛典名称，甚至也不像佛教用语。检索《大藏经》，果然杳无踪影。但是，如果我们换个思路，去检索一下《道藏》，便会发现"五龙"乃是道教常用语。检索《道藏》，可得158篇，282条，如《太上元始天尊说北帝伏魔神咒妙经》："若下元生人，住宅凶耗，居处不安，频有灾疾，可建立五龙道场，日夕三时，转经行道。"[⑤]《云笈七签》："五龙氏得此经，以道治世万二千岁，白日登仙。"[⑥]等等。"五龙"与"经""道场"皆有联系。另外，道教"五龙"之说在社会上有多方面影响。如小说《说唐》有"锁五龙"的关目。五台山有"五爷庙"，所供奉为龙神，香火居于全山之首。更为有趣的是，"五龙"就在《西游记》文本中多次出现。第六十六回，孙悟空为黄眉怪所困，求救于真武大帝。真武派出的援兵——"真武师

① 释昙景译：《摩诃摩耶经》卷下，《大正新修大藏经》第12册，第1013a页。
② 《大智度论》卷五十九，《大正新修大藏经》第25册，第478b页。
③ 《元始天王欢乐经》，《道藏》第2册，第25a页。
④ 涓子授东海青童君：《金阙帝君三元真一经》卷一，《道藏》第4册，第549c页。
⑤ 欧阳雯受《太上元始天尊说北帝伏魔神咒妙经》卷七，《道藏》第34册，第423b—423c页。
⑥ 张君房编：《云笈七签》卷三，《道藏》第22册，第16c页。

相之龟、蛇、五龙圣众”，“五龙二将相貌峥嵘，精神抖擞”，“五龙奉旨来西路”，“行者帅五龙二将”，“孙大圣顾不得五龙二将”，等等。至于这“五龙”的宗教面目，小说里也明明白白交代：真武“乃奉元始天尊符召”“乃奉玉帝敕旨”，毫无疑问是地地道道的道教神祇。综合以上材料，所谓《五龙经》，乃由一个道教中特有而常见的名词而来，却成了《西游记》开列佛典经目之一种。

把《五龙经》这种情况与上面亦佛亦道的三部经的名称联系起来看，《西游记》这个经目的撰写者是一个既对佛教经典有一些了解，又对道教话语有所掌握的人。

循此思路，我们发现在《西游记》描写的授经、取经过程中，还有一个刻意强调的细节也处于佛教与道教之间。

九十八回，先是如来询问阿傩、伽叶：“传了多少经卷与他？可一一报数。”有趣的是，高高在上的如来竟然特别对具体数字发生了这样的兴趣。二位尊者于是报告道：“各部中检出五千零四十八卷，与东土圣僧传留在唐。”这里出现了一个数字：五千零四十八。接下来，节外生枝，观音启奏道：唐僧五众路上走了“五千四十”天，与经卷数差了八天，所以返程天数必须控制在八天，这一项取经事业才算得功德圆满。如来便吩咐八大金刚：“汝等快使神威，驾送圣僧回东，……须在八日之内，以完一藏之数。勿得迟违。”①

① 《西游记》，第1177—1178页。

这一笔有些莫名其妙。为什么行程天数必须要与所取佛经卷数一致呢？好像没有什么道理。插上这一笔，实际的效果在于数字方面。一是进一步强调经卷是五千零四十八，二是出来一个“五千零四十”的数字。而这两个数字都与道教有些关系。

历史上的玄奘从天竺带回的经卷当然不是“五千零四十八”。这个数字出自《开元释教录》。据《佛祖统纪》：“西京崇福寺沙门智升，进所撰《开元释教录》二十卷，以五千四十八卷为定数。敕附入大藏。”[①]“五千零四十八”这个数字为后世禅门所乐用，如《古尊宿语录》《五灯全书》《指月录》以及大量的禅宗大德语录之中频频出现。在民间也颇具影响力。[②]与此同时，道教的典籍中也频繁出现这个数字。而道士们既接受了佛禅的话语，又转化为自己的话语。如《上阳子金丹大要》：“佛经五千四十八卷，也说不到了处。”[③]《玉清无极总真文昌大洞仙经注》：“佛经五千四十八卷一藏。”[④]《紫阳真人悟真直指详说三乘秘要》：“然而大藏乃有五千四十八卷者，此皆圣人以人味道之，甚不获已而强言之也。”[⑤]《道法会元》：“行雷法须先受雷部《天童经》，诵五千四十八卷。”“行北斗玄灵式，先念《北斗玄灵经》五千四十八卷。”[⑥]前两个是袭用佛教话语。第三个则含糊其

① 志磐：《佛祖统纪》卷四十，《大正新修大藏经》第49册，第374c页。

② 《大唐三藏取经诗话》可见其影响。

③ 陈致虚：《上阳子金丹大要》卷二，《道藏》第24册，第9c页。

④ 卫琪：《玉清无极总真文昌大洞仙经》卷十，《道藏》第2册，第697c页。

⑤ 《紫阳真人悟真直指详说三乘秘要》，《道藏》第2册，第1022c页。

⑥ 《道法会元》卷二百五十，《道藏》第30册，第534b—534c页。

辞；第四个索性移用到道教自己的经典上。其实，《天童经》亦名《天雷咒》，只有短短的一卷。而《北斗玄灵经》在《道藏》中并无载录。所以，这里都夸张地称之为“五千四十八卷”，不过是显示出道教徒对这个特别的“高端”数字的崇敬与兴趣。

至于《西游记》这里出现了观音所说“五千零四十”的数字，也不是偶然的。《道德真经三解》：“太极圈中，有一神物，可重一斤十六两零三百八十四铢，五千四十年又五千四十日而后结成。”[①]可见，“五千零四十”这个数字也在道教的神秘数字系统之中。而且，我们还发现，它竟然也与经卷数有关。有署名吕祖的《真经歌》：

> 真经歌，真经歌，不识真经尽着魔，……真经原来无一字，能度众生出大罗。……五千四十归黄道，正合一卷大藏经。……初祖达磨亲口授，真玄妙法莲华经。……活中死，死复生，自古仙佛赖真经。此个造化能收得，度尽阎浮世上人。大道端居太极先，本于父母未生前。度人须要真经度，若问真经癸是铅。[②]

这首歌词可注意者有三：1.把“一卷大藏经”同“五千四十”联系起来；还提到了“无字真经”——小说中也出现了“无字真经”的情节。2.歌词虽出于道教人士之手，却承认

① 邓锜注：《道德真经三解》卷二，《道藏》第12册，第199c页。

② 吕岩：《真经歌》，《吕祖全书》卷三，《藏外道书》，巴蜀书社，1994年，第7册，第120—121页。

“五千四十”这个数字与“一卷大藏经”皆源于佛禅。3.但是，此“五千四十”的“一部大藏经”，同时适用于“仙佛”，二者在这个意义上是一体的；而最终要归之于道教的内丹之术——“度人须要真经度，若问真经癸是铅”。①

显然，这段文字是可以同《西游记》构成互文关系的。

说明《西游记》作者在“五千四十八”与“五千四十”这两个数字上格外用心的，还有两个细节。一个是在第一百回，描写唐太宗李世民口诵《圣教序》全文八百余字。这样严肃的文字在总体嬉笑风格的作品中显得十分特异。这篇文字几乎是百分之百史实的逡录，明显的改动只有两处。一处是“周游西宇，十有七年”，改为“周游西宇，十有四年”；另一处是“总将三藏要文，凡六百五十七部，译布中夏，宣扬圣业”，改为“总得大乘要文，凡三十五部，计五千四十八卷，译布中华，宣扬胜业”。②而这两处改动其实密切相关，都为的是“五千四十八”，以及“五千四十”这两个数字。因为十四年，恰好五千四十天（古人习以360天为一年），是全真道《真经歌》所谓“五千四十归黄道，正合一卷大藏经”的说法。由于全真道还有另一与佛教通用的“五千四十八”数字，于是小说在后文就出现了观音的那道加法题：“5040+8”，把两种说法统一起来，“方合一藏之数”，算得功德圆满了。

---

① 参见郭健《〈西游记〉中“真经”的内丹学含义》，《中国道教》2001年第5期。

② 《西游记》，第1193页。

另一个是九十八回开列的经目卷数颇为参差，多者1638，少者仅1卷，看似杂乱，其实不然。经目所列所有经卷总和恰为5048，可见作者的苦心。

从这个角度看，《西游记》作者在开列结局的经目时，不仅不是随意、游戏的态度，而且是相当认真与用心的。至于佛学知识不够"专业"的问题，则说明这位作者既对佛教有相当的兴趣、相当的了解，却又不是佛门人物。再证之以《五龙经》与"五千四十"，他的身份是全真道徒，当为大概率事件。

五

如果与前面几讲的内容相参照，再来考察前述《西游记》开列的经目，以及相关的种种描写——观音的"加法"、《圣教序》的改动等，不难发现一条清晰的逻辑：小说确曾经过全真教道士的染指；全真教本是融佛禅入道教的特殊教派，所以导致《西游记》既有数量可观的丹道话语，又有不甚"专业"的佛教内容；这不甚"专业"的佛教内容——如开列的经目，并非世德堂本写定者"尤未学佛"，而是此前"全真化环节"的留存；当初，道士们对这些内容是认真设计的，只不过是立足于捋扯来的二手佛学，难怪入不得鲁迅先生的法眼了。

讲到这里，我们不妨对前面几讲做一个综合性小结：

1. 当下通行的《西游记》是以明万历年间刊刻的世德堂本为底本整理而成。现在留存的小说《西游记》皆晚于此本。故我们讨论的《西游记》成书问题也是以世德堂本为出发点。

2. 世德堂本《西游记》讲述的是一个佛教历史上的故事，但是文本中却有大量的道教话语。

3. 道教话语之一，是散落全书的道教内丹学的术语，其数量之多令人惊讶。而且术语之间往往彼此呼应，有些还与故事情节、人物形象产生或深或浅的联系。

4. 道教话语之二，是迻录的道教人物的诗词、文章。其中有的篇幅相当可观，有的与小说的构思、观念有或深或浅的联系。这些人物大多为金元以迄明初的全真教道士。

5. 小说主人公孙悟空的多个名称，如心猿、金公、弼马温，都与道教，特别是全真道深有关联。

6. 小说中着墨最多的妖魔——牛魔王，含有故事之外的文化意义，与佛教、道教相关，而这种意义直接进入文本则是全真道士何道全的著作所致。

7. 小说结局开列的“经目”并非完全“荒唐无稽”，而是带有全真教色彩的“半专业”性质的目录。

所以，有足够多的文本资料证明，《西游记》确曾经过全真道人士染指。接下来，我们要解决的是：继续指出小说中其他一些带有道教影响痕迹的情节、形象；辨析文本中如此大量的全真教因素与全书对道教不友好态度的矛盾。

第八讲　由“三打白骨精”说到“九头虫”

前面集中讲了牛魔王的“不同凡妖”。若沿着这条思路继续探索，我们会发现，《西游记》之所以能够厕身于“四大奇书”“六大名著”，原因之一便是书中这几十个妖魔大多写得相当不错。

这其实挺不容易作到。

因为写妖魔，一条便捷的路是简单化，脸谱化，统统写成青面獠牙，无恶不作。大多数魔怪小说正是这样做的。

而《西游记》的妖魔大多很“个性”，彼此间的“区分度”也是比较高的——这一点，同为神魔小说的《封神演义》《西洋记》就明显逊色了。

《西游记》之所以能做到这一点，表面的原因有两个：一是妖魔的“出身”各有不同，包括其动物“原形”带来的差异。如老鼠精“地涌夫人”的复杂洞穴，青狮精的巨口，白象精的长鼻，蝎子精的毒尾，蜘蛛精的蛛丝，等等，都成了设计、展开情节的基础要素。二是把人的情感、行为特征加到了妖魔的身上，如平顶山小妖的贪图小利，火云洞红孩儿的孝心亲情，木仙庵拂云叟等的雅兴，麒麟山赛太岁的痴情，豹头山黄狮精的公平交易，等等。这些都是读者喜闻乐见的，也是分析作品时很容易看出来的。

不过，有一些更深层的原因，可能更值得关注一些。这就是妖魔形象所隐含的文化内涵，尤其是与宗教要素相关联的文化内涵。

如第二十七回，《尸魔三戏唐三藏》，也就是俗称的“三打白骨精”一节。这一节的篇幅只有多半回，比起狮驼国、小西天、六耳猕猴等动辄两三回的篇幅，实在是显得寒碜。但是，它的实际影响力并不比那些“大”妖怪差，甚至也不比火焰山牛魔王的情节逊色。特别是在二十世纪六十年代，这段故事被搬上多个剧种的舞台，又被改编成电影，在当时可谓家喻户晓。而“白骨精”也成了一个广为流行的语词，至今应用不衰。

我们来看一看这一节究竟精彩在何处：

果然这山上有一个妖精，孙大圣去时，惊动那怪。他在云端里，踏着阴风，看见长老坐在地下，就不胜欢喜道：“造化，造化！几年家人都讲东土的唐和尚取大乘，他本是金蝉子化身，十世修行的原体。有人吃他一块肉，长寿长生。真个今日到了。”……妖精说：“等我且戏他戏，看怎么说。”好妖精，停下阴风，在那山凹里，摇身一变，变做个月貌花容的女儿，说不尽那眉清目秀，齿白唇红，左手提着一个青砂罐儿，右手提着一个绿磁瓶儿，从西向东，径奔唐僧……三藏见了，叫：“八戒、沙僧，悟空才说这里旷野无人，你看那里不走出一个人来了？”八戒道：“师父，你与沙僧坐着，等老猪去看看来。”那呆子放下钉钯，整整直裰，摆摆摇摇，充作个斯文气象，一直的觌面相迎。真个是远看未实，近看分明，那女子生得：

冰肌藏玉骨，衫领露酥胸。柳眉积翠黛，杏眼闪银星。月样容仪俏，天然性格清。体似燕藏柳，声如莺啭林。半放海棠笼晓日，才开芍药弄春晴。

那八戒见他生得俊俏，呆子就动了凡心，忍不住胡言乱语，叫道：“女菩萨，往那里去？手里提着是什么东西？”分明是个妖怪，他却不能认得。那女子连声答应道：“长老，我这青罐里是香米饭，绿瓶里是炒面筋，特来此处无他故，因还誓愿要斋僧。”八戒闻言，满心欢喜，急抽身，就跑了个猪颠风，报与三藏道：“师父！吉人自有天报！师父饿了，教师兄去化斋，那猴子不知那里摘桃儿耍子去了。桃子吃多了，也有些嘈人，又有些下坠。你看那不是个斋僧的来了？”唐僧不信道：“你这个夯货胡缠！我们走了这向，好人也不曾遇着一个，斋僧的从何而来！”八戒道：“师父，这不到了？”

三藏一见，连忙跳起身来，合掌当胸道：“女菩萨，你府上在何处住？是甚人家？有甚愿心，来此斋僧？”分明是个妖精，那长老也不认得。那妖精见唐僧问他来历，他立地就起个虚情，花言巧语来赚哄道：“师父，此山叫做蛇回兽怕的白虎岭，正西下面是我家。我父母在堂，看经好善，广斋方上远近僧人，只因无子，求福作福，生了奴奴，欲扳门第，配嫁他人，又恐老来无倚，只得将奴招了一个女婿，养老送终。”三藏闻言道：“女菩萨，你语言差了。圣经云：父母在，不远游，游必有方。你既有父母在堂，又与你招了女婿，有愿心，教你男子还，便也罢，怎么自家在山行走？又没个侍儿随从。这个是不遵妇道了。”那女子笑吟吟，忙陪俏语道：“师父，我丈夫在山北凹里，带几个客子锄田。这是奴奴煮的午饭，送与那些人吃的。只为五黄六月，无人使唤，父母又年老，所以亲身来送。忽遇三位远来，却思父母好善，故将此饭斋僧，如不弃嫌，愿表芹献。”三藏道：“善哉，善哉！我有徒弟摘果子去了，就来，我不敢吃。假如我和尚吃了你饭，你丈夫晓得，骂你，却不罪坐贫僧也？”那女子见唐僧不肯吃，却又满面春生道：“师父啊，我父母斋僧，还是小可。我丈夫更是个善人，一生好的是修桥补路，爱老怜贫。但听见说这饭送与师父吃了，他与我夫妻情上，比寻常更是不同。”三藏也只是不吃，旁边却恼坏了八戒。那呆子努着嘴，口里埋怨道：“天下和尚也无数，不曾像我这个老和尚罢软！现成的饭三分儿倒不吃，只等那猴子来，做四分才吃！”他不容分说，一嘴把个罐子拱倒，就要动口。

只见那行者自南山顶上，摘了几个桃子，托着钵盂，一筋斗，点将回来。睁火眼金睛观看，认得那女子是个妖精，放下钵盂，掣铁棒，当头就打。唬得个长老用手扯住道：“悟空！你走将来打谁？”行者道：“师父，你面前这个女子，莫当做个好人。他是个妖精，要来骗你哩。”三藏道：“你这猴头，当时倒也有些眼力，今日如何乱道！这女菩萨有此善心，将这饭要斋我等，你怎么说他是个妖精？”……行者又发起性来，掣铁棒，望妖精劈脸一下。那怪物有些手段，使个解尸法，见行者棍子来时，他却抖擞精神，预先走了，把一个假尸首打死在地下。唬得个长老战战兢兢，口中作念道：“这猴着然无礼！屡劝不从，无故伤人性命！”行者道：“师父莫怪，你且来看看这罐子里是甚东西。”沙僧搀着长老，近前看时，那里是甚香米饭，却是一罐子拖尾巴的长蛆；也不是面筋，却是几个青蛙、癞虾蟆，满地乱跳。长老才有三分儿信了，怎禁猪八戒气不忿，在旁漏八分儿唆嘴道：“师父，说起这个女子，他是此间农妇，因为送饭下田，路遇我等，却怎么栽他是个妖怪？哥哥的棍重，走将来试手打他一下，不期就打杀了！怕你念什么《紧箍儿咒》，故意的使个障眼法儿，变做这等样东西，演幌你眼，使不念咒哩。”

三藏自此一言，就是晦气到了，果然信那呆子撺唆，手中捻诀，口里念咒。行者就叫：“头疼，头疼，莫念，莫念！有话便说。”唐僧道：“有甚话说！出家人时时常要方便，念念不离善心，扫地恐伤蝼蚁命，爱惜飞蛾纱罩灯。你怎么步步行凶，打死这个无故平人，取将经来何用？你回去罢！”行者道：“师父，你教我回那里去？”唐僧道：“我不要你做徒弟。”行者道：“你不要我做徒弟，只怕你西天路去不成。”唐僧道：“我命在天，该那个妖精蒸了吃，就是煮了，也算不过。终不然，你救得我的大限？你快回去！”行者道：“师父，我回去便也罢了，只是不曾报得你的恩哩。”唐僧道：“我与你有甚恩？”那大圣闻言，连忙跪下叩头道：“老孙因大闹天宫，致下了伤身之难，被我佛压在两界山，幸观音菩萨与我受了戒行，幸师父救脱吾身，若不与你同上西天，显得我知恩不报非君子，万古千秋作骂名。”原来这唐僧是个慈悯的圣僧，他见行者哀告，却也回心转意道：“既如此说，且饶你这一次，再休无礼。如若仍前作恶，这咒语颠倒就念二十遍！”行者道：“三十遍也由你，只是我不打人了。”却才伏侍唐僧上马，又将摘来桃子奉上。唐僧在马上也吃了几个，权且充饥。

却说那妖精，脱命升空。原来行者那一棒不曾打杀妖精，妖精出神去了。他在那云端里，咬牙切齿，暗恨行者道：“几年只闻得讲他手段，今日果然话不虚传。那唐僧已此不认得我，将要吃饭。若低头闻一闻儿，我就一把捞住，却不是我的人了？不期被他走来，弄破我这勾当，又几乎被他打了一棒。若饶了这个和尚，诚然是劳而无功也，我还下去戏他一戏。”

好妖精，按落阴云，在那前山坡下，摇身一变，变作个老妇人，年满八旬，手拄着一根弯头竹杖，一步一声的哭着走来。八戒见了，大惊道：“师父，不好了！那妈妈儿来寻人了！”唐僧道：“寻甚人？”八戒道：“师兄打杀的，定是他女儿。这个定是他娘寻将来了。”行者道：“兄弟莫要胡说！那女子十八岁，这老妇有八十岁，怎么六十多岁还生产？断乎是个假的，等老孙去看来。”……行者认得他是妖精，更不理论，举棒照头便打。那怪见棍子起时，依然抖擞，又出化了元神，脱真儿去了，把个假尸首又打死在山路之下。唐僧一见，惊下马来，睡在路旁，更无二话，只是把《紧箍儿咒》颠倒足足念了二十遍。可怜把个行者头，勒得似个亚腰儿葫芦，十分疼痛难忍，滚将来哀告道：“师父莫念了！有甚话说了罢！”唐僧道：“有甚话说！出家人耳听善言，不堕地狱。我这般劝化你，你怎么只是行凶？把平人打死一个，又打死一个，此是何说？”行者道：“他是妖精。”唐僧道：“这个猴子胡说！就有这许多妖怪！你是个无心向善之辈，有意作恶之人，你去罢！”……行者道：“若无《松箍儿咒》，你还带我去走走罢。”长老又没奈何道：“你且起来，我再饶你这一次，却不可再行凶了。”行者道：“再不敢了，再不敢了。”又伏侍师父上马，剖路前进。

却说那妖精，原来行者第二棍也不曾打杀他。那怪物在半空中，夸奖不尽道：“好个猴王，着然有眼！我那般变了去，他也还认得我。这些和尚，他去得快，若过此山，西下四十里，就不伏我所管了。若是被别处妖魔捞了去，好道就笑破他人口，使碎自家心，我还下去戏他一戏。”好妖怪，按耸阴风，在山坡下摇身一变，变成一个老公公，真个是：白发如彭祖，苍髯赛寿星。耳中鸣玉磬，眼里幌金星。手拄龙头拐，身穿鹤氅轻。数珠掐在手，口诵南无经。

唐僧在马上见了，心中欢喜道：“阿弥陀佛！西方真是福地！那公公路也走不上来，逼法的还念经哩。”八戒道：“师父，你且莫要夸奖，那个是祸的根哩。”唐僧道：“怎么是祸根？”八戒道：“行者打杀他的女儿，又打杀他的婆子，这个正是他的老儿寻将来了。我们若撞在他的怀里呵，师父，你便偿命，该个死罪；把老猪为从，问个充军；沙僧喝令，问个摆站；那行者使个遁法走了，却不苦了我们三个顶缸？”行者听见道：“这个呆根，这等胡说，可不唬了师父？等老孙再去看看。”他把棍藏在身边，……念动咒语叫当坊土地、本处山神道：“这妖精三番来戏弄我师父，这一番却要打杀他。你与我在半空中作证，不许走了。”众神听令，谁敢不从？都在云端里照应。那大圣棍起处，打倒妖魔，才断绝了灵光。

那唐僧在马上，又唬得战战兢兢，口不能言。八戒在旁边又笑道：“好行者！风发了！只行了半日路，倒打死三个人！”唐僧正要念咒，行者急到马前，叫道：“师父，莫念，莫念！你且来看看他的模样。”却是一堆粉骷髅在那里。唐僧大惊道：“悟空，这个人才死了，怎么就化作一堆骷髅？”行者道：“他是个潜灵作怪的僵尸，在此迷人败本，被我打杀，他就现了本相。他那脊梁上有一行字，叫做‘白骨夫人’。”唐僧闻说，倒也信了。怎禁那八戒旁边唆嘴道：“师父，他的手重棍凶，把人打死，只怕你念那话儿，故意变化这个模样，掩你的眼目哩！”唐僧果然耳软，又信了他，随复念起。行者禁不得疼痛，跪于路旁，只叫：“莫念，莫念！有话快说了罢！”……唐僧见他言言语语，越添恼怒，滚鞍下马来，叫沙僧包袱内取出纸笔，即于涧下取水，石上磨墨，写了一纸贬书，递于行者道：“猴头！执此为照，再不要你做徒弟了！如再与你相见，我就堕了阿鼻地狱！”行者连忙接了贬书道：“师父，不消发誓，老孙去罢。”他将书折了，留在袖中，却又软款唐僧道：“师父，我也是跟你一场，又蒙菩萨指教，今日半途而废，不曾成得功果，你请坐，受我一拜，我也去得放心。”唐僧转回身不睬，口里唧唧哝哝的道：“我是个好和尚，不受你歹人的礼！”大圣见他不睬，又使个身外法，把脑后毫毛拔了三根，吹口仙气，叫：“变！”即变了三个行者，连本身四个，四面围住师父下拜。那长老左右躲不脱，好道也受了一拜。

大圣跳起来，把身一抖，收上毫毛，却又吩咐沙僧道：“贤弟，你是个好人，却只要留心防着八戒诂言诂语，途中更要仔细。倘一时有妖精拿住师父，你就说老孙是他大徒弟。西方毛怪，闻我的手段，不敢伤我师父。”唐僧道：“我是个好和尚，不题你这歹人的名字，你回去罢。”那大圣见长老三番两复，不肯转意回心，没奈何才去。……忍气别了师父，纵筋斗云，径回花果山水帘洞去了。独自个凄凄惨惨，忽闻得水声聒耳，大圣在

> 那半空里看时，原来是东洋大海潮发的声响。一见了，又想起唐僧，止不住腮边泪坠，停云住步，良久方去。[①]

从文学的角度看，白骨精的故事虽然篇幅短小，却涵容了两个重要的“母题”，并且极为生动地将其展开、演绎出来。一个是“妖女”母题。这一母题在中国古代文学乃至文化中影响巨大。其内涵也非止一端，包括如“红颜祸水”“尤物倾国”“红粉骷髅”等，表现的是男权社会某种畸形的“恐女”“厌女”心理。另一个是“忠臣昏君”母题。这一母题在中国古代士大夫中影响巨大。从屈原的忠而见疑、自沉汨罗，到历朝历代的贬谪文学，“浮云蔽白日，游子不顾返”，相关的佳作名篇不可胜数。同样，其内涵也是多层面、多角度的，如奸佞谗言、主上昏庸、剖心沥血等，表现的是集权专制社会中具有人格理想士人的生存状态及矛盾心理。

就第一个母题而言，“三打白骨精”的精彩在于三个方面：一是白骨精形象的巨大反差。前面是“冰肌藏玉骨，衫领露酥胸。柳眉积翠黛，杏眼闪银星。月样容仪俏，天然性格清。体似燕藏柳，声如莺啭林。半放海棠笼晓日，才开芍药弄春晴”。后面却是“一堆粉骷髅在那里……脊梁上有一行字，叫做‘白骨夫人’”。由“冰肌”“酥胸”到“骷髅”“白骨”，自会对读者心理产生巨大的冲击力。而为了加强这一效果，作品还描绘了另一组反

① 《西游记》，第324—334页。

差，就是美女带来的“美食”——“青砂罐儿、绿磁瓶儿”，里面是“香米饭、炒面筋”。正所谓“食色，性也”，几笔便写出另一方面的诱惑，让唐僧师徒面临人生的双重根本欲望的考验。但转眼间“香米饭、炒面筋”就变为“拖尾巴的长蛆和癞虾蟆”。这与红颜变骷髅相呼应，进一步强化了心理冲击。二是应对诱惑，描画了猪八戒的嘴脸——既贪吃，又好色。寥寥几笔，传神写照，由八戒陷溺之深反衬出妖女欺骗性的可怕。三是写唐僧的昏聩与尴尬。显意识层面，唐僧的受愚上当是出于肉眼凡胎，以及对戒律的片面理解，但作者有意无意之间还把笔墨渗入到潜意识层面：

> 唐僧那里肯信，只说是个好人。行者道：“师父，我知道你了，你见他那等容貌，必然动了凡心。若果有此意，叫八戒伐几棵树来，沙僧寻些草来，我做木匠，就在这里搭个窝铺，你与他圆房成事，我们大家散了，却不是件事业？何必又跋涉，取甚经去！”那长老原是个软善的人，那里吃得他这句言语，羞得个光头彻耳通红。三藏正在此羞惭，行者又发起性来……①

作者这样写，是和一贯的幽默滑稽风格相关，肯定没有明确的揭示所谓“潜意识”的动机。但是，一旦形诸文字，“羞惭”“羞得个光头彻耳通红”却产生出了暧昧、复杂的况味，使得这段母题

① 《西游记》，第327页。

文字展现得越发生动、丰满。

第二个母题的精彩在于极力渲染出孙悟空忠而见疑的悲剧意味。

作者首先赋予孙悟空“火眼金睛”的特殊功能。这是整个故事展开的基础。这一点肯定是作者有意为之。因为在此前，孙悟空的眼睛并非他的优长。按照第七回的叙述：“他即将身钻在巽宫位下。巽乃风也，有风则无火，只是风搅得烟来，把一双眼熥红了，弄做个老害病眼，故唤作‘火眼金睛’。”这里的“火眼金睛”乃是一种病态。但是，到了本回，却是这样来写的：“（悟空）睁火眼金睛观看，认得那女子是个妖精。”如此叙事，似乎“火眼金睛”便具有了超凡的辨识能力。这一点，基本成为现代读者理解作品的共识。如《汉语大词典》“火眼金睛”词条：“原指孙行者能识别妖魔鬼怪的眼睛。后用以指人的眼光锐利，能识别真伪。”

强调“火眼金睛”这一超凡功能，是为了反衬唐僧、八戒的肉眼凡胎、不辨人妖。但是，接下来，孙悟空的优长便成为了他个人悲剧的根源，因为他看出了多数人看不到的危机，结果使自己处于被误解、被孤立的境地，甚至成为了被打击的对象。这种先觉者、独觉者的命运悲剧正如龚自珍所慨叹：“五十年中言定验，苍茫六合此微官。”

而孙悟空的悲剧不仅由于八戒的恶毒谗言，唐僧的耳软昏聩，更因其屡遭打击而痴心不改显得格外令人动容。唐僧对待白骨精是心慈面软的，而对待忠心耿耿的孙悟空却是痛下狠“嘴”，毫不留情的：

> （唐僧）更无二话，只是把《紧箍儿咒》颠倒足足念了二十遍。可怜把个行者头，勒得似个亚腰儿葫芦，十分疼痛难忍，滚将来哀告道：“师父莫念了！有甚话说了罢！”①

把一个不怕雷劈刀砍的铜头铁额“勒得似个亚腰儿葫芦”，这种凶狠与唐僧挂在嘴头的“出家人慈悲为怀”形成巨大反差。但是，即便如此，孙悟空出于他的使命感还是打死了白骨精。

于是终于被唐僧驱逐。

接下来又写孙悟空的恋恋不舍，乃至于使神通“四面围住师父下拜”表达内心的感恩之情。在无可挽回之后，还殷殷嘱托沙僧照顾好师傅。诚如陆放翁诗云：“志士仁人万行泪，孤臣孽子无穷忧。”

正是把带有母题性质的两个冲突，各自写到了极致，又融合交织于一点，便使这不长的一段文字成为不朽的经典。

不过，如果我们进一步分析下去，会发现这个故事之所以摇曳多姿，还有一个关键因素——“三打”。假如孙悟空将妖魔一棒打死，然后遭谗言、遭驱逐，那故事产生的戏剧性、冲击力必将大为减色。甚至假如只有“二打”，那文学色彩似乎也是大不

① 《西游记》，第329页。

相同。

可以说，妖魔的“三戏”，与孙悟空的“三打”，是这场大戏成功的关键。前述的两个母题也正是在这个“三”的大框架之下，得到充分展开、精彩表现的条件。

这个“三”由何而来呢？这个与“白骨”纠缠、关联的“三”由何而来呢？

这个问题的解决要从整个故事的来源开始探索。

“三打白骨精”的故事在《大唐三藏取经诗话》中已露端倪。在《过长坑大蛇岭处第六》中，这样写道：

> 又过火类坳，坳下下望，见坳上有一具枯骨，长四十余里。法师问猴行者曰：“山头白色枯骨一具如雪？”猴行者曰：“此是明皇太子换骨之处。”法师闻语，合掌顶礼而行。
>
> ……欲经一半，猴行者曰：“我师曾知此岭有白虎精否？常作妖魅妖怪，以至吃人。”师曰：“不知。”良久，只见岭后云愁雾惨，雨细交霏；云雾之中，有一白衣妇人，身挂白罗衣，腰系白罗裙，手把白牡丹花一朵，面似白莲，十指如玉。睹此妖姿，遂生疑悟。猴行者曰：“我师不用前去，定是妖精。待我向前向他姓字。”猴行者一见，高声便喝：“汝是何方妖怪，甚处精灵？久为妖魅，何不速归洞府？若是妖精，急便隐藏形迹；若是人间闺阁，立便通姓道名。更若踌躇不言，杵灭微尘粉碎！”白衣妇人见行者语言正恶，徐步向前，微微含笑，问：“师僧一

行，往之何处？”猴行者曰：“不要问我行途，只为东土众生。想汝是火类坳头白虎精，必定是也！”

妇人闻语，张口大叫一声，忽然面皮裂皱，露爪张牙，摆尾摇头，身长丈五。定醒之中，满山都是白虎。被猴行者将金镮杖变作一个夜叉，头点天，脚踏地，手把降魔杵，身如蓝靛青，发似硃沙，口吐百丈火光。当时，白虎精哮吼近前相敌，被猴行者战退。半时，遂问虎精：“甘伏未伏！”虎精曰：“未伏！”猴行者曰：“汝若未伏，看你肚中有一个老猕猴！”虎精闻说，当下未伏。一叫猕猴，猕猴在白虎精肚内应。遂教虎精开口，吐出一个猕猴，顿在面前，身长丈二，两眼火光。白虎精又云：“我未伏！”猴行者曰：“汝肚内更有一个！”再令开口，又吐出一个，顿在面前。白虎精又曰：“未伏！”猴行者曰：“你肚中无千无万个老猕猴，今日吐至来日，今月吐至后月，今年吐至来年，今生吐至来生，也不尽。”白虎精闻语，心生忿怒。被猴行者化一团大石，在肚内渐渐会大。教虎精吐出，开口吐之不得；只见肚皮裂破，七孔流血。喝起夜叉，浑门大杀，虎精大小，粉骨尘碎，绝灭除踪。①

与小说《西游记》相比，这一段有四个要素被吸收、改造到小说文本中。一个是见到一具“白骨”，唐僧不识，猴行者予以指点。第二个是妖魔化身美女，被行者识破后现出狰狞的本相。第

① 《大唐三藏取经诗话》，古典文学出版社，1954年，第11—13页。

三个是妖魔与猴行者较量，失败后不认输，终至灭亡。第四个是老虎精现原形的方式：“面皮裂皱，露爪张牙。”第四个要素被吸收到二十回那个虎先锋现原形的细节中——“那只虎直挺挺站将起来，把那前左爪轮起，抠住自家的胸膛，往下一抓，嗤刺的一声，把个皮剥将下来，站立道旁。”与本节没有关系。而前三个则明显被小说作者吸纳到了这一回书中。

但是，这些要素里面并没有我们关注的那个“三”。

也就是说，小说《西游记》在成书过程中，借鉴、吸取了《取经诗话》有关“白骨”的思路，并连带而及地与下文妖魔化身美女的情节糅合到一起，便有了“白骨精”的基本框架。然后，把这一框架进一步加工，形成了“三戏”“三打”的新格局。

这进一步加工是纯粹出于文学技巧的提升呢，还是另有所本、另受启发呢？

其实，探索这问题的入口便在于这段故事的回目之中——《尸魔三戏唐三藏》。“尸魔”之称号固然与“白骨”成精相关，其来源却直接指向道教。如编成于元代的《紫阳真人悟真篇注疏》：

利禄声色，实为伐性命之戈矛，囚一身之桎梏。夫世之人不明道德性命之妙，惟饕利禄，日恣责瞋，汩没爱河，漂流欲海，是非、人我交战，胸中喜怒哀乐互残躯体，是致尸魔，促其气寿。[1]

又如元人李道纯所撰《中和集》：

阴精旺则尸魔旺，似不自防，堕深溺浚，皆能自出。世所谓道高一尺，魔高一丈是也。[2]

再如元明之际的《灵宝领教济度金书》：

以一性虚灵，返真元而湛寂；六情垢翳，逐妄景以奔驰。惟躬行失入于邪宗，遂践履返迷于正道。三彭奋迅，号三恶之流吹；五贼抢攘，摽五苦之沦溺。既欲归真而知命，可无证性以回灵。是以上圣金科，太真玉诀，设灵虚之官属，建内禁之仙曹。落灭尸魔，降三天之正炁；飞度累户，还五体之灵光。俾复良心，为开正性。神功奕奕，妙用巍巍。今有弟子某，生际昌时，身逢道运，期领斑联于紫府，庸传经教于黄垓，探虑浊浪萦心，尘笼混识。是非颠倒，身口意之业障未澄；名利纷纭，贪嗔痴之恶根莫涤。内或亏于纯粹，外或滓于正真；既戕德基，莫圆道果。今为依按典式，召役官僚，宣秘诀以断除三尸，响灵音而消除五累，百关调正，六府虚澄，然后金液炼

① 《紫阳真人悟真篇注疏》卷一，《正统道藏》洞真部玉诀类。

② 李道纯：《中和集》卷一，《正统道藏》洞真部方法类。

形，玉符保命。[①]

在前面的第二讲中，我们已发现《西游记》中相当多的文字与张紫阳的《悟真篇》有关。这里再次表现出张紫阳著作与小说成书的关联。不过，这一话题，要留待下一讲再充分展开。这一讲中，值得注意并可进一步讨论的是《灵宝领教济度金书》这一段。这段中，与“尸魔”相关联的又提到了“三彭”“三尸”与“六情垢翳”。这正是解读“三戏”“三打”的关键之处。

“三尸”是道教理论中十分重要的一个观念，也可说是一个相当常用的术语。检索《道藏》，可得451条。而与全真道关系密切的《鸣鹤馀音》中出现过十次。全真教祖王重阳的集子中出现了八次。其大弟子马丹阳的集子中出现更多，达到十六次。全真七子的丘处机、谭处端、郝大通等也多少不一。

上面提到的《悟真篇》《中和集》，在使用“尸魔”的同时，也使用了“三尸”一词：

情欲方动，心君亦淫，三尸搬于上，七魄摧于下，方得精自两经而上，由五脏升泥丸，与髓同下，自夹脊双关至外肾交媾，此为五浊世间法，此谓游行自有方，此谓常道之顺也。金丹则不然，行颠倒之法，持逆修之道。[②]

① 林灵真《灵宝领教济度金书》卷二百二十五，《正统道藏》洞玄部威仪类。
② 《紫阳真人悟真篇三注》，卷三，《正统道藏》洞真部玉诀类。

六贼亡，三尸绝，缘断虑捐情网裂。神锋指处山岳崩，三界魔王皆剿拆。此宝剑，本无形，为有神功强立名。学道修真凭此剑，若无此剑道难成。①

第一段《悟真篇》注疏中的“情欲方动，心君亦淫”，几乎可以搬过来评论“尸魔三戏”中猪八戒、唐三藏的言行了。

王重阳谈及“三尸”时，连带出现了“心猿”：

七魄乐随魔鬼转，三尸喜逐耗神津。心猿紧缚无邪染，意马牢擒不夜巡。

猿马住，性命自然知。一粒刀圭开四象，两般枪法杀三尸。②

马丹阳则是个人使用“三尸”一词最多的，如：

三尸六贼总魔人，征战辛勤苦转辛。诛戮妖精心内剑，修完异景洞中春。

今朝传出些修炼，外把万缘锻炼。炼过更宜重炼，识破何劳炼。才方向里闲烹炼，六贼三尸频炼。镜灭心忘丹炼，得得

① 《中和集》卷四，《正统道藏》洞真部方法类。

② 《王重阳集》，第12、76页。

成真炼。

便说回、六贼三尸。阴魔散，觉天清地静，日月辉辉[①]。

又如王处一：

酒色财气绝，世事般般彻。三尸阴魄消，六贼十恶灭。魔山竭底摧，都休乱扭捏。乞食纸布衣，顿把心猿歇。

悟来不使心猿戏，慧剑磨教利。六贼三尸都趁离。[②]

这些文例有三点值得特别注意：一是“三尸”多与“六贼”连用，二是“三尸”与“阴魔”“阴魄”连用，三是使用“三尸”一词的同时，有“顿把心猿歇”“不使心猿戏”的表述。“六贼”的话题留待下文分说。至于“阴魔”“心猿”与“三尸”的连类而及，如果说与“尸魔三戏唐三藏”一节具有互文的关系，也不能视为牵强。

至于“三尸”的含义，据《中山玉柜服气经·录神诫戒序》：

既食百谷，则邪魔生，三虫聚，虫有三名，伐人三命，亦

① 《马钰集》，第51、142、218页。

② 王处一：《云光集》，齐鲁书社，2005年，第332、351页。

号三尸。一名青姑，号上尸，……二名白姑，号中尸，……三名血尸，号下尸，……一本作血姑。此三尸毒流，噬嗑胎魂，欲人之心，务其速死，是谓邪魔生也。尸化为鬼，游观幽冥，非乐天庭之乐也。常于人心识之间，使人常行恶事、好嗜欲、增喜怒、重腥秽、轻良善，或乱意识，令蹈颠危。[①]

也就是说，“三尸”是人体内戕害生命的三个邪魔，是修道者的大敌。她们会诱使人“好嗜欲”“重腥秽”“乱意识”“蹈颠危”“增喜怒”“行恶事”。而这三个邪魔以女性的形象出现，名为“青姑”“白姑”“血姑”。而在另一段有关“三尸”的表述中，称之为“鬼精”，并与“白骨”连类而及。

鬼精者，三尸也。三尸不去，道无由而成。能体纯素，三尸自绝，故谓灭爽也。回尸起死，白骨成人者，丹成之士，非特独善其身，更宜推功及物，故净明法云：吾丹既成，变化自在。[②]

“三尸”别称为“三彭”“三虫”，其名虽异，内涵大端无别。而修道之人必须对“三尸”痛下杀手。这方面的要求可谓比比皆是，如：“屏杂念，绝嗜欲，斩三尸，舍一炁。”“吾之慧剑

① 《云笈七签》卷八十三，《正统道藏》太玄部。

② 萧应叟：《元始无量度人上品妙经内义》卷二，《正统道藏》洞真部玉诀类。

斩三尸六贼，责瞋爱欲烦恼障。”“为人硎慧剑，砺神锋，斩三尸，诛六贼，解缚缠，脱桎梏，破忧疑网，断烦恼障。”“诀者全凭慧剑施，断除六贼斩三尸。”“定心之法，贵斩三尸，去六贼，命魔以伐其害道之端，息炁以造其入神之妙。”“猿马住，性命自然知。一粒刀圭开四象，两般枪法杀三尸。神水溉华池。”“铅刀起处通神妙，汞剑开时仗慧钢。杀却三尸阴鬼尽，一团红焰覆琼岗。”“第一先战退无名烦恼；第二夜间境中，要战退三尸阴鬼。”如此等等，“斩却”“杀却”“战退”，都是一派杀气腾腾。

由“白骨”而“尸魔”，由“尸魔”而“三尸”，由“三尸”而“三戏”，由“三戏”遂有“三打”。“三打白骨精”故事的大框架就是这样形成的。

本来只是一个宗教观念、一个宗教名词，但它激发了作者的想象力，于是转化成了富有文学表现力的情节框架。

而总是与“三尸”相伴出现的“六贼”，也在小说中浮现了踪影。第十四回回目便是“心猿归正　六贼无踪”，有关情节十分明显由宗教观念脱化而来：

> 师徒们正走多时，忽见路旁唿哨一声，闯出六个人来，各执长枪短剑，利刃强弓，大咤一声道：“那和尚，那里走！赶早留下马匹，放下行李，饶你性命过去！”唬得那三藏魂飞魄散，跌下马来，不能言语。……行者道：“我也是祖传的大王，积年的山主，却不曾闻得列位有甚大名。”那人道：“你是不知，

我说与你听：一个唤做眼看喜，一个唤做耳听怒，一个唤做鼻嗅爱，一个唤作舌尝思，一个唤作意见欲，一个唤作身本忧。”……行者伸手去耳朵里拔出一根绣花针儿，迎风一幌，却是一条铁棒，足有碗来粗细，拿在手中道：“不要走！也让老孙打一棍儿试试手！”唬得这六个贼四散逃走，被他拽开步，团团赶上，一个个尽皆打死。[①]

“六贼”也是道教修行的重要观念、重要术语，检索《道藏》，得155条，大半与“三尸”关联而用。其具体内涵《灵宝归空诀》有说明：

六贼，即六欲之谓也……在眼根能视，则贪欲色尘；在耳根能听，则贪欲声尘；在鼻根能嗅，则贪欲香尘；在舌根能言能食，则贪欲滋味；在身根能运动，则贪欲非为；在意根能出谋应事，则贪欲颠倒梦想。如是六尘，既入于六根，六欲因之而炽盛，障迷自性，故以贼名。情欲盛，则精魄结而为三尸虫，致人贪爱无厌，颠倒梦想，流浪死生，展转轮回，受诸苦恼，无有已时。[②]

《太上洞玄灵宝业报因缘经》也有类似的说法：

---

① 《西游记》，第170—171页。

② 赵宜真：《灵宝归空诀》卷一，《正统道藏》洞玄部方法类。

六贼六尘，六识等也。而色、声、香、味、触、法，本来空寂，不动身心。众生执计，妄怀取舍，念念驰竞，烦恼缠身，以是因缘，流浪生死。[1]

眼根贪欲色尘，耳根贪欲声尘，等等，正是小说中“眼看喜”“耳听怒”等强盗名称的本义。

在道教经典中，与“三尸”连类、关联最多的词语，一个是“六贼”，还有便是“九虫”，如：

魔精鬼妖者，乃九虫六贼之类。三尸是渠魁，虫贼是徒伴，剿其渠魁则徒伴自溃，故曰丧眼灭爽也。[2]

尸亦三尸神，彭蹻、彭踞、彭踬，……每尸管三虫，共九虫，复管万虫，咂啮身体。[3]

修杀者运一气而升腾，三尸自死，杀灭九虫，造化金丹，纯阳为体，故名杀机。[4]

金公本是乾家子，住在坤宫。真虎真龙，吃尽三尸及

① 《太上洞玄灵宝业报因缘经》卷十，《正统道藏》洞玄部本文类。
② 《元始无量度人上品妙经内义》卷二，《正统道藏》洞真部玉诀类。
③ 卫琪：《玉清无极总真文昌大洞仙经注》卷七，《正统道藏》洞真部玉诀类。
④ 唐淳：《黄帝阴符经注》卷上，《正统道藏》洞真部玉诀类。

> 九虫。[1]

“三尸”“六贼”与“九虫”都是修道者的大敌，都与欲望有关，且戕害生命，因而都应予以“杀灭”。而末一段出自《了明篇》，竟然有杀灭“三尸”与“九虫”者为“金公”——《西游记》中孙悟空的别名。这当然是纯粹巧合，不过其中显露的道士们的思维逻辑也不是全无意义的话题。

“三尸”的观念转化为“尸魔三戏”，并导致了孙悟空与唐僧的第二次分手；“六贼”的观念直接成为劫道强人的名称，并转化为孙悟空与唐僧第一次冲突的起因。彼此间隐隐存在着某种呼应。

“九虫”呢？

相比较之下，“九虫”在小说中的转化较为隐蔽、疏略了一些。在六十二、六十三两回书中，写了一个奇怪的妖魔：

> 一个驸马，唤做九头驸马，神通广大。前年与龙王来此，显大法力，下了一阵血雨，污了宝塔，偷了塔中的舍利子佛宝。

> ……打个滚，腾空跳起，现了本象，乃是一个九头虫……

---

① 宋先生：《了明篇》卷一，《正统道藏》洞真部众术类。

> 行者道：“他近日招了一个驸马，乃是九头虫成精。他郎丈两个做贼，将祭赛国下了一场血雨，把金光寺塔顶舍利佛宝偷来……”

> 那怪物负痛逃生，径投北海而去。八戒便要赶去，行者止住道：“且莫赶他，正是穷寇勿追……”二郎与六圣道：“不赶他，倒也罢了，只是遗这种类在世，必为后人之害。”至今有个九头虫滴血，是遗种也。①

这个“九头虫”不似“尸魔”“六贼”那样，道教的血统明白无误，可谓铁案、定案，它的血缘关系只是属于“嫌疑”。不过，有关笔墨之间透露的一些信息，却还是在加重这一份“嫌疑”。如这个妖精干的坏事是偷盗了佛宝舍利，它被打伤后逃掉，遗种留存祸害后世，都有进一步解读的可能。

①《西游记》，第753、766、767页。

第九讲　东鳞西爪现全真

如前所述，全真道浸染于小说《西游记》，使其文本中既有大段文字的迻录，也有大量丹道术语的存留，还有全真道对情节、人物设计的影响。

此外，东鳞西爪，仍有不少其他痕迹留下。

一

先来看悟空三兄弟的兵器。

小说写了近百种兵器：神仙方面的有巨灵神的宣花斧，哪吒的斩妖剑、砍妖刀，木叉的铁棒，二郎真君的三尖两刃枪，李天王的砍妖刀，王灵官的金鞭，西海摩昂太子的三棱锏，等等；妖魔方面的有黑风山熊怪的黑缨枪，黑风岭虎怪的赤铜刀，黄风大王的三股钢叉，通天河灵感大王的九瓣赤铜锤，清华洞府鹿精的蟠龙拐，天竺国兔精的捣药杵，等等。单看这些名称，便可知作者于此还是花费了不少心思，避免了叙事中单调的刀枪剑戟泛泛之称。

但是，比较起来，作者还是对悟空三兄弟的兵器情有独钟，不仅在形制上独出心裁，给人深刻印象，而且在内涵方面也用了一番心思。

我们先来看孙悟空的金箍棒。作品里有关描写甚多，一定程度上使得这件兵器成为了孙悟空的标识物。先看第三回其初得宝时的描写：

悟空十分欢喜，拿出海藏看时，原来两头是两个金箍，中间乃一段乌铁，紧挨箍有镌成的一行字，唤做“如意金箍棒一万三千五百斤”。

悟空近前，舒开手一把挝起，对众笑道：“物各有主。这宝贝镇于海藏中，也不知几千百年，可可的今岁放光。龙王只认做是块黑铁，又唤做天河镇底神珍。那厮每都扛抬不动，请我亲去拿之。那时此宝有二丈多长，斗来粗细；被我挝他一把，意思嫌大，他就小了许多；再教小些，他又小了许多；再教小些，他又小了许多。急对天光看处，上有一行字，乃‘如意金箍棒一万三千五百斤’。你都站开，等我再叫他变一变着。”他将那宝贝颠在手中，叫：“小，小，小！”即时就小做一个绣花针儿相似，可以揌在耳朵里面藏下。众猴骇然叫道："大王！还拿出来耍耍！"猴王真个去耳朵里拿出，托放掌上叫："大，大，大！"即又大做斗来粗细，二丈长短。他弄到欢喜处，跳上桥，走出洞外，将宝贝揝在手中，使一个法天象地的神通，把腰一躬，叫声："长！"他就长的高万丈，头如泰山，腰如峻岭，眼如闪电，口似血盆，牙如剑戟。手中那棒，上抵三十三天，下至十八层地狱，把些虎豹狼虫，满山群怪，七十二洞妖王，都唬得磕头礼拜，战兢兢魄散魂飞，霎时收了法象，将宝贝还变做个绣花针儿，藏在耳内，复归洞府，慌得那各洞妖王，都来参贺。

七十五回不吝辞费，又提供机会，借悟空对妖怪的"答疑"，把金箍棒的神妙再浓墨重彩渲染一番：

大圣喝道："你若问我这条棍，天上地下，都有名声。"老魔道："怎见名声？"他道："棒是九转镔铁炼，老君亲手炉中煅。禹王求得号神珍，四海八河为定验。中间星斗暗铺陈，两头箝裹黄金片。花纹密布鬼神惊，上造龙纹与凤篆。名号灵阳棒一条，深藏海藏人难见。成形变化要飞腾，飘飖五色霞光现。老孙得道取归山，无穷变化多经验。时间要大瓮来粗，或小些微如铁线。粗如南岳细如针，长短随吾心意变。轻轻举动彩云生，亮亮飞腾如闪电。攸攸冷气逼人寒，条条杀雾空中现。降

> 龙伏虎谨随身，天涯海角都游遍。曾将此棍闹天宫，威风打散蟠桃宴。天王赌斗未曾赢，哪吒对敌难交战。棍打诸神没躲藏，天兵十万都逃窜。雷霆众将护灵霄，飞身打上通明殿。掌朝天使尽皆惊，护驾仙卿俱搅乱。举棒掀翻北斗宫，回首振开南极院。……已知铁棒世无双，央我途中为侣伴。邪魔汤着赴幽冥，肉化红尘骨化面。处处妖精棒下亡，论万成千无打算。上方击坏斗牛宫，下方压损森罗殿。天将曾将九曜追，地府打伤催命判。半空丢下振山川，胜如太岁新华剑。全凭此棍保唐僧，天下妖魔都打遍！

如果从纯文学的角度或者文章学的角度看，这样的重复文字都算不得高明。但是作者的考虑显然不在这两个领域中。除了笼统的赞美，在一场又一场的具体打斗中，作者不厌其烦地对孙悟空金箍棒的神妙威力大加称扬，如：“猴王不惧呵呵笑，铁棒翻腾自运筹。以一化千千化万，满空乱舞赛飞虬。”“孙悟空金箍棒，变作万万千千，半空中似雨点流星。”“一点灵光彻太虚，那条拄杖亦如之。或长或短随人用，横竖横排任卷舒。”

这件兵器不仅可以用于厮杀，还具有多种功能，如车迟国斗法中，孙悟空“将金箍棒就变作一把剃头刀，搂抱着那童儿，口里叫道：‘乖乖，忍着疼，莫放声，等我与你剃头。’须臾剃下发来。”灭法国就更有趣，写“（孙悟空）将金箍棒取在手中，掂一掂，幌一幌，叫声：‘宝贝，变！’即变做千百口剃头刀儿，他拿一把，吩咐小行者各拿一把，都去皇宫内院、五府六部、各衙门里剃头……这半夜剃削成功，念动咒语，喝退土地神祇，将身一抖，两臂上毫毛归伏，将剃头刀总捻成真，依然认了本性，还是一条金箍棒收来些小之形，藏于耳内。”如此神妙，的的确确不枉“如意”金箍棒之名。

而孙悟空的广大神通与如意金箍棒几乎融合为一体。五十一回写他的金箍棒被妖魔夺走时，孙悟空的威风一下子减去了多半：“（悟空道）‘那怪……把老孙的金箍棒抢去，因此难缚妖魔……为此老孙特来启奏，伏乞天尊垂慈洞鉴，降旨查勘凶星，发兵收剿妖魔，老孙不胜战栗屏营之至！’却又打个深躬道：‘以闻。’旁有葛仙翁笑道：‘猴子是何前倨后恭？’行者道：‘不敢，不敢！不是甚前倨后恭，老孙于今是没棒弄了。’”文字中虽透出几分滑稽，但把金箍棒与孙悟空之间非同小可的关联也表现得入木三分。

为什么要这样写？

再来看八戒与沙僧的兵器。

铁钯与降妖杖在小说中的分量自然比不上金箍棒，但相关的笔墨仍然是相当可观，如十九回写九齿钉钯：

> 行者使棒支住道：“你这钯可是与高老家做园工筑地种菜的？有何好处怕你！”那怪道：“你错认了！这钯岂是凡间之物？你且听我道来：‘此是锻炼神冰铁，磨琢成工光皎洁。老君自

> 己动钤锤，荧惑亲身添炭屑。五方五帝用心机，六丁六甲费周折。造成九齿玉垂牙，铸就双环金坠叶。身妆六曜排五星，体按四时依八节。短长上下定乾坤，左右阴阳分日月。六爻神将按天条，八卦星辰依斗列。名为上宝沁金钯，进与玉皇镇丹阙。因我修成大罗仙，为吾养就长生客。敕封元帅号天蓬，钦赐钉钯为御节。举起烈焰并毫光，落下猛风飘瑞雪。天曹神将尽皆惊，地府阎罗心胆怯。人间那有这般兵，世上更无此等铁。随身变化可心怀，任意翻腾依口诀。……这钯下海掀翻龙鼍窝，上山抓碎虎狼穴。诸般兵刃且休题，惟有吾当钯最切。相持取胜有何难，赌斗求功不用说。何怕你铜头铁脑一身钢，钯到魂消神气泄！”

原来看似不起眼的钉钯，竟然是老君动手打造、玉帝钦赐的宝贝。所以后文的“黄狮精虚设钉钯宴”也就不显突兀了。

对沙僧的降妖杖，作者也是找机会就渲染一番，如二十二回：

> 那怪道：“你这厮甚不晓得哩！我这：宝杖原来名誉大，本是月里梭罗派。吴刚伐下一枝来，鲁班制造工夫盖。里边一条金趁心，外边万道珠丝玠。名称宝杖善降妖，永镇灵霄能伏怪。只因官拜大将军，玉皇赐我随身带。或长或短任吾心，要细要粗凭意态。也曾护驾宴蟠桃，也曾随朝居上界。值殿曾

经众圣参，卷帘曾见诸仙拜。养成灵性一神兵，不是人间凡器械。”

四十九回：

“这般兵器人间少，故此难知宝杖名。出自月宫无影处，梭罗仙木琢磨成。外边嵌宝霞光耀，内里钻金瑞气凝。先日也曾陪御宴，今朝秉正保唐僧。西方路上无知识，上界宫中有大名。唤做降妖真宝杖，管教一下碎天灵！”

如果对照小说的有关情节，无论是沙僧的杖，还是八戒的钯，都有些“浪得虚名”的嫌疑——实在没看到什么了不起的威力。

那么，为什么要写这些“溢美之词”？

答案是：它们都与道教有关，特别是隐含着内丹学的因素。

关于金箍棒，小说的介绍中多次提到“如意金箍棒一万三千五百斤”——注意，特别强调具体的重量斤数；而介绍铁钯与宝杖同样如此，八十八回：

八戒笑道：“我的钯也没多重，只有一藏之数，连柄五千零四十八斤。”三王子问沙僧道：“师父宝杖多重？”沙僧笑道：“也是五千零四十八斤。”

一个“一万三千五百”，一个“五千零四十八”，其实这和兵器的作战功能毫无关系。那么为什么如此精细，又要如此强调呢？

奥妙就在于这两个数字身上的道教血缘。

先来看“一万三千五百”：

> 盖人以经络炁周于一身，一日一夜百刻之中，呼吸升降，计一万三千五百息。①

> 近取诸身，远取诸物，若未能远观海潮，但近听血荣炁卫一万三千五百息之潮，岂非示人应会方乎。②

> 今以丹道言之，人一日有一万三千五百呼，一万三千五百吸。一呼一吸为一息，则一息之间，潜夺天运一万三千五百年之数。③

> 既有呼吸之炁，运于出入之息，昼夜一万三千五百息。④

> 三火既定，并会丹田，聚烧金鼎，返炼五行，运于一气，绵绵一昼一夜，一万三千五百息，按周天三百八十四爻，气血

① 陈椿荣：《太上洞玄灵宝无量度人上品经法》（又名《元始无量度人上品经法》）卷三，《正统道藏》洞真部玉诀类。

② 《玉清无极总真文昌大洞仙经注》卷十，《正统道藏》洞真部玉诀类。

③ 俞琰述：《周易参同契发挥》卷八，《正统道藏》太玄部。

④ 天真皇人：《灵宝无量度人上经大法》卷九，《正统道藏》洞真部。

行八百一十丈，脉行五十度，此乃周天，方为火候。[1]

是日一息，昼夜之间，人有一万三千五百息。分而言之，一万三千五百呼，所呼者，自己之元气，从中而出；一万三千五百吸，所吸者天地之正气，自外而入。根源牢固，元气不损，呼吸之间可以夺天地之正气。[2]

诣太上天尊，受《无上三洞大乘妙经》一万三千五百篇。[3]

原来，道教中，“一万三千五百”是这样一个既神秘，又重要，而且具有丰富、多种含义的数字。首先它上应天数，与“天运”“周天”“天地之正气”应合。其次与人的生命密切关联，是“血荣炁卫”的表现，是“周于一身”的“经络炁”。而更重要的是，它本身就是内丹学练气术的组成部分：“一万三千五百呼，所呼者，自己之元气，从中而出；一万三千五百吸，所吸者天地之正气，自外而入。根源牢固，元气不损，呼吸之间可以夺天地之正气。”

无怪乎要赋予第一主角孙悟空之命根子——金箍棒以这个重要数字了！

无怪乎被赋予这个数字的金箍棒有偌大神通了！

① 张果老：《太上九要心印妙经》卷一，《正统道藏》洞真部。

② 无名氏：《修真十书·钟吕传道集》卷十六，《正统道藏》洞真部。

③《太上洞玄灵宝出家因缘经》卷一，《正统道藏》洞玄部。

再来看八戒铁钯、沙僧宝杖的“五千四十八”。

这个数字与道教同样关系匪浅。而且在《西游记》中有多方面的体现。

前面的第七讲已经详细讲了唐僧师徒所取经卷的问题。那里就出现了“五千四十八”，及衍生的“五千四十”。而两个数字之间的“差”还生发出半回书的情节。可见作者对“五千四十八”这个数字含义的了解与重视。

“五千四十八”，同样是道教典籍中具有特殊意义的数字。在第七讲中，我们已经提到：

> 行雷法须先受雷部《天童经》，诵五千四十八卷。……行北斗玄灵式，先念《北斗玄灵经》五千四十八卷。（《道法会元》）

> 太极圈中……可重一斤十六两零三百八十四铢，五千四十年又五千四十日而后结成……（《道德真经三解》）

> 高仙者，天真藏经籍之所，三十六部万八千篇。佛经五千四十八卷一藏。……上天亦有图书，乃天帝所藏，以统御万天，宰制万品。（《玉清无极总真文昌大洞仙经注》）

> 然而大藏乃有五千四十八卷者，此皆圣人以人味道之，甚

不获已而强言之也。(《紫阳真人悟真直指详说三乘秘要》)

细入刹尘曰道，大包天地曰道，将无入有是道，作佛成仙是道。佛经五千四十八卷，也说不到了处……(《上阳子金丹大要》)

据《佛祖统纪》："开元十八年，西京崇福寺沙门智升，进所撰《开元释教录》二十卷，以五千四十八卷为定数。敕附入大藏。""五千四十八"，乃由此而来。又据《佛祖历代通载》："是岁（唐玄宗开元十八年），沙门智升上《释教经律论》目录凡二十卷，铨次大藏经典及圣贤论撰，凡五千四十八卷。自是遂为定数。"

"自是遂为定数"，十分明确地揭示出"定数"的形成。

这个"定数"原本是在佛教的话语系统中。随着其影响的扩大，又适逢道教——特别是全真道——大量援佛入道，这个数字也就进入了道教的话语系统。如上所引述，在全真道的话语系统中，这个数字既保留了"佛藏"的本义，又转化为道教经典的卷数，甚至于成为"先天地而生，后天地而成"的大道的相关数字。

于是，体现这个数字的钉钯与宝杖，自然也就不是凡器了。换言之，作者把"一万三千五百"这个最重要的数字寄寓到主角孙悟空的金箍棒上，同样的思路，就把"五千四十八"这个次重要的数字寄寓到次主角的钯与杖上——因为他们都承载着内丹学的某种内涵。

这样的细节里，竟然也隐含着道教的要素，只能是文本曾经浸染在道教文化中的结果，而不可能相反。

二

关于小说文本迻录道教人物诗文，第二讲曾提到了被抄袭最多的三个人：张伯端、冯尊师与马丹阳。其中尤可关注的是张伯端。

张伯端，号紫阳，北宋后期人。曾为府吏，后浪迹云水，寻师访道，修炼内丹。据《悟真篇原序》，张紫阳在宋英宗治平四年（1067），遇刘海蟾，得授金丹药物火候之诀，“其言甚简，其要不繁，可谓指流知源语”。“仆既遇真诠，安敢隐默，罄所得，成律诗九九八十一首，号曰《悟真篇》。……及乎编集既成之后，又觉其中惟谈养命固形之术，而于本源真觉之性，有所未究。遂玩佛书及传灯录，至于祖师有击竹而悟者，乃形于歌颂、诗曲、杂言三十二首，今附之卷末，庶几达本明性之道尽于此矣。”①

张紫阳为全真道的重要人物，公认为全真南宗的祖师。一说还是北宗王重阳之师。可见他在教内的影响与地位。

总括前文，《西游记》迻录或改写张紫阳的诗文计有：十四

① 张伯端：《悟真篇序》，见《紫阳真人悟真篇注疏》卷首，《正统道藏》洞真部玉诀类。

回的“佛即心兮心即佛”长诗是从他《即心是佛颂》改写而来。二十九回的诗“妄想不复强灭”云云，是由他的《悟真篇》转化而来。三十六回的“前弦之后后弦前”同样出自张伯端的《悟真篇》。而其中的论月之“魂”“魄”长文则改写自《悟真篇三注》。五十三回的“德行要修八百”诗亦由《悟真篇》改写而来。九十九回的“色色原无色”一诗则出自《紫阳真人悟真篇拾遗》。一百回的“毫发差殊不结丹”，乃来自《紫阳真人悟真篇注疏》。

这样一位与《西游记》文本关系如此密切的人物，竟然直接现身于故事之中，则不免令人感到一些惊奇。

小说六十八回到七十一回，整整四回书写朱紫国的经历。结局部分，孙悟空在降服了金毛犼之后，把皇后接回了皇宫：

> 那皇后睁开眼看，认得是凤阁龙楼，心中欢喜，撇了草龙，与行者同登宝殿。那国王见了，急下龙床，就来扯娘娘玉手，欲诉离情，猛然跌倒在地，只叫：“手疼，手疼！”八戒哈哈大笑道：“嘴脸！没福消受！一见面就蛰杀了也！”行者道：“呆子，你敢扯他扯儿么？”八戒道：“就扯他扯儿便怎的？”行者道：“娘娘身上生了毒刺，手上有蜇阳之毒。自到麒麟山，与那赛太岁三年，那妖更不曾沾身，但沾身就害身疼，但沾手就害手疼。”众官听说，道：“似此怎生奈何？”此时外面众官忧疑，内里妃嫔悚惧，旁有玉圣、银圣二宫，将君王扶起。俱正在仓皇之际，忽听得那半空中，有人叫道：“大圣，我来也。”行者抬头

观看，只见那——

肃肃冲天鹤唳，飘飘径至朝前。缭绕祥光道道，氤氲瑞气翩翩。棕衣苫体放云烟，足踏芒鞋罕见。手执龙须蝇帚，丝绦腰下围缠。乾坤处处结人缘，大地逍遥游遍。此乃是大罗天上紫云仙，今日临凡解魇。

行者上前迎住道：“张紫阳何往？”紫阳真人直至殿前，躬身施礼道：“大圣，小仙张伯端起手。”行者答礼道：“你从何来？”真人道：“小仙三年前曾赴佛会，因打这里经过，见朱紫国王有拆凤之忧，我恐那妖将皇后玷辱，有坏人伦，后日难与国王复合。是我将一件旧棕衣变作一领新霞裳，光生五彩，进与妖王，教皇后穿了妆新。那皇后穿上身，即生一身毒刺，毒刺者，乃棕毛也。今知大圣成功，特来解魇。”行者道：“既如此，累你远来，且快解脱。”真人走向前，对娘娘用手一指，即脱下那件棕衣，那娘娘遍体如旧。真人将衣抖一抖，披在身上，对行者道：“大圣勿罪，小仙告辞。”行者道：“且住，待君王谢谢。”真人笑道：“不劳，不劳。”遂长揖一声，腾空而去。

一个几乎可算是“现代”“现实”中的宗教人物，被浓墨重彩写到小说作品里，张紫阳可能是唯一的一个。

如果细推敲，为张紫阳设计的故事情节其实大有可议之处。皇后的被掳，是观音的坐骑金毛犼作妖，而幕后的人物则是观音。观音的初衷是惩罚朱紫国的国王，惩罚的内容是让他夫妻分居三年。不过，附加条件是金毛犼不能假戏真做，必须要保护皇后的贞操。可是，很奇怪，观音对这一前提性条件的实现，事先没有想到，事后也未曾虑及。于是在七十一回，孙悟空与观音有了一番争论：

> 行者闻言急欠身道："菩萨反说了，他在这里欺君骗后，败俗伤风，与那国王生灾，却说是消灾，何也？"菩萨道："……佛母吩咐教他拆凤三年，……这孽畜留心，故来骗了皇后，与王消灾。至今三年，冤愆满足，幸你来救治王患，我特来收妖邪也。"行者道："菩萨，虽是这般故事，奈何他玷污了皇后，败俗伤风，坏伦乱法，却是该他死罪。今蒙菩萨亲临，饶得他死罪，却饶不得他活罪。让我打他二十棒，与你带去罢。"菩萨道："悟空，你既知我临凡，就当看我分上，一发都饶了罢，也算你一番降妖之功。"

虽然对小说不能苛求，但这种的写法未免过于疏漏。因为观音在整部小说中可以说是第一正面形象，对"取经事业"称得上是"总指挥""总保障"。她不仅神通广大，而且大慈大悲，思虑周详，可亲可近。唯独朱紫国皇后这件事，她事先想不到，事后不负责，未免与全书的"人设"太不接榫了。

但是，换个角度看，这样一来，就给张紫阳留下了出场的余地。而张紫阳解决了观音未能处理的"难题"，自然会给读者以深

观音在整部小说中是第一正面形象

刻印象，其形象不言而自高了。

一个“现实版”的全真教领袖，在小说中的表现竟然比太上老君、玉皇大帝还要高明些，这种不寻常的笔墨难道可以漠然视之吗？

三

全真七子之一的王处一有词作《苏幕遮　示李、梁、张三人》：

> 李、张、梁，听少告。休恁踌躇，纵得心颠倒。每恨玉阳无答报。似此修行，何日归蓬岛。　大唐僧，九度老。万种艰辛，一志终须到。东进佛经弘释教。相契如来，证果真常道。[①]

可见在全真教的早期，已经借讲述“西游取经”的故事来传教、激励教徒了。

这首词中，可关注的是“大唐僧，九度老。万种艰辛，一志终须到”。“九度老”是“万种艰辛”的具体内容，所指为何呢？

《西游记》中有一段神秘的内容，似乎与之有所呼应。第八回，观音去东土寻觅取经人，路遇沙僧（此时尚未得名）。二者有

① 王处一：《王处一集》，第361页。

一番对话：

> 那怪物道：“菩萨，我在此间吃人无数，向来有几次取经人来，都被我吃了。凡吃的人头，抛落流沙，竟沉水底。这个水，鹅毛也不能浮。惟有九个取经人的骷髅，浮在水面，再不能沉。我以为异物，将索儿穿在一处，闲时拿来顽耍。这去，但恐取经人不得到此，却不是反误了我的前程也？”菩萨曰：“岂有不到之理？你可将骷髅儿挂在头项下，等候取经人，自有用处。”

这段对话很有意思。一是无法想象，如此凶恶的怪物与后文敦厚善良的沙僧竟会是同一个人！二是这怪物竟然先后吃了九个去西天取经的僧人。三是九个僧人的骷髅成了渡过流沙河的“法船”。骷髅的特异功能使得这段文字产生了悬念，也涂染上几分神秘色彩。

这几点都是作者很认真写出来的，因为在后面一一全有照应。如二十二回写沙僧的形象：

> 河当中滑辣的钻出一个妖精，十分凶丑：一头红焰发蓬松，两只圆睛亮似灯。不黑不青蓝靛脸，如雷如鼓老龙声。身披一领鹅黄氅，腰束双攒露白藤。项下骷髅悬九个，手持宝杖甚峥嵘。
>
> 樵子逢吾命不存，渔翁见我身皆丧。来来往往吃人多，翻

翻复复伤生瘴。

着重写出“骷髅悬九个”与“来来往往吃人多”。

至于九个骷髅的神妙之处，更是作者浓墨重彩渲染的地方：

菩萨即唤惠岸，袖中取出一个红葫芦儿，吩咐道：“你可将此葫芦，同孙悟空到流沙河水面上，只叫悟净，他就出来了。先要引他归依了唐僧，然后把他那九个骷髅穿在一处，按九宫布列，却把这葫芦安在当中，就是法船一只，能渡唐僧过流沙河界。”惠岸闻言，谨遵师命，当时与大圣捧葫芦出了潮音洞，奉法旨辞了紫竹林。有诗为证，诗曰：五行匹配合天真，认得从前旧主人。炼已立基为妙用，辨明邪正见原因。金来归性还同类，木去求情共复沦。二土全功成寂寞，调和水火没纤尘。

那悟净不敢怠慢，即将颈项下挂的骷髅取下，用索子结作九宫，把菩萨葫芦安在当中，请师父下岸。那长老遂登法船，坐于上面，果然稳似轻舟。左有八戒扶持，右有悟净捧托，孙行者在后面牵了龙马半云半雾相跟，头直上又有木叉拥护，那师父才飘然稳渡流沙河界，浪静风平过弱河。真个也如飞似箭，不多时，身登彼岸，得脱洪波，又不拖泥带水，幸喜脚干手燥，清净无为，师徒们脚踏实地。那木叉按祥云，收了葫芦，又只见那骷髅一时解化作九股阴风，寂然不见。

这条流沙河的特点是“鹅毛飘不起，芦花定底沉”，因此成为取经路上一大障碍。而九个骷髅结成的“法船”竟能“飘然稳渡”，其隐含之意当是前面的九位取经人虽然捐躯却英灵不灭，直到唐三藏继承了遗志，“脱洪波”“登彼岸”，他们才“一时解化”。

这九位精诚坚毅执着的取经僧是谁呢？

应该说作品对此是相当暧昧的，没有明确的交代。表面看，似乎是无名氏。但是写到骷髅结为“法船”时，却又有诗赞曰：“认得从前旧主人。”如按照“旧主人”云云来理解，那这九位取经僧人应是唐三藏前面九次转世的前身。

这一点在作品里倒是有一系列的旁证，就是各路妖怪口中反反复复讲的唐僧曾“十世修行”：

东土的唐和尚取大乘，他本是金蝉子化身，十世修行的原体。

唐僧乃金蝉长老临凡，十世修行的好人，一点元阳未泄。

那唐僧原是金蝉长老临凡，十世修行的好人，所以有这样云缥缈。

东土唐僧往西天取经，乃是金蝉长老转生，十世修行的好人。

那东土差去取经的和尚，我观他器宇清净，容颜齐整，乃是个十世修行的真体。自幼为僧，元阳未泄。[①]

“十世修行”，恰好是前面曾经九世为僧人，而且九次踏上取经之路。也就是说，唐僧前面的九次转世都在取经路上被沙僧——怪物吃掉了。

取经被吃的情节，还有一个旁证。小说《西游记》中的沙和尚是由《大唐三藏取经诗话》的深沙神演化而来。而《诗话》中的唐三藏，就是前世在取经途中两次被深沙神吃掉，并被其将枯骨带在身上。

罗汉曰：“师曾两回往西天取经，为佛法未全，常被深沙神作孽，损害性命。今日幸赴此宫，可近前告知天王，乞示佛法前去，免得多难。”

深沙云：“项下是和尚两度被我吃你，袋得枯骨在此。”

法师诗曰：两度曾遭汝吃来，更将枯骨问元才。而今赦汝

① 《西游记》第二十七、三十二、三十三、三十九、七十八回。

残生去，东土专心次第排。[①]

几处凑到一起，可知在小说作者（包括中间环节的作者）的构思中，唐三藏曾九度取经都被沙僧（其时尚属无名“怪物”）吃掉了，但一点精诚不灭，终于渡河成功，取经成功。

于是，我们就明白了王处一词中“大唐僧，九度老。万种艰辛，一志终须到”的含义了。也就是说，在全真教的早期，唐三藏取经的故事就在教中讲说了；讲说的内容已经与《诗话》之类的俗文学作品同中有异了；而属于全真教自己讲说的内容——十世修行、九度取经，日后被融入小说《西游记》中。

四

西游故事在宗教活动中找到了生存流衍的土壤。这既包括沉潜于下层民众中的全真教，也包括更纯粹意义上的民间宗教。

明清两代，民间宗教此起彼伏，极为活跃。他们的经书就是至今尚存的大批“宝卷”。

全真教曾依托蒙元而大盛，故元代之全真教，在文人士子之间影响颇大，像元好问、虞集等文人与全真教皆有渊源。但由于宗教间的冲突与政坛派别的更迭，全真教的地位也几经起落。而明元易鼎之后，太祖朱元璋采取重正一而轻全真的道教政策，其

① 《大唐三藏取经诗话》，第4、16、17页。

在御制序文中云："禅与全真务以修身养性独为自己而矣，教与正一专以超脱，特为孝子慈亲之设，益人伦，厚风俗，其功大矣哉！"[①]扬教门及正一，贬禅宗及全真之意灼然可见。于是，有明一代，正一教之"天师"登显位者甚多，而全真教则在统治者层面一蹶不振。上层全真教的衰歇使得其向下移动，进一步流入民间，与民间宗教合流。

黄天教是明代民间宗教中影响最大的一种，也是与全真教关系至为密切的一种。其宣教宝卷有两个突出的特点，一个是反复提及全真，同时大量出现全真道内丹的各种术语；另一个就是多次插入"西游"的故事及五众事迹。如果与同时稍早的罗教宝卷相比，这两点便越发凸显。[②]

黄天教教主李宾（普明）创教之初，便以唐三藏西游故事譬喻演说"大道"[③]——这一点与前述王处一的路数十分相似。说起黄天教与全真教之间的联系，不仅是理论上一脉相承，而且其经典宝卷中也自称"全真教"：

普贤大道开全真，妙传般若了义经。非在念虑求假相，跳

① 朱元璋：《御制玄教斋醮仪文序》，《大明玄教立成斋醮仪范》，《正统道藏》洞玄部威仪类。

② 罗教产生于正德年间，黄天教产生于嘉靖年间。罗教著名的五种宝卷都没有全真、西游的字样。而黄天教的早期的主要宝卷中则比比皆是。

③ 黄天教之《佛说利生了义宝卷》"戊午开道普明如来归宫分第十三"载："普明佛，……戊午年，受尽苦，丹书来召；大开门，传妙法，说破虚空；炼东方，甲乙木，行者引路；炼南方，丙丁火，八戒前行；炼北方，壬癸水，沙僧玄妙；炼西方，庚辛金，白马驼经；炼中方，戊巳土，唐僧不动；黄婆院，炼就了，五帝神通。"戊午即嘉靖三十七年（1558），李普明于此年开坛说法，以唐僧西游譬喻演说大道。此宝卷现藏北京中国佛教文物图书馆。

出三千六百门。

普贤菩萨全真道，二九童颜不老年。古佛留下三乘教，超生了死总收元。

生仙生佛，不离人伦大道。本全真，性命相合。凡圣同根，先天真气，采取诸精，四时周转，八卦亦无停。

普明无为了义如来，普贤菩萨立于全真大道，后人都以无为行功，身心清净，锻炼四相五行，假借修真，调和大地黄芽。都以性命相合，子母相见，不在万法所执，赖托一点天真。

古佛本是圣人转，全真大道乃是在家菩萨，悟道成真，身心清净。……在家菩萨智非常，闹市丛中作道场。都依普贤全真道，大小男女赴仙乡。①

黄天教的思想主调也是全真教“性命双修”思想。主张：“性要悟来命要做，都是先天出身路。性命双修体自真，一点灵光无遮护”“炼金丹，无为老祖，说玄妙，先锁心猿合意马，日月光中采精源，铅汞两家同一处，二八相合炼先天。”

在明代民间宗教中，黄天教是其中影响最大的一支——包括从中衍生出的圆顿教、无为教等。有趣的是，黄天教系统的民间宗教宝卷中都有讲述西游取经的内容。

如嘉靖年间，普明创教之初的《普明如来无为了义宝卷》：

① 马西沙、韩秉方：《中国民间宗教史》，上海人民出版社，1992年，第457—460页。

锁心猿合意马，炼得自乾，真阳火为姹女，妙理玄玄，朱八戒按南方，九转神丹，思婴儿壬癸水，两意欢然，沙和尚是佛子，妙有无边。走丹砂，降戊巳（今按：当作“己”），水火安然，离四相，战天魔，万法归圆，舍全身，供龙天，普施贤良。[①]

偈曰：一卷心经自古明，蕴空奥妙未流通。唐僧非在西天取，那有凡胎见世尊。古佛留下玄妙意，后代贤良悟真空。修真须要采先天，意马牢拴撞三关。九层铁鼓穿连透，一转光辉照大千。行者东方左青龙，白马驮经度贤人。锻炼一千八十日，整按三年不差分。龙去情来火焰生，汞虎身内白似金。一卷心经自古常明，混源到如今，旃檀古佛化现唐僧，六年苦行，自转真经，超度九祖，躲离地狱门。[②]

一边讲述唐僧取经，一边宣扬“心猿意马”“姹女婴儿”，这一路数与《西游记》文本呈露出的状况基本相合。而“旃檀古佛”云云也与小说文本类似。可是，宝卷里又说“非在西天取，那有凡胎见世尊”。似乎在他们看来，取经只是个比喻，比喻内丹的修炼。万历初年之《钥匙佛宝卷》[③]：

① 《普明如来无为了义宝卷》，《中国宗教历史文献集成》《民间宝卷》二，黄山书社，2005年，第367页。

② 《普明如来无为了义宝卷》，《中国宗教历史文献集成》《民间宝卷》二，第376页。

③ “钥匙佛”最初当为“药师佛”的误读。误读后遂成“经典”，宝卷中由此而发挥者甚多。民间宗教的草根性由此可见。

半句偈，要通晓，性命有一，……当初有唐三藏，取经发卷。人朝化，普云僧，细说天机：心是佛，唐僧一粒；孙悟空，是行者，捉妖拿贼；猪八戒是我精，贯穿一体；沙和尚是命根，编我游记；有白马，我之意，思佛不断。走雷音，朝暮去，转转围围……唐僧转人间，传大道，半句真言。

如同这些民间宗教教理教义带有很强的随意性一样，他们讲述的“西游故事”也是随时更易，五花八门。如稍晚一些的《太阳开天立极亿化诸佛归一宝卷》中，更有大段“西游”文字。先是一篇长偈：

人人都说西来意。连人带马五众僧。偈曰：

旃檀古佛去取经，连人带马五众僧。东方甲木孙行者，白马西方庚辛金。离火就是朱八戒，沙僧北方小婴童。四人就是四句偈，收来就是一卷经。先将金木为转制。后取水火坎离精。一卷真经都念会，昆仑现出主人公。唐王一见龙心喜，多劳替朕取真经。功程十万八千里，封你旃檀佛世尊。

旃檀古佛，只是唐僧。西天去取经。砂中木汞，水内金精，黄娘神火，练就真经。不离方寸，抬头见世尊。

接下来还有《取经歌》：

老唐僧去取经，灵山十万八千程，七十二座火焰山，三关九窍住妖精，诸佛参透取经难，降魔宝贝显功能，迦叶拈花真盗夺，老子骑牛杖头明，二郎担山收阳诀，太翁直钓水中金，真武剑诀龟蛇伏，达磨九采雪山经，韦驼捧定降魔杵，目连锡杖鬼神钦，洞宾常带雌雄剑，行者金箍棒一根。丹炉灶，能消能长，通天窍，饥吃灵丹，长寿药，闲时操演用时妙。十二时中棒欲举，灵龟海底常跳跃，虎好走，龙好飞，返还功，莫较迟，搅龙头，击虎尾，左边提，右边息，浑身使尽千斤力，肘后飞龙蟠金顶，回光返照真消息。穿尾闾，过夹脊，上玉枕，泥丸降下菠萝蜜，花池神水点丹田，倒下重楼降祇园，六年功满见唐君，封你个旃檀佛世尊。

其中只有以唐僧一行西游，譬喻人之内丹修炼过程与小说相类，其他如姜子牙、韦驼、目连、达磨、吕洞宾都是顺手从别处搬来的。《取经歌》之后，还有四首西游故事之俗曲《玉娇枝》，叙述西游之情节与《取经歌》又有不同：

唐僧传令，师徒们去取真经，灵山十万八千程，暗藏九妖十八洞，众诸徒各显神通。

唐僧害怕，只妖魔委实的难拿：两道娥眉似月芽，婴桃小口难描画，舞双刀，口吐朱砂（今按：宝卷中错别字甚多，皆未勘改）。

妖精传令，洞门前要夺真经，行者金箍棒一根，变条金龙来显圣，把妖精吞在肚中。

旃檀佛降下，朱八戒九转丹砂，白马沙僧采黄芽，行者道把青龙跨，老唐僧带上金花。①

第一首俗曲中所言九妖十八洞与小说《西游记》有出入，小说中唐僧西行取经遇见妖魔，远多于这些；第二首的妖精未见于小说；第三首夺经书之情节亦未见于小说，悟空金箍棒变化为金龙将妖精吞在肚中，也是小说从未有之情节；第四首唐僧带金花、跨青龙，更为小说所无。

宝卷中，讲述“西游”故事而与我们所见小说《西游记》（世德堂本为代表的）最为接近的是《销释真空宝卷》：

唐僧西天去取经。一去十万八千程。昔日如来真口眼，致今拈起又重新。正观殿上说唐僧，发愿西天去取经。唐圣主，烧宝香，三参九转。祝香停，排銮驾，送离金门。将领定，孙行者，齐天大圣。猪八界，沙和尚，四圣随根。正遇着，火焰山，黑松林过，妖精，和鬼怪，魍魉成群。罗刹女，铁扇子，降下雾露。流沙河，红孩儿，地勇夫人（今按：当为“涌”）。牛魔王，蜘蛛精，设入洞去。南海里，观世音，救出唐僧。说

① 《太阳开天立极亿化诸佛归一宝卷》，《中国宗教历史文献集成》《民间宝卷》二，黄山书社，2005年，第576—579页。

> 师傅，好佛法，神通广大。谁敢去，佛国里，去取真经？灭法国，显神通，僧道斗圣。勇师力，降邪魔，披剃为僧。烧宝香，三参九转。兜率天，弥勒佛，愿听法旨。极乐国，火龙驹，白马驮经。从东土，到西天，十万余里。戏世洞（今按：当为“稀屎”），女儿国，匿了唐僧。到西天，望圣人，殷勤礼拜。告我佛，发慈悲，开大沙门。开宝藏，取真经，三乘教典。暂时间，一刹那，离了雷音。取真经，回东土，得见帝王。告我佛，求忏悔，放大光明。到东土，献真经，唐王大喜。金神会，开宝藏，字字分明。[①]

连“地涌夫人”“灭法国”“稀屎衕”这样的细节都与小说一致，在宝卷中是绝无仅有的。据《中国宝卷总目》，《销释真空宝卷》为“明抄本”，但具体时代前后无从判断。所以，它与小说之间的关系也就无法进一步确定。不过，明末的宝卷，事涉“西游”时，往往可以看出受到小说的影响了。如崇祯元年（1628）出现之弘阳教《弘阳后续天华宝卷》专有“西天取经品第十九”，所述西游故事与小说相比，相近似的情节明显多了一些。还有《达磨宝传》：

> 唐三藏，过西天，辛苦不尽；九九灾，八一难，死中得生。悟空心，沙僧命，唐僧是性；白马意，八戒精，配合五

① 《销释真空宝卷》，《中国宗教历史文献集成》《民间宝卷》二，黄山书社，2005年，第2—3页。

行。五千四，成一藏，十四年正；行十万，八千里，始到雷音。先发下，无字经，有字后更。[1]

这里的“九九灾，八一难”“五千四，成一藏”“先发下，无字经，有字后更”，显然是在世德堂本《西游记》问世、流传之后的作品。类似例子还有一些，说明随着百回本《西游记》的传播与经典化[2]，唐僧西行取经的故事也逐渐定型了。

由于关于民间宗教的文献历来奇缺，所以这些宝卷间的关系无从进一步查考。但就文本论文本，也还是可以看出一些道理来的。

一、通过讲述唐僧西游取经的故事来宣讲教理教义，是这些宝卷共同的旨趣。

二、把取经过程以及取经成员比附于内丹修炼，是各种黄天教一系宝卷讲述西游故事的共同点；而西游故事的具体情节则不妨随意编撰。

三、这些民间宗教，特别是黄天教的系统，与全真教有十分密切的血缘关系。

四、逆向推理，足以旁证全真教有讲故事传播教义的传统——这一点，下一讲将专题讨论，足以旁证全真教有讲述唐僧取经故事的传统，足以证明全真教是把西行取经的故事作为内丹

① 《达磨宝传》，《中国宗教历史文献集成》《民间宝卷》十一，黄山书社，2005年，第124页。

② “四大奇书”说的提出，可以视为这四部作品经典化的标志。

修炼学说的载体来宣讲的。

五、全真教讲述“西游”故事的文本只是半成品，当时尚远未定型为权威的经典——所以宝卷中才会讲得五花八门。

对于《西游记》曾经历过“全真化环节”，或者说是曾存在过一种“全真本”，是我们今天所见的世德堂本之前身。作为证据，上述八讲的材料应该说足够充分了。下面还可以换个角度补充一点佐证。

明代中前期文人孙绪的《无用闲谈》谈及了他所见的“西游”故事：

> 藏经至于五千四十八卷，喻五千四十八日，金经发见之时也。《度人经注》：“度人须用真经度，若问真经癸是铅”是也。释氏相传，唐僧不空取经西天。西天者，金方也，兑地，金经所自出也。经来白马寺，意马也。其曰孙行者，心猿也。这回打个翻筋斗者，邪心外驰也。用咒拘之者，用慧剑止之，所谓万里之妖一电光也。诸魔女障碍阻敌临期取经采药，魔情纷起也。皆凭行者驱敌，悉由心所制也。白马驮经，行者敌魔，炼丹采药全由心意也。追荐死者，必曰往西天。人既灭亡，四大分散，何得更有所往？言往西天者，西乃兑地，为少女身中复生为人，不堕鬼道也。异端谬悠，本不足究，因与方外友谈之，漫识于此，不识明哲以为何如！①

① 孙绪：《沙溪集》卷十五，《四库全书》集部别集类。

这个孙绪生活于弘治、正德、嘉靖三朝，主要经历在正德至嘉靖前期，也就是说在世德堂本《西游记》写作的前夕。他的这段话存在不同解读的可能性，如“释氏相传，唐僧不空”，究竟指的是他所见《西游记》文本呢？还是他理解中的“取经”本事？“不空”何意？是所见文本中唐僧的名号还是里面孙行者的别称？又如“经来白马寺，意马也”，究竟是他所见文本中的情节呢？还是他对文本中“心猿意马”表述的解释？这些由于和我们讨论的问题有些距离，在此不作深究。而这段文字中两个没有争议的信息却与我们的基本观点不谋而合：一、孙绪在世德堂本《西游记》尚未问世的时候就见到了一种“西游”故事的写本。二、这个写本不同于《永乐大典》与《朴通事谚解》的“平话”片段，而是有着“炼丹采药全由心意”“意马心猿”之类内丹术譬喻内容的文本。

孙绪这段话可注意之处还有：孙行者称为“心猿”，并提到类似“筋斗云”的“打个翻筋斗”，类似“紧箍咒”的“用咒拘之”，等等，足见这个本子是吴承恩再创作的重要基础；还有“藏经至于五千四十八卷，喻五千四十八日”，这个内容恰与《西游记》九十八回观音所讲相合——我们在第七讲中已经专门有所分说。也就是说，小说中节外生枝地让观音讲“五千四十八”，而孙绪也这样讲，可以为其所见乃“全真环节”之《西游》再添一点佐证。

更为有趣的是，孙绪提到了《度人经》，并引用了《度人经》

注文中的“度人须用真经度，若问真经癸是铅”。这部《度人经》全称《太上洞玄灵宝无量度人上品妙经》[①]，其注出自元代后期全真道士陈致虚之手。“度人须用真经度，若问真经癸是铅”，正是陈致虚的手笔。这位陈致虚恰好与《西游记》关联不少，如前面提到的三十六回唐僧与悟空、沙僧大谈丹道之理，那些玄虚之论便是挦扯陈致虚的《悟真篇三注》。孙绪在谈论他见到“西游”故事的时候，连带涉及了与《西游记》文本有关联的全真道士，似乎也不能完全以偶然视之。

① 《太上洞玄灵宝无量度人上品妙经注》，《正统道藏》洞真部玉诀类。

第十讲　道情：西游故事与全真道教之间的桥梁

一

《西游记》描写全真道士的形象，有一个共同点——

那大仙按落云头，摇身一变，变作个行脚全真。你道他怎生模样：穿一领百衲袍，系一条吕公绦。手摇麈尾，渔鼓轻敲。三耳草鞋登脚下，九阳巾子把头包。飘飘风满袖，口唱《月儿高》。(二十五回)

这大圣摇身一变，变做个老真人。你道他怎生打扮：头挽双髽髻，身穿百衲衣。手敲渔鼓简，腰系吕公绦。(三十三回)

好大圣，按落云头，去郡城脚下，摇身一变，变做个游方

的云水全真，左臂上挂着一个水火篮儿，手敲着渔鼓，口唱着道情词。(四十四回)

斜倚大路下，专候小魔妖。顷刻妖来到，猴王暗放刁。摇身一变，又变做一个道童：头挽双抓髻，身穿百衲衣。手敲鱼鼓简，口唱道情词。(七十回)

共同点是，道士们大都要"敲渔鼓"，"唱道情"。

这一点，倒是带有一定的写实性，因为在全真教道人的诗词中也是如此自我描画的。如丘处机的《梅花引》：

行不劳，坐不倦。任行任坐随吾便。晓风轻，暮天晴。逍遥大道，南溪上下平。　　溪东幸获忘形友，皎月时斟消夜酒。酒杯停，月华清。披襟散发，欣欣唱道情。[①]

元代道士邓学可的《滚绣球》：

千家饭足可求，百衲衣不害羞。问么破设遮着皮肉，傲人间伯子公侯。我则待闲逼遥唱个道情，醉醺醺的打个稽首。抄化圣汤仙酒，梨杖瓢钵便是俺的行头。我则待今朝有酒今朝

① 丘处机：《磻溪集》卷五，见《丘处机集》，齐鲁书社，2005年，第76—77页。

醉，明日无钱明日求。到大来散袒无忧。[1]

甚至于传说中全真教的鼻祖吕洞宾也是“道情”的作者。据《吕祖志》：

向有一太守好道，令妓者唱道情词曲，妓无以应命，遂迎方士求之。忽有道人过门，索酒题词于壁而去。次日妓佐公筵以此歌之，太守惊问，欲求道人，竟失其踪，方知其为吕公也。妓亦因此脱籍。[2]

至于“道情”怎么唱？唱什么？官方文献并无记载。甚至《道藏》中也是付诸阙如。幸亏在文学作品中，留下了相当丰富、生动的材料。具体描写道士唱道情的文字，最早应属元杂剧。如马致远的《吕洞宾三醉岳阳楼》：

【正末愚鼓简子上】

【词云】披蓑衣，戴箬笠，怕寻道伴。将简子，挟愚鼓，闲看中原。打一回，歇一回，清人耳目；念一回，唱一回，润俺喉咽。穿茶房，入酒肆，牢拴意马；践红尘，登紫陌，系住心猿。……

① 邓学可：《自然集》，《正统道藏》太平部。
② 《吕祖志》卷六，《万历续道藏》。

【唱】【正宫端正好】我劝你世间人，休争气，及早的归去来兮，可乾坤做一床黄紬被，单搊着陈抟睡。

【正末顿脱郭手科】【唱】

【滚绣球】好生地放了者，我为甚不惹你。赤紧的简子，唤做惜气。但行处，愚鼓相随。愚是不省的，鼓是没眼的。……[①]

在另一出杂剧《吕洞宾三度城南柳》中，吕洞宾的打扮也是“背剑，打渔鼓、简子”。[②]看来“渔鼓、简子”几乎是吕洞宾的“标配”了（说明一下：“渔鼓”也作“鱼鼓”“愚鼓”。称“愚鼓”据说是为了警醒尘世顽愚之人；“简子”也叫“惜气”，原因便不明了）。

在范子安的杂剧《陈季卿误上竹叶舟》中，唱道情的成了列御寇与吕洞宾两个人：

【列御寇引张子房、葛仙翁执愚鼓简板上】贫道列御寇的便是。……我等无事，暂到长街市上唱些道情曲儿，也好警醒世人咱。【张子房云】如此最好，仙长请。

【列御寇唱】

……【元和令】我吃的是千家饭，化半瓢；我穿的是百衲

① 臧懋循：《元曲选》，中华书局，1958年，第629页。
② 《元曲选》，1198页。

衣，化一套。似这等粗衣淡饭且淹消，任天公饶不饶。……

【列御寇云】这道情曲儿还未曾唱完，纯阳子早来了也。

【正末唱】

【正宫端正好】俺不去北溟游，俺不去东山卧，得磨跎且自磨跎，打数声愚鼓，向尘寰中坐。这便是俺闲功课。[①]

从列御寇的“道情”中可以看出，道士们的生存状况和乞丐差不多，他们在街市上唱道情，实际上与行乞分不开——“化”半瓢，“化”一套，就是乞讨衣食。当然，事情还有另一面，道情的内容还是要布道警世的，所以吕洞宾同样要“打数声愚鼓”，并声明这是自己的每日“功课”。

杨景贤的杂剧《马丹阳度脱刘行首》，更是直接以全真道为题材，开篇便讲全真道的传承，说是吕洞宾“至东海之滨将金丹七粒撒去水中化成金莲七朵”，告诉王重阳：“此金莲七朵，乃是丘、刘、谈、马、郝、孙、王，恁七人可传俺全真大道。”然后写马丹阳出场，也是打着渔鼓唱道情：

【正末打渔鼓上】

【诗云】散袒逍遥躲是非，壶中日月有谁知？仙家不识春和夏，石烂松枯一局棋。

【唱】……【幺篇】困来那一眼，闲来那一醉，一任渔樵说

① 《元曲选》，1055页。

是谈非。笑杀儿曹走南料北，空叹英雄争高竞低。

……【碧玉箫】想韩侯当日，钝剑一身亏；彭越何为，烂剉肉如泥；九江王受困危，竿尖上挑首级。恁莫痴！争似张良会，归，急流中，身先退。[①]

可见在元代，道士——尤其是全真道士，唱道情是相当普遍的传教、布道乃至生存、生活的方式。所唱既有说教性内容，也有故事性内容；故事性内容中包括历史故事，以之作为教训开悟世人；说教性内容有时会联系到内丹修行的话题；道情的表演则是说与唱结合，也就是韵散结合，并有极为简单的乐器——渔鼓与简子伴奏（这一点，某些地方性说唱仍差相仿佛）。

二

有关道情来历，没有明确的记载。

对此的研究最早溯源到中唐。有人举白居易的诗《岁暮道情二首》：“壮日苦曾惊岁月，长年都不惜光阴。为学空门平等法，先齐老少死生心。”称之为最早的道情。这显然是不妥的。白诗的“道情”只是“悟道之情怀”，与道教传播、道士活动毫无关系。

也有人举韩愈的诗《华山女》：“街东街西讲佛经，撞钟吹螺闹宫庭……黄衣道士亦讲说，座下寥落如明星。华山女儿家奉

① 《元曲选》，第1332—1333页。

道，欲驱异教归仙灵。洗妆拭面着冠帔，白咽红颊长眉青。遂来升座演真诀，观门不许人开扃。不知谁人暗相报，訇然振动如雷霆。扫除众寺人迹绝，骅骝塞路连辎軿。观中人满坐观外，后至无地无由听。……天门贵人传诏召，六宫愿识师颜形。玉皇颔首许归去，乘龙驾鹤来青冥……”指出这里描写的是宣讲道教“真诀”，而且是和佛教的俗讲并行的。同时，还有一条材料可以旁证韩诗的背景。中唐时来中土求法的日本僧人圆仁，在《入唐求法巡礼行记》中，记载了武宗会昌元年（841）长安的俗讲等宗教活动情况：“敕于左右街七寺开俗讲。……又敕开讲道教。左街令敕新从剑南道召太清宫内供奉矩令费于玄真观讲《南华》等经。”因此，研究者认为这是道情的开端，或者另起一个名称为“道讲”。[1]

这两条材料比起白居易的诗歌来，显得较有说服力。不过细推敲，还算不上是道情的滥觞。因为与元代的“道情”比，所讲内容只是“真诀”“南华”，宣讲的地点只是在道观中，宣讲时也没有韵文演唱与乐器伴奏。

严格地讲，“道情”应该具有以下特征：首先是道士所讲唱，有渔鼓、简子做简单的伴奏乐器；其次是随处可唱，闹市更是经常的演出场所，讲唱与乞讨化缘相结合；再次是唱讲内容驳杂随意，形式上是唱、讲穿插，往往把历史故事与教理教义杂糅到一起，代替简单、僵硬的单纯说教。

① 参看《道教文化词典》“道情”条。

名为“道情”，内容又接近于上述特征的是周密《武林旧事》中所记：“淳熙十一年六月初一日，车驾过宫，太上命提举传旨：盛暑，请官家免拜，至内殿起居……堂前假山，修竹古松，不见日色，全无暑气。后苑小厮儿三十人，打息气，唱道情。太上云，此是张抡所撰鼓子词。”“息气”便是“筒子”的别称。至于所唱为“道情”，而同时又被称作“鼓子词”，则透露出了“道情”与后世“曲艺”之间的关系。

淳熙十一年（1184），此时，北方的王重阳已去世多年，全真教正值“七子”当道的阶段。这一段讲的是南方，是南宋宫廷中，赵构与其子宋孝宗乘凉消暑时的情形。据此可知，在南宋与金的对峙时期，大江南北都随全真教的发展而有了“道情”这一宗教文化现象。而道情演出已有了接近于专业化的作者与队伍了。

至于元代道士唱道情的情形，上文列举了在杂剧中的反映。而入明之后，唱道情仍是全真道士的重要宣讲、生存方式。诗文、小说中对此的描写更加详细、生动了。如沈周的《寻乐行》：

> 打渔鼓，唱道情，说生说死说功名。唱道情，打渔鼓，说神说仙说今古。仙家自有山中乐，凡家自有世间忧。年头年尾说不休，今夜又当年尾头。唱要高，鼓要急，主劝宾酌忘拜揖。蜡梅烁烁白璧光，酒波濯濯青袍湿。客莫言辞主须醉，多

情送年恐不及。年送去，还复来，渔鼓声中白发催。白发不可变，莫放掌中杯。鼓砰蓬，杯络绎，不知东方之既白。旧年已尽客已散，门前又接新年客。新年别唱贺新郎，送旧迎新渔鼓忙。①

据诗中所写，当时道情的说唱题材十分广泛，“说生说死说功名”“说神说仙说今古”——既有警世醒世的说教，也有纵论古今、讲述神怪的娱乐性内容。诗中还表现了道情演唱时伴奏与主唱的配合，以及道情作为娱乐表演的功能——辞旧迎新的晚会，酒酣耳热的酒宴，“鼓砰蓬，杯络绎”，通宵而达旦。似乎也可以想象，讲唱的内容应是篇幅可观的“大书”。

小说中的描写就更加生动、具体了。如《韩湘子全传》：

窦氏道：“你为恁么只打渔鼓？”湘子道：“因世上人顽皮不转头，只得把那顽皮绷在竹筒上，叫做愚鼓。有一等聪明的人，闻着鼓声便惕然醒悟；有一等痴蠢的人，任你千敲万敲，敲破了这顽皮，他也只不回头转意。因此上时时敲两下，唱道情，提撕那愚迷昏聩的人跳出尘嚣世界。”

……

只见钟师吹起铁笛，吕师唱起道情，道：“……叹水火两无情，欲火煎熬损自身。还须着意多勤慎。阴阳自生，筑基

① 沈周：《石田诗选》卷七，《四库全书》集部别集类。

炼神，降龙伏虎休狂奔。养其身，调神息气，内外两无侵，内外两无侵。”唱罢道情，才叫湘子道：“韩公子，你近前来，我且问汝。”……两师叫湘子道：“徒弟，如今是恁么时候了？”湘子道：“师父，鼓打一更了。”两师道：“仙有数等，汝愿学那一等？……炼先天真一之气，修金丹大药，汞龙升，铅虎降，凝结黍米之珠，则为上品神仙、天仙。”湘子道：“弟子尝闻古语云：学仙须是学天仙，唯有金丹最的端。望师父把那金丹大道传授与弟子。”两师道：“汝既愿学天仙，汝的志向是好的了，只怕汝卤莽灭裂，中道而废，枉费了我们普度的心机，绝了后来修真门路。”湘子道：“师父若肯指教，弟子岂敢懈弛。”两师道：“居，吾语汝，汝须牢记，不可泄漏。”湘子拱立而听。两师唱道：“〔五更转〕一更里端坐，慢慢调龙虎，润转三关，透入泥丸路。龙盘金鼎，虎咽黄庭户。得些功夫，等闲休诉，等闲休诉。二更里，二点敲，阴阳真气妙。上下三关，莫教错了。婴儿姹女得黄婆，自然匹配了，自然匹配了……”一连教导了两三夜，到第四夜时，两师又打着渔鼓，拍着简板，唱一同教湘子。词名《梧桐树》：“一更里，调神气，心猿意马牢拴系。莫学闲游戏，闲游戏。昏昏默默炼胎息，开却天门地户闭。果然通玄理，通玄理……”

……

湘子下得山来，将头上九云巾捺在花篮里面，头挽阴阳二髻，身上穿的九宫八卦跨龙袍，变作粗布道袍。把些尘土搽在脸上，变作一个面皮黄瘦、骨格伶仃、风魔道人的模样，手拿着渔鼓、简板，一路上唱着道情。且说那道情是何等样说话？有《浪淘沙》为证：“贫道下山来，少米无柴。手拿渔鼓上长街，化得钱来沽美酒，自饮自筛。渔鼓响声频，非假非真。不求微利与鸿名，一任狂风吹野草，落尽清英。”湘子打动渔鼓，拍起简板，口唱道情，呵呵大笑。那街坊上人不论老的、小的、男子、妇人，都哄拢来听他唱，湘子唱得好听，便叫道：“疯道人，你这曲儿是那里学来的？再唱一个与我们听。”湘子道：“俗话说得好，宁可折本，不可饿损。小道一路里唱将来，不曾化得一文钱，买碗面吃，如今肚中饥了，没力气唱不出来。列位施主化些斋粮与小道吃饱了，另唱一个好的与列位听何如？”众人齐声道：“酒也有，斋也有，只要你唱得好，管取你今朝一个饱罢。”那湘子便打着渔鼓、简板，口中唱道：“〔遍地锦〕十岁孩童正好修，元阳不漏可全周。金丹一粒真玄妙，身心清净步瀛洲……”众人听罢，个个夸奖说好。也有递果饼与他吃的，也有递酒肴与他吃的，也有出铜钱银子与他，说道：“风师父，你拿去自买些吃。”也有递尺布，寸丝、麻鞋、草履之类，说道：“与师父结个缘。”湘子……又点动渔鼓，唱一套《玉交枝》道：“贪杯无厌，每日价泛流霞潋滟，子云嘲谑防微渐。托鸱夷彩笔拈，季鹰好饮豪兴添，忆莼鲈只为葡萄酽，倒玉山恁般瑕玷。又不是周晏相沾，槽腌着葛仙翁，曲埋着张孝廉。恣狂情谁与砭？英雄尽你夸，富贵饶他占。则这黄垆畔有祸殃，玉缸边多危险。酒呵！播声名天下嫌。”[①]

在全真教的神仙谱系中，吕洞宾被尊为祖师，于是所谓“八仙”也就自然成了全真道士的师叔祖一类。这里描写的韩湘子及吕洞宾、汉钟离演唱道情的情况，几乎可以看做是现实生活中全真道士演唱道情的真实反映。从上述文本中看到：唱道情是全真教的重要传统，不仅在市井对民众表演，而且也在内部借以宣讲教义；在市井，唱道情是全真道士化缘乞讨的手段；小说《西游记》中大量出现的“水火”“龙虎”“黄婆”“婴儿姹女”“心猿意马”等，都是道情的讲唱内容；此外，道情中也出现不少历史人物、历史故事，如张季鹰的莼菜羹鲈鱼脍等。

《醒世恒言》的《李道人独步云门》中的唱道情则是另一番景象：

（李清）正在彷徨之际，忽听得隐隐的渔鼓简响，走去看时，却是东岳庙前一个瞎老儿，在那里唱道情，聚着人掠钱，方才想起：“临出山时，仙长传授我的偈语第二句道：‘听简而问。’这个不是渔鼓简？我该问他的。且自站在一边，待众人散后，过去问他便了。”只见那瞎老儿，止掠得十来文钱，便没人肯出。内中一个道：“先生，你且说唱起来，待我们敛足与你。”

① 钱塘雉衡山人编次：《韩湘子全传》第四回。

瞽者道："不成不成！我是个瞎子，倘说完了，都一溜走开，那思来寻讨？"众人道："岂有此理！你是个残疾人，哄了你也不当人子。"那瞽者听信众人，遂敲动渔鼓简板，先念出四句诗来道：暑往寒来春复秋，夕阳桥下水东流。将军战马今何在？野草闲花满地愁。

念了这四句诗，次第敷演正传，乃是"庄子叹骷髅"一段话文，又是道家故事，正合了李清之意。李清挤近一步，侧耳而听，只见那瞽者说一回，唱一回，正叹到骷髅皮生肉长，复命回阳，在地下直跳将起来。那些人也有笑的，也有嗟叹的。却好是个半本，瞽者就住了鼓简，待掠钱足了，方才又说，此乃是说平话的常规。谁知众人听话时一团高兴，到出钱时，面面相觑，都不肯出手。又有身边没钱的，假意说几句冷话，佯佯的走开去了。刚刚又只掠得五文钱。那掠钱的人，心中焦躁，发起喉急，将众人乱骂。内中有一后生出尖揽事，就与那掠钱的争嚷起来。一递一句，你不让，我不让，便要上交厮打，把前后掠的十五文钱，撒做一地。众人发声喊，都走了。有几个不走的，且去劝厮打，单撇着瞽者一人。

李清动了个恻隐之心，一头在地上捡起那十五文钱，交付与瞽者，一头口里叹道："世情如此硗薄，钱财恁般珍重！"①

①《醒世恒言》第三十八卷，人民文学出版社，1956年，第929—930页。

李清的故事原见于南朝梁代《冥祥记》，略云：“李清者，吴兴于潜人也，仕桓温大司马府参军督护。于府得病，还家而死，经夕苏活。说云，初见传教，……俄遣人出云：李参军可去。敬时亦出，与清一青竹杖，令闭眼骑之。清如其言，忽然至家。家中啼哭，及乡亲塞堂，欲入不得。会买材还。家人及客，赴监视之，唯尸在地。清入至尸前，闻其尸臭，自念悔还。得外人逼突，不觉入。少时，于是而活。即营理敬家，分宅以居。于是归心法宝，劝信法教，遂作佳流弟子。”这里的“归心法宝”是皈依佛教，当然也就没有“道情”的内容了。

《醒世恒言》成书于晚明，但很多篇幅有宋元旧本。至于这一篇究竟是哪个时代的作品，已不可详考。它只是借李清还魂的故事框架，改装进了道教的内容。与前面引述的杂剧、小说的“道情”描写相比，这段有两个重要的不同，很值得关注。一个是所讲唱的内容为“‘庄子叹骷髅’一段话文”，“说一回，唱一回”，好一会才讲了“半本”。也就是说，故事已经是“道情”的主体，而且是较为长篇的故事。另一个是讲唱者的身份有了变化。虽然讲唱的是“道家故事”，虽然讲唱的仍然名为“道情”，但讲唱者却不是道士，而是“庙前一个瞎老儿”。这反映了随着全真教向俗世、向民间的沉降，他们的通俗演唱也逐渐成为民间的一种通俗文艺形式了。

这一点，我们还可举出“逆向”的旁证。

三

二十世纪五六十年代流行的一种曲艺形式——山东快书，内部拜师收徒时都要“拜丘祖”。这个“丘祖”就是全真道的丘处机。

据《高元钧和他的山东快书》：

> 山东快书艺人自奉为道家门的，属于丘祖龙门派的。……从拜师仪式来看，倒有些许痕迹。高元钧当年拜戚永立为师，也举行过小小的仪式。堂前挂着“天地君亲师”的牌子，烧上炷香，徒弟向师父行礼，师父念念有词，口传这么四句话：“小小道童身穿蓝，我奉先师下高山。今逢黄道是吉日，我替仙师把道传。”①

在《山东快书概论》中，更进一步指出：

> 山东快书艺人自奉丘祖真人为祖师爷，过去的拜师仪式也颇有道家色彩。不仅如此，他们还有宗谱作为依据。一代艺人排一个“字”，一个字一个字地排下来。这就是：
>
> 道——德——通——泉——敬——
>
> 真——常——守——太——清——

① 汪景寿：《高元钧和他的山东快书》，北方文艺出版社，1985年，第10页。

义——阳——来——复——本——

和——教——永——元——明——

志——立——忠——诚——信——

从——高——士——法——京——

口耳相传，难免有些舛错。[①]

这个宗谱白字连篇，确实舛错得有些离谱。幸而有抄本《山东快书高派弟子名录》，卷首序言的文字水平明显要高得多，内云：“高派山东快书系（全真道）丘祖龙门派山东老张门，……创立门户时，从《太山全真晚坛功课经》中，取开头三十个字，作为本门辈字排列顺序：‘道德通玄静，真常守太清，一阳来复本，和教永圆（今按：原书如此，似当作“元”）明。至理宗诚信，崇高嗣法兴。’山东老张门至今传到‘至’字辈，整整二十一代传人。”这条材料应属可信，因为艺人们几无作伪的动机与可能。高元钧为十九代，其师戚永立为十八代，二人相差四十六岁。若以四十年为一代，上溯恰至金元之际。更为重要的是，这个谱系原本就是全真道排辈的谱系。如山东青州的全真道，截至明嘉靖年间，传承的情况是“任道安、郭德真、周通乾、司玄乐、李静一、王真成、刘真玉、宋真空，李常明、张守安、董守春、张太玉”，恰与山东快书传承的谱系相合。据此可知，山东快书的起源与全真道有关；反过来讲，全真道曾与说唱艺术有密切的关系。

① 刘司昌、汪景寿：《山东快书概论》，黑龙江人民出版社，1989年，第2—3页。

又据山东省艺术研究所的内部资料《山东快书溯源》[1]，这个排辈的口诀共有一百个字："道德通玄静，真常守太清；一阳来复本，合教永元明；至理宗诚信，崇高嗣法兴；世景荣惟懋，希微衍自宁；谓修正仁义，超升云会登；大妙中黄贵，圣体全用功；虚空乾坤秀，金木性相逢；山海龙虎交，莲开现宝新；行满丹书诏，月盈祥光生；万古续仙号，三界都是亲。"几相对照，再考虑到此类仪轨的惯例，这个百字诀应属可信。而其中的"金木""龙虎"等可以证明其全真道血缘并非空穴来风。换言之，若非如此，唱快书的艺人既无必要也无可能想出这些内丹学的术语来。

不仅山东快书，北方还有一些说唱曲种也有拜丘祖的仪轨，如河南坠子、光州大鼓等。

翻检中国文学史，宗教与说唱关系甚密。佛教的俗讲，道教的道情，都是初为传教之工具，后渐掺入故事，逐渐成为相对独立的文学、艺术式样。而晚近之宝卷、鸾书，亦颇多通俗文学的成分。山东快书的源变，亦当作如是观。

我们又知道，明代的长篇小说多为世代累积而成（包括《西游记》），经过由书场至案头的过程。多种"词话"即为这一过程的"中期成果"，也有些直接就以"词话"形式定型于文字，如《大唐秦王词话》《金瓶梅词话》等。《西游记》亦确有"诗话""平话"等"前期成果"。因此，我们有理由推测，很可能曾

---

① 参看本讲附录。

有过一种全真系艺人说唱的“板话（或“词话”“平话”之类）”，其中自然会有大量全真道内容掺杂在所演唱的故事（包括玄奘取经的故事）之中。[①]借故事以传教，借教义以铺演故事。而这种说唱在民间的广泛流传，一方面，有些逐渐脱离了宗教的外壳演化为讲唱故事的文艺形式，一方面，成为民间宗教师法的对象，成为诸多宝卷产生的酵母。

【附录1】[②]

山东快书溯源（节选）

一、山东省艺术研究所提供的资料

……

山东快书排序与道教相通，排字应该是一百个：

道德通玄静，真常守太清。
一阳来复本，合教永元明。
至理宗诚信，崇高嗣法兴。
世景荣惟懋，希微衍自宁。
谓修正仁义，超升云会登。
大妙中黄贵，圣体全用功。

---

① 全真道本有《长春真人西游记》。后世徒众（或“准徒众”）不察，在借故事讲唱布道时，以玄奘“西游”之事附会，铺演为某种“板话”，当亦在情理之中。

② 这部分材料系友人刘金泉（天津市广电局）收集提供，在此向他并原作者致谢。

虚空乾坤秀，金木性相逢。

山海龙虎交，莲开现宝新。

行满丹书诏，月盈祥光生。

万古续仙号，三界都是亲。

二、书籍中的资料（略）

三、网上的资料

中国北方地区的曲艺行，虽然流派众多，但大体来说可以分为：黄河以北拜周庄王为祖师的“梅、清、胡、赵”北四门，黄河以南拜丘处机为祖师的“曾、柴、杨、张”南四门。以丘祖为祖师的艺人称本门为龙门派，拜师取名皆以丘祖龙门派百字谱为序，世代分明。那么，曲艺行与道教龙门派究竟有何关联呢？曲艺行中的龙门派，是全真道士深入民间、进行社会教化而产生的一个支派，其对中国曲艺的发展和对民众的社会教化，有独特的地位和价值。本文试对道教龙门派在明代传播的状况作一番探寻，以解析二者之间的关系，同时探究曲艺行里龙门派分支的状况和行会组织等。

（一）道情的传入

道教自唐代兴盛发展以来，就有了道教的说唱艺术，在长安兴起佛教俗讲的同时，也出现了道教俗讲。全真教兴起后，注重运用乐舞进行传教，将金代流行的大曲、道情、社火与传教活动相结合，将之作为贴近世俗、吸引民众的重要宣传手段。这既促进了教义的传播，也丰富了乐舞的内涵。道情，起初是道士布道、化缘时所唱的宣传教义的乐曲，宋金时期发展成为抒情、叙事的民间说唱。全真教道情的出现，是道情衍变的一个重要阶段。全真宗师唱道情，以此抒发修道乐趣。丘处机就擅长道情，西游途中曾“散发披襟唱道情”，其《磻溪集》多处描写了他唱道情的情景。全真道士唱道情不仅是抒发乐道知心的情感，也是传播大道于民间的一种通俗形式。全真道提倡苦行，道士沿街唱道情，云游乞化，这种旨在弘道的逍遥之游容易接近民间大众，是元明时期道教传播于社会的重要方式。在明代，道情并不局限于道家圈内，说唱者既有云游道士，也有民间艺人，使道教的道情在社会上产生了更广泛的影响。而民间艺人加入说唱道情的行列，应该与明代全真教龙门派在民间的广泛传播有关。

按照学界通常的说法，明代的全真教进入了一个衰落时期。而实际上，全真道在朝廷不受重视，反而更促使其在民间扎根，进而更广泛地传播。明代全真道，特别是龙门派，在民间十分兴旺，传播地区跨度非常大。根据笔者统计，除了通常提到的张静定、沈静圆和张静虚三支外，龙门派在十几个省都有分布，有二十几支不同的传承。而这些支系仅仅是笔者根据现有的资料查询到的，实际的支系肯定要远远超过笔者的统计数量。而且从时间和传承的辈分来看，这些支系并不是出自同一支派。过去有的学者认为明代全真道被朝廷疏远冷落，教团发展受极大限制。又认为龙门派是一脉相传，传衍十分沉寂。通过这个统计，可以证明龙门派并非出自一源。最先的龙门派，应该是出自元代的丘祖弟子（不一定是亲传，但应该是直系），可能就是阎希言一系，最早使用二十字谱。其他支系的丘祖弟子也逐渐采用龙门字派，由此形成众多龙门派系辈分不一的情况。而道情也因为龙门派的广泛传播，随之扩散到全国各地。

山东是全真道的发祥地，明代龙门派仍有多支在山东流传。丘祖在龙门洞收牛道昌为二弟子。牛后来在河东活动，再传张德成，张传陈通义，陈传华玄德。华玄德于嘉靖、隆庆年间在山东河南一带传曾敬齐（郓城人）、柴敬文、杨敬先、张敬武四人。这四人开创了后来曲艺行中的曾、柴、杨、张四大门。龙门派道士通过说唱道情劝化民众，后来说唱的艺人越来越多，逐渐繁衍发展为曲艺行第一大派——龙门派。

（二）曲艺行龙门派的传承和分支

旧时的说唱艺人多数不识字，对于祖师的事迹多是口口相传，传播到后世难免有所失真，但其中仍保留着部分真实的历史，可与道门的史传相参照。曲艺行源远流长，艺人们认为这一行业始于老子，为神仙一脉。道家祖师爷洪钧（即老子）化为三清：玉清、上清、太清。三清传度五祖。五祖重阳祖师度化丘、刘、谭、马、郝、王、孙七真。七真人以艺养生，教化世人，均为重阳派弟子，后传龙门、随山、南无、遇山、华山、嵛山、清静七个门派，后丘祖又收一位茶童为徒，封为尹喜派，成了八个门派。即所谓一气化三清，三清化五祖，五祖度七真，七真传八派。

八派中龙门派最兴盛。丘祖长春真人，北宋山东登州府人，广收弟子，行艺四方，主支排字有“道德通玄敬，真常守太清，一阳来复本，合教永元明……”一百个字。明代嘉靖、隆庆年间，传至五祖“敬”字辈的有曾敬池、柴敬文、杨敬先、张敬武四人，分曾、柴、杨、张四支，均按原排辈次收徒传艺。清初再增刘、高、齐、卢、孙赵、张赵六支，旁支尚有丁四、槐花王、弦子李、天门、蒋门、梅清等，均敬丘祖。

龙门派传入河南后，形成高、桂、柴、张、沙、赵、韩、杨八个门户，并援用原七真八派之说，称八门皆是丘祖弟子。后因杨通金叛国被清除出门户，只好续收刘姓书童为徒，补入第八门。按龙门派例规，艺人授徒满百人便可另立门户。柴门第十六代传人常和宾广收门徒，便自立了常门。所以艺人中流传着“龙门派、原八门，高桂柴张沙赵韩杨，除一剩七，下续刘常”之说，这就是民间流传的“七真八派一百家”。

龙门派艺人最初是在民间宣唱渔鼓道情，道情演唱由曲牌体过渡为板腔体，演唱内容原为宣传道教教义的道歌小曲，后来逐渐演变为具有曲折情节的短、中、长篇的民间世俗内容。在清代中期逐渐发展成为河南坠子、山东快书、开封评词、湖北评书、山东落子、安徽鼓书等诸多曲种。其他如卖解（杂技）、幻术（魔术），及制作玉器、拴筐箩簸箕的江湖艺人，也都拜入龙门派，尊奉丘处机为祖师，均严格按照龙门派百字谱排辈。至新中国成立前，鲁豫地区的艺人已传到至、理、宗等辈。

龙门派艺人的百字派谱称为“海底”，海底被视如性命，是不肯轻易示人的。1936年，张履谦在编写《相国寺民众娱乐调查》时费了不少气力，吃了不少苦头，才从一位老艺人的抄本抄出“七真八派”的派谱。里面记载着全真七子的诞辰、籍贯、道号、辈分等。艺人很重视对字辈谱的保留和接续，强调自己为道家一脉。过去艺人可以与道士论辈分，可以在道观中“挂单”，由道观提供食宿。由此也能看到，龙门派艺人虽已离开庙观，仍被视为道门弟子，与道教保持着密切的联系。

（三）曲艺行龙门派艺人的拜师仪式和祭祀活动

1. 艺人的拜师程序

说唱艺人主要是依靠拜师赐予字辈谱获取龙门派弟子的资格，名曰“进家门”，然后才能撂地说书。艺人自己把拜师所得的“字辈”称作“法号”，按字排有一百辈。字辈谱的功能是建构一个准血缘家谱，把流散各地的说唱艺人联结成一个仙道世家。有了道号的艺人在曲艺行内吃得开，而没有道号的艺人则低人一等，如被发现擅自听师傅说书或在外说书，会被同行带到丘祖庙接受神判，或被当场砸毁乐器，永不准从艺说书。说唱艺人通过严格的字辈管理，维持了龙门派传承的连续性。艺人拜师入了字辈谱，还会被认为是列入仙班，在精神上能高人一头，所以艺人对此很看重。艺人从艺拜师，讲究师徒如父子，一日拜师，终生为徒。艺人拜师有如下规矩和条件：

（1）不能拜自己的父兄母姐为师，只能拜旁人。

（2）拜师时须有一个引进师和道师。

（3）拜师那一天须请同会的人吃酒席，使大家知某人拜某人为师。

（4）拜师还须写一张拜师的押帖，并且还要请一个人作保举师。

（5）学三年出师。出师后要为老师唱坠字一年，将这一年的收入报答老师，他们谓这一年为“拉年”。

此外，学徒期间，伤残病死，教师概不负责。票友下海，也要拜师，否则不得摆场演出。艺人家庭出身的“门里滚”也要同样拜师。拜了老师的人，方能取一个派名，算是正式入派。

1989年新蔡县编《曲艺志》时，恰好搜集到两张晚清民国时留下的评书、大鼓书艺人李永明的拜师大帖，里面可以看到艺人拜师的内容。拜师帖共分五个部分：一是帖头；二是徒弟拜师正文；三是拜师规；四是龙门一百字辈；五是坐保师、引进师、代笔签名和拜师年月日。下面是新蔡县1913年的拜师贴：

丘祖龙门派，长春老仙师，洪钧老仙人。道门师派高师乐立祖程本恺，三代张合奎，师爷程教章，师父李永明。张元然、姚元金、李元顺、李元义、李元合五人同心情愿拜于李永明门下为徒，学艺防身护体，四海交游。若有人截艺，张元然一面承管。若有欺师欺友、扣窑挖相，勾挂棚搂、非奸即盗，老师察持问明，愿打愿罚。天地君亲师。

坐保师宁永礼，代笔李克勤。

民国二年八月二十四日

从上面的拜师贴可以看出，艺人拜师的道教色彩非常浓厚，艺人仍然不忘道教传统。在光州大鼓和山东快书的拜师仪当中，也有许多道教的色彩保留下来。

2. 光州大鼓艺人的拜师仪

豫南地区广泛流传的光州大鼓，传说是丘祖的门徒、八门中的高若守、柴少堂二人带来的。约在清光绪年间，商城常家湾艺人常和宾改柴门创常门，光州大鼓得到迅速发展。尔后又来了少数桂门艺人。因此，清末时，光州大鼓就有了高、柴、常、桂四门艺人，一直传艺至今。

光州大鼓艺人拜丘祖。艺人收徒时，必须写拜师帖。拜师帖上须写帖头，然后写学艺规则（即“十大条款”）。接着按龙门派祖上传下来的字派道号，按辈分为徒弟取一个艺名。帖头为十七句诗文，简明概括了光州大鼓的历史渊源，现抄录如下：

混沌初开盘古分，天地君亲师为尊，鸿钧老祖立下大龙门，差派王重阳下凡来度人，徒弟一百整，得道有七人，丘、刘、谭、马、郝、王、孙，到了红云寺，师徒才安身。贴生丧了命，丘祖去跪门，寻找周福地，葬安师父身，守孝百天整，各立各的门，丘祖龙门派，长称老先尊。

3. 山东快书艺人的拜师仪

高派山东快书自奉为道家门的，是丘祖龙门派山东（河东）老张门。师祖蔺教友，师爷戚永立，师父高元钧。山东老张门至今传到“至”字辈，整整二十一代。从拜师仪式来看，也有些许道门痕迹。高元钧当年拜戚永立为师，也举行过小小的仪式。弟子拜师都要给丘祖像磕头，丘祖像上写有“天地君臣师”五字。烧上几炷香，徒弟向师父行礼，师父念念有词，口传这么四句话：

> 小小道童身穿蓝，我奉仙师下高山，今逢黄道是吉日，我替仙师把道传。

仪式虽然简单，但依旧能看出艺人自视为道家传人。曲艺艺人对丘祖念念不忘，不但在拜师时祭拜丘祖，每年也都会举办祭祀丘祖的活动。

4. 祭祀丘祖活动

曲艺艺人供奉丘祖，艺人每逢年节都要请上丘祖牌位，给丘祖烧香叩头。除此之外，还会在临时场所、祭祀会、丘祖庙等地点举行祭祀丘祖活动。新中国成立前一年一度的淮阳太昊陵会，道情艺人中保存有丘处机画像的人先到会上定好客店，凡到此会行艺的道情艺人都要到这一店中集中。每天早晨所有艺人都要向丘祖画像烧香叩头，然后才能出外行艺。

1937年，有常门南口艺人在光山县槐店刘大冲举办祭祀会，据说是由常门南口唱法的创始人张明元主持，有八十多位常门弟子参加。从此祭祀会每年举办一次。除1938年在新县济湾乡柳树湾活动外，其余均在光山县槐店刘大冲举办，直到新中国建立。祭祀会设教主（即会长）、值堂司（执法人）、主持（总管）。祭祀会的议程是：祭祖朝祖，向祖师丘长春祭拜；传道，宣解十大路规（即“十大条款”）；对祖反省、检讨自己有何违规之处和请求惩处；写帖，为新入常门弟子办理拜师帖子；暖寿，为表祭祖诚心，参会者彻夜焚香烧纸并进行切磋技艺的活动；拜祖，鸣放鞭炮，祭祖结束。

（四）长春会：曲艺行龙门派的艺人组织

曲艺艺人的组织叫长春会，最早是由尊奉道教龙门派创始人丘长春为师祖的道情、评书艺人自发组织的行会。内部以宗派为主，聚会时互通师承，行使师权。后逐渐由龙门派艺人的行会演变成整个江湖艺人的团体。连阔如先生的《江湖丛谈》称：“在早年，江湖人到了他们有地盘之处，都有一种组织。他们江湖人的团体，叫做长春会。”书中介绍，长春会会长是由艺人们共同推举出的，会长必须德高望重，本领过人，做事光明，遇事不畏艰难，能调停事端，排难解纷，大家尊敬他，遇事都受他的调动。长春会处理事务分内外两种。对内，每逢庙会集市，为外来艺人安排住处、场地，制裁违犯行规的艺人。对外，举办庙会，安排做生意的地点，与本地士绅商议事务，保全艺人的利益。长春会在旧时各县的乡镇多有存在，民国时期较为著名的有开封长春会、济南长春会和北京长春会。

1. 开封长春会

会址设在开封市大南门里惠济桥东北角的丘祖庙，起始年代不详，在清宣统元年（1909）已有了活动。开封长春会于每年农历正月十九丘祖诞辰日祭祖。届时，在开封演出的不仅有道情、评书艺人，其他大鼓书、坠子等曲种的艺人也要到丘祖庙集会，设坛祭祖。长春会会长由民主选举产生，会费由艺人集资。长春会会规很严，若有违犯行规会约，影响会内声誉者，就请其到会内“吃茶”(即受惩罚)，严重的由师父当众逐出师门。外地艺人到开封演出，首先要和长春会会长接洽，由会长引导到各书场拜会正在演出的艺人，并安排场地。一般艺人都争着将自己的场地让给客人。若过路艺人断了川资，本地艺人要给予帮助。当时曲艺行没有义地，亡人无处葬埋，长春会购买城西北孙李唐庄的四亩地，从此结束了艺人们原来“生无家可归，死无土葬埋”的悲惨历史。1927年，冯玉祥指令教育厅开办游艺训练班，开封长春会曾一度分为评书研究会、坠子研究会、鼓词研究会和丝音会等，后来各研究会相继解体，仍恢复为长春会。新中国成立后，长春会改为曲艺改进会，1954年改为曲艺会。1955年社会主义改造时，丘祖庙收归房管局，该会自此解体。

2. 济南长春会

该会是济南早期说书艺人组织，成立于清光绪三十年（1904）。初为艺人互助组织，后来逐渐扩大规模，并管理艺人收徒事宜，以及为艺人排难解纷。至1916年改建为“书词娱化社”。社址在趵突泉前门外路内，后来又购置千佛山西南麓义地，解决了穷苦艺人身后安葬问题。1920年左右，在原书词娱化社基础上，又改建为“书词艺员联谊会”，会长为马立元。办公地点移在趵突泉小蓬莱后院门里，仍以推动书词艺人联谊互助为目的，但开始注意艺人业务方面的培养教育，所以积极协助山东省民众教育馆书词研究会组织新书词创作，开办训练班举行轮训，以提高艺人文化历史知识及表演艺术水平。同时，联谊会在关心艺人福利事业、安排艺人演出生活等方面做了很多工作。很快在青岛、济宁、德州、泰安等地建立分会，并以济南为中心，发展成为一个全省性的民间艺人组织。会中除说书艺人外，还包括戏法、洋片、摔跤、皮影等各类杂耍艺人，对山东民间艺术事业发展产生过非常重要的作用。1928年济南“五三惨案”后，易名为“济南书词公会”，仍由马立元任会长。1940年后由李伯川、傅振海继任。

3. 北京长春会

该会是由北京杂耍艺人在清末民初时成立的。每年旧历四月十八日，长春会艺人们都要到崇文门外东晓市路北药王庙西跨院一间殿堂内祭祖师周庄王。每年由本会艺人轮流推一位长者主持祭礼。会员都交香火费。日伪统治时期，敌伪政府查究长春会，这个组织便改名为“北京鼓曲长春职业公会”，由梅花大鼓老艺人王文瑞先生承头。抗战胜利后，国民党政府要求改掉日伪时期所起的名字。1946年，几个牵头人一商量，便正式定名为“北平曲艺公会”，公推曹宝禄为理事长。每年旧历四月十八，公会仍组织鼓曲、评书、相声、杂技艺人们到药王庙祭祖师爷。曲艺公会的活动一直维持到北京解放初期，会员发展到三百多人，下面曾分成鼓曲、音乐、杂技、勤务等几个组。

明代朝廷重正一而轻全真，这使得全真教益发世俗化。于是，全真龙门派道士深入民间宣唱道情，警世劝善，使得道情从庙堂走向乡野，由此产生了龙门派说唱艺人，并直接影响了道情、大鼓、评书、河南坠子等北方曲艺各流派的形成及发展。新中国成立以后，国家十分重视曲艺的社会教育意义，曲艺得到了保护和发展，但因为时代的原因，艺人逐渐脱离了龙门派传统。龙门派与曲艺的关系是一种独特的文化现象，然而由于曲艺界与道教界相互不熟悉，很少有人重视曲艺行龙门派的研究，仅有各地方的文史资料中只言片语地提及此事。如今，曲艺行已日趋衰落，龙门派更是难觅踪迹。

（本文系“道教之音”网站根据尹信慧道长主编的2012年国际学术研讨会论文集暨《茅山乾元观与江南全真道》整理而

成，原文标题《“教外别传”论曲艺行中的龙门派——兼述明代全真龙门派的传播》，作者为大连市长春庵道观曲爽）

【附录2】

怀抱渔鼓简板唱道情的艺人

（此图见鱼子虚先生网文）

第十一讲　时代宗教生态：佛道并存与佛道争胜

经过前面的十讲，小说《西游记》与全真教之间具有相当密切的关系，应该没有多少疑问了。接下来的问题回到了本书开始提出的那个悬念：既然书中有如此大量的道教因素，那么为什么小说对道教的总体态度不够友好呢？

在回答这个问题之前，要再次明确一点，小说《西游记》是经过相当长的时间累积而成的。各种迹象表明，那些全真教元素进入文本，应是在元末明初的一段时间里；而小说（指世德堂本）的最后加工、定稿及刊行，则是百余年后的隆庆至万历前期。

一

东汉明帝开始，佛教传入中土，至南北朝渐次兴盛。从思想文化的角度看，与儒家、道家（道教）渐成鼎足之势。至东汉末年，牟融著《理惑论》，其序言论及著述缘起：

> 牟子既修经传诸子，书无大小靡不好之。……锐志于佛道，兼研老子五千文，含玄妙为酒浆，玩五经为琴簧。世俗之徒，多非之者，以为背五经而向异道。欲争则非道，欲默则不能，遂以笔墨之间，略引圣贤之言证解之，名曰《牟子理惑》云。①

他作为博学之士，很清醒地看到，儒、释、道各有自己的价值，佛教的传入可以丰富人们的精神世界，所以不妨并存。这可视作三教互补观的滥觞。

东晋高僧支道林，佛学深湛，同时又精研老庄，时常与士林名流讨论各种玄学命题，名重于一时。他引佛理注《庄》，开启了思想界释道相融之路。

唐代思想较为开放，儒家与道教、道家，以及佛教、祆教等外来文化在多数时间里能够和平相处。读王维、李白、杜甫、白居易等著名文人作品，可见其思想倾向虽各有侧重，但都兼摄了多方面的元素。到五代时，有文士元嵩著《齐三教论》七卷，相当全面地阐述儒释道相融互补的道理。

宋代，三教互补相融的观念更加深入人心。理学的开山祖周

① 释僧佑：《弘明集》卷一，《大正新修大藏经》第52册。

敦颐借鉴了佛学与道家的思想，才搭建起理学的思想框架，以致被人嘲笑为“周茂叔，穷禅客”。统治者因应形势，来利用这样的思想格局。宋太宗诏翰林承旨苏易简、道士韩德纯、僧人赞宁，编纂《三教圣贤事迹》，三方面不偏不倚，各为五十卷。编成之后，诏命赞宁为首座。

如前所述，金元之际，全真教力倡三教归一，大量援佛入道，无论是话语层面，还是“理论”层面，都把佛道交融的水准提到空前的程度。

这种情况，到明代中叶“普及”到了全社会。据《思辨录辑要》称：

> 三教合一之说，自龙溪大决藩篱，而后世……立庙塑三教之像，释伽居中，老子居左，以吾夫子为儒童菩萨，塑西像而处其末座。缙绅名家亦安然信之、奉之。噫！有王者作，吾知两观之诛，不待时日也。[①]

“龙溪”即王阳明的高足王畿。实际上，王阳明的心学就是融合三教的产物。著名的“天泉论道”中，王阳明提出的“阳明四句教”——“无善无恶心之体，有善有恶意之动，知善知恶是良知，为善去恶是格物”，本身就是儒学与佛学的融通。而陆世仪《辑要》指责的“立庙塑三教之像”，明清两代以迄于今日，可谓是屡

① 陆世仪：《思辨录辑要》卷三十一，《四库全书》子部儒家类。

见不鲜了。最为典型的是少林寺的《混元三教九流图赞碑》。碑上的“三教九流图”正面看是佛陀，侧面看，一边是孔子，一边是老君。图像上方有赞词略云：“佛教见性，道教保命，儒教明伦，……三教一体，九流一源，百家一理，万法一门。”据称，这幅图出自明宪宗之手，这段文字也出自宗室成员，因而具有一定的权威性，对于明代三教相融的思潮有推波助澜的作用。

这种情况，反映到《西游记》中，便是“三教归一”的一些口头禅。如第二回：

祖师登坛高坐，唤集诸仙，开讲大道。真个是——天花乱坠，地涌金莲。妙演三乘教，精微万法全。……说一会道，讲一会禅，三家配合本如然。

这“三家”指的就是“儒”“释”“道”。而后面“安天大会”的描写，由代表皇权（儒家）的玉帝主办，佛教与道教领袖一起参加，可说是“三家配合”的成功实践。再往后，在取经途中，第四十七回，还从孙悟空的口中对车迟国王义正词严地讲出一番大道理来：

望你把三教归一：也敬僧，也敬道，也养育人才，我保你江山永固。

而“国王依言，感谢不尽”，显然是完全接受了孙悟空的“三教归一”的主张。

其实称“三家”好理解，称“三教”便有歧义。因为我国古代没有严格的“宗教”概念，这里称“三教”并非把儒家视为宗教，与称“三家”并无二致。同一《西游记》，前面讲“三家配合”，后面讲“三教归一”，意思都是说：儒、释、道应该共存而互补，发挥彼此不同的功效，配合起来解决、治理好人生与社会的问题。这样的观念，在《西游记》中也有一定的体现。除了上述的口头禅之外，人世之外的“他界”之大框架也是佛道共处的。

听起来，“三教”互补，甚至归一，真是理想的和谐、包容状态。但是，这只是问题的一个方面。另一面则是，自佛教传入，三家的摩擦从未断过；同作为宗教的佛道二家彼此争胜，更是掀起过多次惊涛骇浪。

即以思想文化相对繁荣、开放的唐代而言，在共存的背后，双方的角力却是相当激烈。开国之初李世民即下诏崇道抑佛，称“自今已后，斋供行位，至于称谓，道士女冠可在僧尼之前。庶敦本之俗，畅于九有；尊祖之风，贻诸万叶”。诏下之后，佛徒上表力争，僧智实坚不奉诏，被杖责而死。道教则在政治上得到李唐皇室支持，取得优势地位。武则天上台后，反其道而行，尽力扶持佛教，大力营造佛堂、佛像，对佛教徒厚加赏赐；同时，削去太上老君的“太上玄元皇帝”尊号，规定“释教在道法之上，僧尼处道士女冠之前”。到了唐玄宗李隆基即位，再次改弦更张，重新推行崇道政策，提高道教地位，包括：不断提高老子封号，尊为“大圣祖高上大道金阙玄元天皇大帝”。令天下诸州普遍建立玄元皇帝庙，每年依道法斋醮。这种争胜状况直到唐王朝覆灭才告消歇。

再以全真教兴盛的元代而言，一方面因丘处机西行受到成吉思汗赏识，全真教得到了发展的契机，经过三十余年的经营，全真道的宫观、弟子遍布于北方广大地区。《修武清真观记》称：“丘往赴龙廷之召，……自是而后，黄冠之人，十分天下之二。声焰隆盛，鼓动海岳。”但另一面，蒙元统治者出于民族、政治等方面的考虑，给予藏传佛教更高的荣誉，忽必烈诏赠帕克斯巴为“皇天之下一人之上宣文辅治大圣至德普觉真智佑国如意大宝法王西天佛子大元帝师”。自此，“帝师”之设，终元一世再未中断。而且，朝廷主持了三次佛道廷前辩论，皆以道教惨败告终。败北后，道观被没收，道士被削发为僧。

所以，现实中的宗教关系，并存、归一是良好的愿望，争胜、摩擦是无可避免的事实。正如《元史·释老传》所言：

> 释、老之教行乎中国也，千数百年。而其盛衰，每系乎时君之好恶。是故佛于晋、宋、梁、陈，黄、老于汉、魏、唐、宋，而其效可睹矣。元兴，崇尚释氏，而帝师之盛，尤不可与古昔同语。惟道家方士之流，假祷祠之说，乘时以起，曾不及其什

一焉。[1]

这种情况，到了明代，依然循环上演。

明成祖朱棣自称靖难夺权是得到道教信仰的玄武大帝的帮助，于是“肃命臣工即五龙东数十里得胜地焉，创建玄天玉虚宫，于紫霄、南岩、五龙创建太玄紫霄宫，大圣南岩官、兴圣五龙宫。又即天柱之顶冶铜为殿，饰以黄金，范真武像于中，享礼无极……”武当各道观香火盛极一时。而到了孝宗朱佑樘，即位不到两月，便下令汰除道教传奉官，罢遣“真人”“高士”及正一演法诸道官一百二十三人，“真人”降左正一，“高士”降左演法，追夺印章及诸玉器。“先朝妖佞之臣，放斥殆尽。”

而三十年后，事情又出现一百八十度大反转，那便是中国历史上佞道第一的明世宗嘉靖朝。

二

我们先来看几种原始的文献资料。

先来看《明史》：

（陶仲文）封“神霄保国弘烈宣教振法通真忠孝秉一真人”。明年八月，欲令太子监国，专事静摄。太仆卿杨最疏谏，

① 《元史》卷二百二《释老传》，中华书局，1976年，第4517页。

杖死，廷臣震慑。大臣争谄媚取容，神仙祷祀日亟。以仲文子世同为太常丞，子壻吴濬、从孙良辅为太常博士。帝有疾，既而瘳，喜仲文祈祷功，特授少保、礼部尚书。久之，加少傅，仍兼少保。……给事中周怡陈时事，有“日事祷祠”语。帝大怒，悉下诏狱，拷掠长系。吏部尚书熊浃谏乩仙，即命削籍。自是，中外争献符瑞，梵修、斋醮之事，无敢指及之者矣。帝自二十年遭宫婢变，移居西内，日求长生，郊庙不亲，朝讲尽废，君臣不相接。独仲文得时见，见辄赐坐，称之为师而不名。……加仲文少师，仍兼少傅、少保。一人兼领三孤，终明世，惟仲文而已。久之，授特进光禄大夫、柱国兼支大学士俸，荫子世恩为尚宝丞。复以圣诞加恩，给伯爵俸，授其徒郭弘经、王永宁为高士。①

这是讲的嘉靖帝因佞道而崇信陶仲文的情况。道士陶仲文骗得嘉靖帝信任后，位极人臣，竟然同时担任“三孤”，为整个明代绝无仅有之事。而且他的儿子、徒弟也都得居高位。正直的大臣对此有所批评，或斥逐，或处死。于是，朝廷上下一片谄谀、逢迎之声。相应的，社会上也出现了大量伪造祥瑞的骗局，社会氛围日益乌烟瘴气。

相佐证的如《明史纪事本末》专设“世宗崇道教”条目，略云：

---

①《明史》卷三百七《佞倖传》，中华书局，1974年，第7896—7897页。

十四年四月，改僧录司于大隆善寺，僧徒还俗者听，并移姚广孝神位。

十五年春正月，加致一真人邵元节道号，赐玉带冠服。……勅建真人府都城西，落成命夏言作记刻之庭，岁给禄一百石，遣缇骑四十人充扫除役，赠田三十顷，蠲其租徭。……十月除禁中佛殿，建慈庆慈宁宫。时帝欲除去释殿，召武定侯郭勋、大学士李时、礼部尚书夏言入视大服千善殿，有金铸象神鬼淫亵之状，又金函玉匣藏贮佛首佛牙之类，及支离傀儡凡万三千余斤。……毁之通衢，永除之。……十二月以皇嗣生，录致一真人邵元节祷祀功，加授礼部尚书，给一品服，俸赐白金文绮宝冠法服貂裘，授其徒邵启为等禄秩有差。

十九年十一月进陶仲文为忠孝秉一真人，领道教事，寻加少保、礼部尚书、又加少傅，食一品俸。

二十五年八月，加封陶仲文伯爵，仲文特进光禄大夫柱国，兼支大学士俸；任一子尚宝司丞。二十九年夏四月，加封陶仲文恭诚伯。……皇帝道号“三天金阙无上玉堂都仙法主元道德哲慧圣尊开真仁化大帝”，献皇后号“三天金阙无上玉堂总仙法主元道德哲慧圣母天后”……[①]

《日下旧闻考》记朝堂上迎合上意的情况：

① 谷应泰：《明史纪事本末》卷五十二，见《四库全书》史部三纪事本末类。

十四年四月，大兴隆寺灾，御史诸演言：“佛者非圣人之法，惑世诬民。皇上御极，命京师内外，毁寺宇，汰尼僧，将挽回天下于三代之隆。今大兴隆寺之灾，可验陛下之排斥佛教，深契天心矣。”①

又如《万历野获编》的“僧道异恩”条：

至嘉靖中叶，上居西内，躬行斋醮，邵、陶辈宠冠古今，……又用羽流言，焚弃佛牙头骨几尽，而释氏之不振极矣。②

比起《明史》，这里对嘉靖皇帝佞道的记载更加具体。在陶仲文之前，嘉靖皇帝宠信邵元节，尊以高官厚禄。后续又有陶仲文、盛端明、顾可学等。可以说，终嘉靖一朝，对道教的崇奉是未曾稍歇的。而形成强烈对比的则是贬斥佛教，拆除佛像，没收佛寺改为道观。嘉靖帝打击佛教是全方位的，不仅把宫中珍藏的“佛首佛牙，毁之通衢，永除之”，甚至把永乐帝的国师、僧人身份的姚广孝也移位撤祀。此外，这里所记嘉靖帝给自己加荒唐无稽的道教尊号——“三天金阙无上玉堂都仙法主玄元道德哲慧圣尊开真仁化大帝”；服食道士们进献的各

① 朱彝尊：《日下旧闻考》卷四十三，见《四库全书》史部十一地理三。

② 沈德符：《万历野获编》卷二十七，中华书局，1959年，第684页。

种匪夷所思的所谓“丹药”，以求长生，都达到了前所未有的程度。

《明史》还记载了嘉靖朝一件空前绝后的宫廷惨案：

> 二十一年，宫婢杨金英等谋弑逆，……是夕，帝宿端妃宫。金英等伺帝熟寝，以组缢帝项，误为死结，得不绝。同事张金莲知事不就，走告后。后……命收端妃、宁嫔及金英等悉磔于市，并诛其族属十余人。①

嘉靖帝迷信道士的“药方”，据《万历野获编》，“嘉靖间，诸佞幸进方最多，其秘者不可知，相传至今者，若邵、陶则用红铅取童女初行月事炼之如辰砂以进；若顾、盛则用秋石取童男小遗去头尾炼之如解盐以进。此二法盛行，士人亦多用之。然在世宗中年始饵此及他热剂，以发阳气，名曰长生，不过供秘戏耳。”“嘉靖中叶，上饵丹药有验。至壬子冬，命京师内外选女八岁至十四岁者三百人入宫，乙卯九月，又选十岁以下者一百六十人，盖从陶仲文言，供炼药用也。其法名先天丹铅，云久进之可以长生。王弇州《嘉靖宫词》所云‘灵犀一点未曾通’，又云‘只缘身作延年药’是也。”因为听信道士的邪方，而掠取民间少女入宫。女孩子们不堪其摧残，铤而走险集体谋杀暴君，失败而惨死。若非遭受了十分不堪的蹂躏，少女们是不可能做出这样危险举动的。宫女

①《明史》卷一百十四《后妃传》，第3531—3532页。

集体殊死反抗，是我国历史上绝无仅有的一次。这也从一个侧面证明了嘉靖帝佞道之荒唐，之极端。

《明史》另一相关记载是《海瑞传》，略云：

> 世宗享国日久，不视朝，深居西苑，专意斋醮。督抚大吏争上符瑞；礼官辄表贺。廷臣自杨最、杨爵得罪后，无敢言时政者。四十五年二月，瑞独上疏曰："臣闻君者，天下臣民万物之主也……一意修真，竭民脂膏，滥兴土木。二十余年不视朝，法纪弛矣；数年推广事例，名器滥矣……今乃修斋建醮，相率进香，仙桃天药，同辞表贺，……陛下误举之，而诸臣误顺之，无一人肯为陛下正言者，谀之甚也……陛下之误多矣，其大端在于斋醮……此左右奸人造为妄诞，以欺陛下。而陛下误信之，以为实然，过矣……切切于轻举度世，敝精劳神，以求之于系风捕影、茫然不可知之域。臣见劳苦终身，而终于无所成也。"……逮瑞下诏狱，究主使者，寻移刑部，论死。狱上，仍留中。户部司务何以尚者，揣帝无杀瑞意，疏请释之。帝怒，命锦衣卫杖之百，锢诏狱，昼夜搒讯。越二月，帝崩。穆宗立，两人并获释……既释，复故官，俄改兵部，擢尚书丞，调大理。[①]

这里记的是与佞道密切相关的海瑞上书事件。海瑞冒死上书，列

① 《明史》卷二百二十六，《海瑞传》，第5928—5931页。

举了朝政种种腐败、混乱之后，指出最重要的问题所在——“陛下之误多矣，其大端在于斋醮”。而正因为触及了最敏感的逆鳞，不仅海瑞自己被系狱“论死”，连为他求情的官员也被廷杖，甚至“昼夜搒讯”。

列举这些事例，是要说明：嘉靖皇帝的崇道灭佛达到的极端程度，以及这方面的倒行逆施必然造成的宗教生态的混乱，以及可以想见的社会不满。

三

物极必反。嘉靖皇帝驾崩，隆庆皇帝继位。即位当日，昭告天下，革弊政三十余端，而首先开列的几则都是有关于对嘉靖皇帝佞道恶果矫正的举措。据《明穆宗实录》卷一：

> 以是月二十六日，祗告天地宗庙社稷，即皇帝位。以明年为隆庆元年……推类以尽义，通变以宜时，期衍旧恩，诞弘新化，所有合行事宜，条列于后：……一、自正德十六年四月以后，至嘉靖四十五年十二月以前，建言得罪诸臣，遵奉遗诏，存者召用，殁者恤录，吏礼兵部作速查开职名议拟具奏；一、方士人等，遵奉遗诏，查照情罪，各正刑章。王金、陶仿、申世文、刘文彬、高守中、陶世恩，妄进药物，致损圣躬，着锦衣卫拿送法司，从重究问。唐秩、章冕等，各以符法，滥叨恩

赏，着押发原籍为民。书造局、真人府……遣回本处，焚修其所。授太常寺官职，及真人高士名号，尽行革去。一、斋醮工作，遵奉遗诏，悉皆停止。其原建斋醮之所，令应作何处置，礼部逐一查议，……但有因斋醮工作加派者，该部通行查奏停革。一、……广东采珠，买黄白蜡、降真香，及与福建买龙涎香……并各处采芝，遵奉遗诏，悉皆停外，其南京苏杭织造，内臣诏书到日，俱即回京。……尚体朕心，各摅匡辅之诚，共保昌熙之祚，播告中外，咸使闻知。”①

拨乱反正，由此开始，可见嘉靖朝佞道的荒唐、极端实已达到了天怒人怨的地步。而据《明史》，隆庆帝上台后，立即削夺道士邵元节、陶仲文爵诰，毁除为他们所建立的坊牌、墓碑，以及宅院、宫观、亭台上的各种匾额，收回所赐各种恩赏。隆庆二年（1568），诏停“正一真人”名号，止称“提点”——大幅度降低了道教的地位。受到惩处的是一大批附和佞道旨意的朝官，以及得宠的道士，如：

（陶）世恩后至太常卿。隆庆元年，坐与王金伪制药物，下狱论死。（陶）仲文秩、谥亦追削。

顾可学……自言能炼童男女溲为秋石，服之延年。……遂命为右通政，嘉靖二十四年，超拜工部尚书，寻改礼部，再加至

① 《明穆宗实录》卷一，“中央研究院”历史语言研究所校印，第11—22页。

太子太保。

盛端明……自言通晓药石，服之可长生。由陶仲文以进……遂召为礼部右侍郎，寻拜工部尚书，改礼部，加太子少保，皆与可学并命。二人但食禄不治事，供奉药物而已……隆庆初，二人皆褫官夺谥。

朱隆禧……加太常卿致仕，居二年加礼部右侍郎……隆庆初褫官。

四十一年冬，命御史姜儆、王大任分行天下，访求方士及符箓秘书……至四十三年十月还朝，上所得法秘数千册，方士唐秩、刘文彬等数人。儆、大任擢侍讲学士秩等，赐第京师。儆不自安，寻引退。大任入翰林，不为同官所齿。隆庆元年正月，言官劾两人所进刘文彬等已正刑章，宜并罪。遂夺职。①

而最为天下瞩目的事件当属海瑞的平反。海瑞因直言而获罪，所言之核心在抨击君主的佞道。为之求情者，也连带获重罪。此事具有"风向标"的意义。隆庆帝即位第一天便赦免海瑞，随后委以重任。这在朝野引起的轰动可以想象。

而这样的舆论环境，以及所形成的新的宗教生态，正是《西游记》(世德堂本) 在原有的世代累积而成的基础上再加工的时代大背景。

反映到文本中，便自然形成了全书贬道扬佛的宗教立场与叙

① 《明史》卷三百七，《佞倖传》，第7898、7902、7903、7903、7903—7904页。

事态度。

四

我们还是回到《西游记》的文本中。

前面讲过，《西游记》总体来看对道教的态度不够友好。但这种不友好的态度，在各回中的表现有所差别。有几回，贬斥道教几乎到了“敌视”的程度。如四十四、四十五、四十六三回书，讲车迟国的故事，里面既写了骗道士喝尿，更写了猪八戒把太上老君的神像一嘴拱翻，并把道教供奉的三个最高神——“三清”神像一起丢进了粪坑。又如七十八、七十九两回书，写比丘国的妖道迷惑昏君，要把一千多个小儿心肝当长生药引。

如果细读文本，会发现这五回书有一个显著的特点，就是没有全真道的术语。

我们在第二讲曾列举过一系列全真道术语。最多的是孙悟空、猪八戒、沙和尚的“别号”，通过这些别号使其承载了内丹术的特定意义。还有就是内丹术自身的常用术语。我们不妨对其中主要术语在全书出现的情况做一个数量统计，剔除与内丹术无关的情况（如“水火”，用于“金木水火土”“水火篮”等均不计），结果如下：

“别号”类——“心猿”，出现27次；“意马”，出现6次；“猿马”，出现5次；“乖猿”，出现2次。“金公”，出现5次；“木母”，出现15次；“黄婆”，出现7次；“金木”，出现5次；“土木”，出现2次；“刀圭”，出现2次。

“术语”类——“养性”，出现9次；“婴儿”，出现9次；“姹女”，出现6次；“水火”，出现8次；“铅汞”（包括“抽铅添汞”“真汞真铅”等），出现8次；“三三”，出现4次；“龙虎”，出现4次；“坎离”，出现4次；“肾水”，出现2次。

这些具有鲜明道教色彩的词语，在《西游记》（世德堂本）中共出现了130次。而在上述五回书中，竟然一个也没有出现过。

也就是说，最为敌视道教的文本段落中，道教的话语也相应地毫无踪影。

这是个明显的事实，但从未被研究者注意到。

如何解释这一现象？

我们先来看看浓墨重彩的车迟国故事从何而来。

若从“斗法”的大思路来看，“西游”故事的这方面因素是发端于《大唐三藏取经诗话》猴行者与店主人的较量。不过，那只是个思路的相近。《西游记》的车迟国一段更直接的渊源是《朴通事谚解》。其中有大段的“车迟国”故事：

> 唐僧往西天取经去时节，到一个城子，唤做车迟国。那国王好善，恭敬佛法。国中有一个先生，唤伯眼，外名唤烧金子

道人（《西游记》云：“有一个先生到车迟国，吹口气，以砖瓦皆化为金，惊动国王，拜为国师，号伯眼大仙”），见国王敬佛法，便使黑心，要灭佛教，但见和尚，拿着曳车解锯，起盖三清大殿，如此定害三宝。

一日，先生们做罗天大醮，唐僧师徒二人，正到城里智海禅寺投宿，听的道人们祭星，孙行者，师傅上说知，到罗天大醮坛场上藏身，夺吃了祭星茶果，却把伯眼打了一铁棒。小先生到前面叫点灯，又打了一铁棒。伯眼道：“这秃厮好没道理！”便焦燥起来，到国王前面告未毕，唐僧也引徒弟去到王所。王请唐僧上殿，见大仙打罢问讯，先生也稽首回礼。先生对唐僧道：“咱两个冤仇不小可里。”三藏道：“贫僧是东土人，不曾认的。你有何冤仇？”大仙睁开双眼道：“你教徒弟坏了我罗天大醮，更打了我两铁棒。这的不是大仇？咱两个对君王面前斗圣。那一个输了时，强的上拜为师傅。”唐僧道：“那般着。”伯眼道：“起头坐静，第二柜中猜物，第三滚油洗澡，第四割头再接。”

说罢，打一声钟响，各上禅床坐定，份毫不动，但动的便算输。大仙徒弟名鹿皮，拔下一根头发，变做狗蚤，唐僧耳门后咬，要动禅。孙行者是个胡孙，见那狗蚤，便拿下来磕死了。他却拔下一根毛衣，变做假行者，靠师傅立的。他走到金水河里，和将一块青泥来，大仙鼻凹里放了，变做青母蝎，脊背上咬一口。大仙叫一声，跳下床来。王道：“唐僧得胜了。”又叫两个宫娥，抬过一个红漆柜子来，前面放下，两个猜里面有甚么。皇后暗使一个宫娥，说与先生柜中有一颗桃。孙行者变做个焦苗虫儿，飞入柜中，把桃肉都吃了，只留下桃核出来，说与师傅。王说："今番着唐僧先猜。"三藏说："是一个桃核。"皇后大笑："猜不着了！"大仙说："是一颗桃。"着将军开柜看，却是桃核，先生又输了。

鹿皮对大仙说："咱如今烧起油锅，入去洗澡。"鹿皮先脱下衣服，入锅里。王喝采的其间，孙行者念一声"唵"字，山神土地神鬼都来了。行者教千里眼、顺风耳等两个鬼，油锅两边看着，先生待要出来，拿着肩膀彫在里面。鹿皮热当不的，脚踏锅边待要出来，被鬼们当住出不来，就油锅里死了。王见多时不出时："莫不死了么？"教将军看。将军使金钩子，搭出个烂骨头的先生。孙行者说："我如今入去洗澡。"脱下衣裳，打一个跟斗，跳入油中，才待洗澡，却早不见了。王说："将军你搭去，行者敢死了也！"将军用钩子搭去。行者变做五寸来大的胡孙，左边搭右边趓，右边搭左边去，百般搭不着。将军奏道："行者油煎的肉都没了。"唐僧见了啼哭。行者听了跳出来，叫："大王有肥枣么？与我洗头。"众人喝采："佛家赢了也！"

孙行者把他的头先割下来，血沥沥的腔子立地，头落在地上，行者用手把头提起，接在脖项上依旧了。伯眼大仙也割下头来，待要接，行者念金头揭地、银头揭地，波罗僧揭地之后

（《西游记》云：“释迦牟尼佛在灵山雷音寺，演说三乘教法，傍有侍奉阿难伽舍诸菩萨、圣僧罗汉、八金刚、四揭地、十代坍王、天仙地仙。”观此，则揭地神名，然未详何神），变做大黑狗，把先生的头拖将去，先生变做老虎赶，行者直拖的王前面飐了，不见了狗，也不见了虎，只落下一个虎头。国王道：“元来是一个虎精。不是师傅，怎生拿出他本像？”说罢，越敬佛门，赐唐僧金钱三百贯、金钵盂一个，赐行者金钱三百贯，打发了。这孙行者正是了的。那伯眼大仙，那里想胡孙手里死了。古人道：“杀人一万，自损三千。”①

这段故事在《谚解》中是最为详细生动的，而被采择进世德堂本《西游记》的因素也相当多，例如：1. 和尚们被迫为道士“拽车”建造道观大殿——注意，连“拽车”的细节皆相同。2. 孙行者到道士的法事现场偷吃供果——同样，连算计小道士的细节都相同。3. 斗法比坐禅，道士与孙行者互相算计对方。4. 斗法比猜物，孙行者啃出桃核。5. 斗法比下油锅，孙行者算计死对方——孙行者开玩笑的细节也被吸纳到小说里。6. 斗法比砍头，孙行者算计死对方——变狗衔头的细节同样出现与小说中。

可以说，就现有的材料看，小说《西游记》吸取前代“西游”故事入文本，莫此为最。

当然，小说《西游记》的作者对此的再加工也是力度很大、

① 《西游记资料汇编》，第112—114页。

效果甚佳的。如小说里增添了猪八戒与沙和尚，于是偷吃供果的桥段就妙趣横生了。又如把“伯眼”改成了虎力大仙、鹿力大仙、羊力大仙，也使得故事更加摇曳多姿，等等。

但是，最为突出的改动是，原有的故事虽有佛道争胜的意味，却没有“三清丢粪坑”“道士喝和尚尿”这一类极端的笔墨。而这样的笔墨显然是最终的写定者——权且说是吴承恩吧，所加上去的。

毫无疑问，小说《西游记》的车迟国三回书是对《谚解》所引述的平话《唐三藏西游记》直接加工而成的，所以在宗教态度与话语系统都有别于其他多数段落。由于平话《唐三藏西游记》中毫无全真道话语的痕迹，所以可以断定，它出自与“全真版本”平行的另一个“西游”故事的系统。又由于平话这一大段故事中竟然没有猪八戒与沙和尚，所以可以断定这是比较早的一个版本。

这个案例可以证明，世德堂本《西游记》中抑道扬佛的文字是小说写定时进入文本的，与那些全真道诗文、话语进入文本的时间前后相差了二百多年。而这二百多年间，统治者的宗教政策，以及受政策影响的佛道二教的关系，都发生过不少变化，以至于呈现出了完全不同的社会宗教生态。

前后不同的社会宗教生态，最终以不同的形式——“态度”与“语词”——反映到同一个文本中，就表现为十分特异的矛盾状态。

第十二讲　对台戏："西游""西洋"与"封神"

嘉靖皇帝在位45年，即公元1522年至1566年；接下来是隆庆皇帝，在位6年，即1567年至1572年；后面是万历皇帝，在位48年，即1573年至1620年。

这一百年，特别是中间的五六十年，是我国历史上少有的宗教生态大幅度变化的时段——从反映于文学的情况来看，尤其如此。

万历二十年（1592），世德堂本《西游记》刊行。万历二十五年（1597），《西洋记》问世。而可能稍后，《封神演义》撰成。[①]

这三部百万字的长篇小说，内容都有十分浓厚的宗教文化色彩，而宗教立场截然相反，且颇有借小说扬己抑彼的动机，形成了文学史/文化史上罕见的"对台戏"现象。揭橥、分析这一现

①《封神演义》作者为全真道士陆西星（说详下文）。陆生于正德十五年（1520），卒于万历二十九年（1601）。故《封神演义》成书之下限可知。

象，对于加深认识《西游记》文本复杂、矛盾的宗教态度，是有借鉴意义的。

一

《西洋记》，全称《三宝太监西洋记通俗演义》，作者罗懋登。据卷首的《叙西洋记通俗演义叙》，书成于“万历丁酉岁菊秋之吉”——万历二十五年。顾名思义，其内容是写郑和当年率船队下西洋的经过，也可以说是一部“另类”的游记。

作为长篇的、带有神异色彩的、“国际”间的游记作品，《西洋记》与《西游记》题材十分相似。而沿途与各种魔怪或邪道斗争，二书也颇类似。不同的是，《西游记》与魔怪斗争的同时，常常伴有内部的矛盾；矛盾的双方主要是慧眼、精进的孙悟空与糊涂的唐三藏、贪懒的猪八戒。《西洋记》的内部矛盾则来自金碧峰与张天师。张天师是道教的领袖。金碧峰则是一尊“古佛”，地位还在释迦佛之上。所以，这两个形象就是道教与佛教的代表。贯穿全书三分之二篇幅的，正是金碧峰与张天师的变相的斗法——较量高低。而对此，作者扬佛抑道的态度十分鲜明。

从这个意义上讲，《西洋记》很像是放大了的“车迟国”故事，只是对道教的敌视态度没有那么强烈而已。由于这部书普及程度较差，了解其内容的人不多，下面的引述不免要稍微详细一点。

张天师与金碧峰开始交锋，起源乃由于张天师倡议"灭佛"。这一点，也与车迟国的故事相似。小说的斗法情节足足写了四回书，是整部小说的重头戏。第十回是"张天师兴道灭僧　金碧峰南来救难"，第十二回是"张天师单展家门　金碧峰两班赌胜"，第十三回是"张天师坛依金殿　金碧峰水淹天门"，第十四回是"张天师倒埋碧峰　金碧峰先朝万岁"，其中若干桥段与《西游记》的车迟国斗法颇为相似，如：

天师眉头一蹙，计上心来："姚太师他本是个僧家，我今日就在这个取玺上，要灭了他的僧家，教他城门失火，殃及池鱼。他日噬脐，悔之无及。"因是万岁爷着他要玺，他就回复道："臣有一计，要这个传国玺，如探囊取物，手到擎来。"万岁爷道："卿有何计，说来与朕听着。"天师道："臣有一事，依臣所奏，然后才敢献上计来。"万岁爷道："依卿所奏，钦此钦遵。"天师道："陛下要用取玺之计，先将南北两京一十三省庵庙禅林里的和尚一齐灭了，方才臣有一计，前往西洋取其国玺，手到玺来。"万岁爷只是取玺的心胜，便自准依所奏，即时传出一道旨意，尽灭佛门。该礼部知道。礼部移文关会两京十三省，晓谕天下僧人，无论地方远近，以关文到日为制，俱限七日之内下山还俗。七日以内未下山者，发口外为民；七日以外不下山者，以违背圣旨论，俗家全家处斩。四邻通同，不行举首者，发边远充军。

自古道：“近火者先焦”。这个金陵建康府近在辇毂之下，礼部发下了告示，五城兵马司追销。天下名山僧占多，南朝有四百八十座寺，无万的僧人，龙蛇混杂，一例儿都要撵他下山。况兼圣旨的事重，又岂可容情得的？众僧人哪一个敢执拗，只得收拾行囊包裹，一个个高肩担儿挑着，哭哭啼啼。……这些僧人下山出乎无奈，哪一个不致怨一声？人多怨多，却就惊动了五台山清凉寺里的那一位讲典的碧峰长老。长老正在升座玄谈，信风到了，长老便知其情，心里想道：“摩诃僧祇果真有此厄会，我若不行，佛门永不得兴起。我原日为甚么来住世也？”即时按住经典，吩咐提科的殿主上来：“你可对众僧人说，好好的看守祈场，我往南京去走一遭来。”……你看他头戴着圆帽，身穿着染色直裰，腰系着黄丝细绦，脚蹬着暑袜禅鞋，肩掮着九环锡杖，金光起处，便早已离了五台山，顷刻里就到了南京上清河。①

张天师借助皇帝的权力灭佛，“还俗”“充军”“处斩”——这种种狠辣措施与《西游记》车迟国、灭法国的描写如出一辙，也与嘉靖朝的事实相去不远。而金碧峰挺身而出救拔僧众，其角色则与《西游记》的孙悟空差相仿佛。

金碧峰到了南京后，施展神通，与张天师比试。先是张天师借《尊道赋》贬低佛教，继而二人遁形取物，这些都可以看出受

① 罗懋登：《三宝太监西洋记通俗演义》，上海古籍出版社，1985年，第125—128页。

《西游记》影响的痕迹。而接下来斗法更加激烈，二人赌上了砍头，内容是让神将现身。这几乎就是"抄袭"自《西游记》车迟国的桥段：

> 原来刮得风大，把个黑云都吹将去了。一时间云开见日，正交未时，太阳当空，万里明净，没有了云也罢，连风也没有了些。天师心上的官员又说道："似这等万里无云，神将想是半路上回去了。"张天师在于七七四十九张桌子上，激得只是暴跳，浑身是汗，直透重衣。心里又激得慌，太阳又晒得慌，把那些符牒一道未了，又烧一道，一道未了，又烧一道，一气儿烧了四十八道。符便烧了四十八道，天将却不曾见有半只脚儿下来。碧峰长老对着那个桌儿上高声大叫道："我把你当个神仙的后代，祖师的玄孙，原来尽是些障眼法欺侮朝廷，只这三日费了朝廷多少钱粮，你这惫懒的道人，怎么敢与我真僧赌胜？我欲待赢了你的项上六阳首级，又恐怕动了戒杀之心；我欲待饶了你的项上六阳首级，却又没有些甚么还你的灭僧之罪。也罢，朝廷在上，文武百官在前，自古道，'饶人不是痴，痴汉不饶人。'我且饶了你罢，我自回名山去也！"道犹未了，浑身上金光万道，原来这个和尚早已有影无形了。[1]

金碧峰把张天师惩治了一番，并逼迫其自认为徒。这里的佛道二

---

① 《三宝太监西洋记通俗演义》，第165—166页。

教争胜的味道相当显豁：

> 天师认得是个金碧峰，羞惭满面，冷汗沾衣，心里想道：“这和尚分分明明是我倒埋了他的，如何又会起来？”长老看见天师，问道：“天师，你这浑身重孝，为着哪个来？”天师无言可答，急急的除了梁冠，脱了斩服，解了孝绦，忙忙的簪上道冠，披了法服，围了软带，合着掌，望长老尽礼，也学僧家打个问讯。长老道：“你既是我的徒弟，你怎么不拜我？”天师道：“弟子低头便是拜。”长老道：“徒弟倒埋师父，得其何罪？”天师满口只说：“是，不敢，不敢！”长老道：“倒埋还是报德，还是报仇哩？”天师道：“今后弟子再不敢胡为，望乞赦罪。”①

张天师斗法失败，但内心并不宾服。于是，西行路上，二人继续比试，只是形式换了，改为面对同一敌人时各自的表现。如：

> 那官主的宝贝望空一撇，万道金光，千条紫雾，豁喇喇的响将来。天师也没奈何，跨上草龙而起。转到中军，浑身是汗，气喘做一堆。元帅大惊，说道：“天师为何这等模样？”天师却把个始末缘由告诉了一遍。元帅道：“天师尚然如此，何况这些将官！”马公公道：“似此难征，不如收拾转去罢！”王爷道：“兵至于此，有进无退，怎么说个转去的话？纵有甚么妖邪，

① 《三宝太监西洋记通俗演义》，第181页。

还有国师在那里，偏你会愁些。"元帅只得去请国师。国师道："贫僧也只好去劝解他一番。"……

到了明日，蓝旗官报红莲宫主讨战。国师戴一顶旧旧的毗卢帽，着一件旧旧的烂袈裟，一手钵盂，一手锡杖，一个儿逐步的摇也摇，摇近前去。……非幻禅师应声而去，照依师父口里的话语，拿着帖儿转了三转，伸手掀起钵盂来。那红莲宫主正是闷得不得过的时候，一下子开了钵盂，就是鳌鱼脱却金钩钓，摆尾摇头任所为。你看他两只脚平白地跳将起来，刚跳得一下，流水的口里吆喝道："饶命罢！饶命罢！"[①]

红莲宫主把张天师杀得"浑身是汗，气喘做一堆"，而第二天却向金碧峰"流水的口里吆喝道：'饶命罢！饶命罢！'"把张天师与金碧峰进行比较的意味十分明显。而类似的情节在作品中反复出现，每次都是张天师出乖露丑，金碧峰再来大展神通，如遭遇王神姑一节：

天师道："贫道请下了这许多天神天将，尚然擒他不住，怎么贫道又去得？"国师道："天师不必多谦，贫僧相赠一件宝贝，就可擒拿得他。"天师道："既蒙国师见教，贫道何敢推辞，明日情愿出马。"……国师却也在中军帐上，问天师道："贫僧与你的宝贝，带在哪里？"天师道："带在左边臂膊上。"国师道："阿

① 《三宝太监西洋记通俗演义》，第629—638页。

弥善哉！你怎么挂它在臂膊之上？你也承受它不起。你也难为你的子孙。”天师心里想道：“拿了几颗数珠儿，真才就当个宝贝。”没奈何，只得上前去问一声道：“这宝贝还是带在哪里才好？”国师道：“须带在颈项上，方才消受得它起。”天师连忙的取出来，带在颈项之上。天师已然出阵，国师又叫回来，叮嘱他说道：“天师此去，但见了王神姑，不可与他讲话，竟自把个宝贝儿望空一撇，便就擒拿了他。”……天师大怒，骂说道：“泼贱婢，偏你的马就是马，难道我骑的就是驴儿！”把个青鬃马猛地里加一鞭，实指望小秦王三跳涧。哪晓得是个触藩羝羊，进退两难，连人连马，都失在涧底下去了。那条涧却好又是个淤成的稀烂涅泥，那个马陷得住住的，方才扬起前蹄来，后面两个蹄子又陷下去了；方才跳起后蹄来，前面两个蹄子又陷下去了。天师大惊，说道：“此事怎么是好？陷在这里不至紧，倘撞遇着那个妖婢一箭射来，吾命也难保。”……没奈何，只得挂着在藤上。正然挂得没奈何，只见五万的土黄蜂一阵来，一阵去，你来一针，我去一针。天师道：“这正是黄蜂尾上针。叵耐这小虫儿也如此无礼。”一只手拽着藤，一只手扑上扑下。幸喜得一阵大风，乌天黑地而来，把些黄蜂一过儿吹将去了。黄蜂便吹了不至紧，又把个天师吹得就是个打秋千的一般。这边晃到那边去，那边晃到这边来。……风过后才然平稳些，恰好的藤上又走下两个小老鼠儿来，一个白白如雪，一个黑黑如铁。白的藤上磨一磨牙，黑的藤上刮一刮齿。天师骂声道：“你敢咬断了我的藤，我明日遣下天神天将来，把你这些畜类，打做一锅儿熬了你。"只见那两只小老鼠恰像省得人讲话的，你也咬一口，我也咬一口，把个葛藤二股中咬断了一股。天师道："屋漏更遭连夜雨，行船又被打头风。我已自不幸挂在藤上，谁想这个鼠耗又来相侵。我寻思起来，与其咬断了藤跌将下去，莫若自己解开纥继跳将下去，还有个分晓。"转过头来照下一看，天师心里连声叫苦也，连声叫苦也。怎么连声叫苦？原来山脚下水面上有三条大龙，一齐张开口来，一齐的毒气奔烟而出。两旁又有四条大蛇，也是一齐张开口来，也是一齐的毒气奔烟而出。把个天师心里只是叫苦，却又无如之奈何，……好个王神姑，一面想定了，一面双手就过来，把个天师颈膊子低下一捞，一捞捞将过去。原来是一挂数珠儿，数一数只得一百零八颗。拿在手里，只见数珠儿毫光紫气，爱杀人也。王神姑心里又想道："这定是件宝贝，是个战胜攻取的家伙。待我且挂将起来，却不落得一个赢家常在手？"他看见天师挂在颈脖子底下，他也把个数珠儿挂在颈脖子底下。哪晓那一挂数珠儿是个活的，划喇一声响，一个个就长得斗来大，把个王神姑压倒在地上，七孔流血，满口只叫道："天师，你来救我也！"①

张天师不是王神姑的对手，只得乞援于金碧峰。但他借了金碧峰的宝贝却不肯听从指教，于是陷入了窘境。这一大段，极力描写

① 《三宝太监西洋记通俗演义》，第501—512页。

张天师的窘困惨相，揶揄嘲弄的态度溢于笔端。而黑白小鼠咬藤，四条大蛇喷毒，用的都是佛教的典故。作者借小说表达对道教的不满以致敌视的写作态度可谓毫不掩饰。

《西洋记》的这种态度，在其无谓插入的吕洞宾故事中，更是有赤裸裸的表现。

第十一回，写金碧峰来到南京，召见当地神祇，于是借溧水县城隍之口讲了吕洞宾的一件糗事：

> 吕纯阳听知这些歌儿，心里说道："小鬼头春心动也！待我下去走一遭来。"便自按住云头，落在花园之内。……吕纯阳就得了手。自后日去夜来，暗来明去，颇觉稔熟了……女儿家容颜日日觉得消瘦，唇儿渐渐淡，脸儿渐渐黄，……（吕洞宾）这场事岂为贪花？却是个采阴补阳之术。哪晓得那个法师打破了机关，教他到交合之时，紧溜头处，用手指头在左肋之下点他一点，反把他的丹田至宝泄到了阴户之中。这岂不是个非徒无益，而又害之？故此吕纯阳激得只是暴跳，飞剑就来斩这白氏女。这女儿却慌了，跪着讨饶，就说出长干寺里的法师来。
>
> 那纯阳飞剑到长干寺里去斩那个法师。原来那个法师又不是等闲的，是个黄龙禅师。这口剑飞起来，竟奔禅师身上。那禅师喝声道："孽畜！不得无礼。"用手一指，竟插在地上。洞宾看见那口雄剑不回来，急忙又丢起个雌剑。雌剑也被他指一指，插在右壁厢。洞宾看见，却自慌了，驾云就走。黄龙将手

> 一指，把个洞宾一个筋斗翻将下来。洞宾转身望黄龙便拜，说道："望慈悲见恕罢！"……洞宾得了口剑，又得了养阳的处所，竟自拜谢而去。至今高邮州有个洞宾养阳观的古迹。[①]

吕洞宾被全真教尊为祖师。而这段故事里的吕洞宾迷奸少女，采阴补阳，戕害人命，与邪魔、妖道毫无二致。在他被黄龙禅师降服的过程中，更是明显表现出讲述者扬佛贬道的宗教态度。

有趣的是，这段故事并非罗懋登原创，而是抄自另一部白话小说《飞剑记》。这部小说实为全真道的宣教作品，主旨是吕洞宾修行成功"升入仙班"的过程。其中虽也写了吕的这段不太光彩的故事，但是与《西洋记》相比有两点明显不同：一点是《飞剑记》写到吕洞宾心生邪念时，特意插入一句——"此时纯阳子初做神仙，心中还拿不定些"，这样就把这段故事的性质定位于修行中的"走弯路"。而《西洋记》恰恰拿掉了这两句话，故事的性质便完全不同了，其用意昭然可见。另一点是故事的结果。《飞剑记》写吕洞宾受挫后改邪归正，其实这才是调戏白牡丹故事本来的重点：

> 纯阳子既得了一口雌剑，又得了阳去所，亦自拜谢黄龙而去。一路买船去到高邮地方，左顾右盼，寻得一个去所。……遂从此处构了一所茅庵，打扫的干干净净，坐一个蒲团，安一

① 《三宝太监西洋记通俗演义》，第135—138页。

副关屏，烧一炷柏子香，日复日，月复月，息精息气，息神息思。早上金鸡啼罢之时，红烂烂日光正上，就对着那一轮日头，吸着些日精。晚来金乌欲坠，宿鸟投林，只见那一轮明月，团团高海角，渐渐出云衢，就对着那一轮皓月，吞着些月蝉。又到四更之际，夜气清明，露华融液，那是清冽寒凉之气，叫作沆瀣之气，就餐那沆瀣之气。

纯阳子如此做工夫，并无间断。尝作有《渔父词》四首：

其一云：卯酉门中作用时，赤龙时第玉清池。云薄薄，雨微微，看取娇容露雪肌。

其二云：子午常餐日月精，玄关门户启还扃。长如此，过平生，且把阴阳仔细烹。

其三云：会合都从戊已家，金铅水汞莫须夸。只如此，结丹砂，反复阴阳色转华。

其四云：闭目寻真真自归，玄珠一颗出辉辉。终日玩，莫抛离，免使阎王遣使追。

纯阳子精心修养，日新月盛。紫芝草荣枯了数番，也不问年新年旧；碧桃花开谢了几度，竟未知春去春来。不觉的光阴似箭，日月如梭，奄忽之间就是九年了。纯阳子养阳九年，才得个丹田至宝如前完固，如前充溢。怎么阳去了要养？养阳必要九年？盖阳气轻清，阴气重浊，仙子完了那阳精，自然能飞升，所以阳去了就要养转。养阳又必要九年者，盖九乃阳数。纯阳子先年与白牡丹交合，被他夺去了那些至宝，毕竟要养着九年，才返本还原得，若只是养八年，也不济事。此正是一旦泄之有余，千日修之不足。[①]

四首诗，就是修炼"内丹"的四个阶段。仅从篇幅看，也可见出这才是故事的重点，也是全真道宣教要强调的修炼"内丹"的宗旨："养阳九年，才得个丹田至宝如前完固，如前充溢。""一旦泄之有余，千日修之不足。"《西洋记》把这些全删掉，"戏牡丹"就成了全真道祖师纯粹的劣迹，而故事的重点变成了佛教的黄龙禅师降服兴妖作怪的"坏"道士吕洞宾。

吕洞宾与黄龙的恩怨，不仅通过《西洋记》与《飞剑记》不同的书写有所表现，而且在佛道二教的文献中，在明代其他小说中都有描述。如《醒世恒言》的《吕洞宾飞剑斩黄龙》。不过里面没有吕洞宾采阴补阳的恶行，全文着眼点就是佛道的优劣。事情的起因便是关于佛道孰优孰劣的争论。而吕洞宾听了傅太公称赞黄龙禅师后，便"提了宝剑，径上黄龙山来，与慧南长老斗圣"，结果自取其辱，只得拜黄龙为师，并作偈云："捽碎葫芦踏折琴，生来只念道门深。今朝得悟黄龙术，方信从前枉用心。"故事中的吕洞宾是个心胸狭隘，修行浅薄，行为莽撞的道士形象。斗法失败而拜僧人为师的情节与《西洋记》中张天师的故事如出一辙。

吕洞宾与黄龙斗法的故事蓝本出自佛徒之手。南宋年间的

① 邓志谟：《飞剑记》，《明代小说辑刊》第一辑之九，巴蜀书社，1993年，第743—744页。

《佛祖统纪》《五灯会元》等都有记载，文字大同小异。明人编《指月录》，也原文照录。明人甚至在解读《楞严经》的文章中，把吕洞宾作为误入左道旁门的反面典型，声称“若吕公者，既蒙黄龙指示，当依正觉修三摩地，不至为十种仙客矣”。

而同样一个故事，道教徒的讲述完全不同。也是南宋年间的《海琼白真人语录》，所记吕、黄斗法事：

我闻唐代吕纯阳，师是钟离字云房。亲传金液还丹诀，得道之时游荆襄。世人还识纯阳否？……一剑横空几番倒。大笑归从投子山，片言勘破黄龙老。太平寺里旧题诗，三入岳阳知不知……要须会得纯阳心，始堪学得纯阳道。道可道，如何学？撮土为香未是真，知音自有张天觉。[①]

在这一道教著作中，吕洞宾与黄龙禅师只是理论上的交锋，根本没有“飞剑”之类行为，而结局则是“片言勘破”的完胜。到了元代，在全真道人编的《纯阳帝君神化妙通纪》中，更是针对佛教经典中吕、黄斗法的讲述逐一予以驳斥：

帝君回乡中时，遇饥荒，罄舍资产粮米，救济饥贫……作一诗以示乡宿亲属云：摔碎葫芦踏碎琴，飘然拂袖出儒林。太初实相纯如玉，元始真如莹若金。丹焰冲天神莫测，剑锋入地

① 彭耜等编：《海琼白真人语录》卷三《平江鹤会·结座文》，《正统道藏》正一部。

鬼难寻。自从一觉黄粱后，始信从前枉用心。后别乡里，悼然往终南山寻师，皆莫能留。

象章曰：……愚详此诗……"自从一觉黄粱梦"，梦觉俱空，真灵不昧。"始信从前枉用心"，十载文章画饼，三场事业空花。可怜人我之徒，将此诗除四句，改"一觉"为"一见"，"黄粱"为"黄龙"，似此问答不一，以帝君飞剑斩黄龙，蠢哉。……诬上天星辰，毁中国仙圣，此辈历历恶报，都没结果，奈何迷昧，不复伤哉！故真人《神化记》云：吾之慧剑斩三尸六贼，责嗔爱欲烦恼障，岂肯取人头？况超禅师与吾何仇？"故朱文公云：君子仁慈犹克己，神仙安肯取人头。信哉。吾教《西化经》所载三十余段事实，故宋仁宗赞云：東训尼父，西化金仙。又韩真人度慧禅师入道为冯尊师真人，紫阳真人度道光禅师入道为紫贤真人。又吕祖师度有德僧十余人，皆实事。传吾教并不彰耀夸矜，因此人我之徒，巧撰遮掩，其先生亦有参和尚者？呵呵！①

这一大篇文字是就僧人们所讲的吕洞宾那首"错用心"忏悔诗来作文章，指出吕祖原诗写作的背景，以及被僧徒篡改的地方。文章特别对"一见黄龙"两句细加辩驳："'自从一觉黄粱梦'，梦觉俱空，真灵不昧。'始信从前枉用心'，十载文章画饼，三场事业空花。可怜人我之徒，将此诗除四句，改'一觉'为'一

① 苗善时：《纯阳帝君神化妙通纪》卷一，《正统道藏》洞真部记传类。

见’，‘黄粱’为‘黄龙’，似此问答不一，以帝君飞剑斩黄龙，蠢哉！”并激烈地诅咒：“诬上天星辰，毁中国仙圣，此辈历历恶报！”后文又举出佛徒转拜道士的实例，来反击吕洞宾拜黄龙为师的说法。

此事的是非自不必去分说，但道教徒这篇文章显然是十分用心所作。可见吕洞宾与黄龙的恩怨在佛教与道教之间“结下的梁子”何等严重！可以说，自北宋到明末五六百年间，黄龙与吕洞宾被塑造成一对冤家，而黄龙也成了道教徒的一块心病，

明乎此，再来看《西游记》《西洋记》之后，另一部长篇巨著《封神演义》中黄龙的有关情节，就会为佛道争胜渗透于文学的程度而惊讶。可以说，吕洞宾与黄龙的故事，成为佛教与道教在文学中“对台戏”的一个焦点之一，也是明中后期宗教文化生态的重要“风向标”。

三

《封神演义》写了几百个“仙”与“神”，其中有一个形象很特殊——黄龙真人。元始天尊的十二门徒是“封神”“应劫”的主要参与者；黄龙真人作为其中的一位，作者既给了他相对于其他十一人较多的笔墨，从而引起读者注意（很多“集体活动”，都是由他先“骑鹤”出场，来作安排），却又屡屡让他出乖露丑。我曾在一篇小文章中称其为“最倒霉的仙人”，虽有几分玩笑意，但

主要还是为了突出作者的写作意图。

《封神演义》的仙界分为两大阵营：正面的阐教与反面的截教。阐教的谱系是这样的：最高神为鸿钧老祖，其下传三个弟子，老子与元始天尊为阐教领袖，通天教主为截教领袖。元始天尊门下又有十二门徒，"昆仑山玉虚宫掌阐教道法元始天尊，因门下十二弟子犯了红尘之厄，杀罚临身，故此闭宫止讲。"故事就由此展开。

《封神演义》的基本结构在某种程度上与希腊神话相类：人间的冲突与仙界的矛盾交织在一起。阐教十二门徒便积极参与到武王伐纣的战争之中，以应自己的"劫数"。这十二门徒的名单首次出现于破"十绝阵"，书中写道：

> 杨戬启子牙曰："二仙山麻姑洞黄龙真人到此。"子牙迎接至银安殿，行礼分宾主坐下。子牙曰："道兄今到此，有何事见谕？"
>
> 黄龙真人曰："特来西岐共破十绝阵。方今吾等犯了杀戒，轻重有分，众道友随后即来。此处凡俗不便，贫道先至，与子牙议论，可在西门外，搭一芦篷席殿，结彩悬花，以使三山五岳道友齐来，可以安歇。"……仙圣自不绝而来，来的是：九仙山桃源洞广成子、太华山云霄洞赤精子、二仙山麻姑洞黄龙真人、夹龙山飞云洞惧留孙（后入释成佛）、乾元山金光洞太乙真人、崆峒山元阳洞灵宝大法师、五龙山云霄洞文殊广法天尊

（后成文殊菩萨）、九功山白鹤洞普贤真人（后成普贤菩萨）、普陀山落伽洞慈航道人（后成观世音大士）、玉泉山金霞洞玉鼎真人、金庭山玉屋洞道行天尊、青峰山紫阳洞清虚道德真君。

……众人正议破阵主将，彼此推让，只见空中来了……灵鹫山元觉洞燃灯道人……子牙与众人俱大喜曰：“道长之言，甚是不谬。”随将符印拜送燃灯。[①]

这一段带有总体交代的意味，后文的情节大多与这个大名单有关。这个名单及其出现有三点值得注意之处：一是把佛教在中土影响最大的三位菩萨——观音、文殊、普贤安排成元始天尊的弟子；二是把“灵鹫山”（释迦牟尼说法处）的“燃灯”道人安排成十二弟子的同辈师兄——在佛教的谱系中，燃灯是地位极其崇高的过去佛；三是十二弟子的到来，是黄龙真人来“打前站”，提前安排。

前面两点显然带有扬道贬佛的意味，此且不论。要说的是，黄龙真人似乎在十二弟子中地位稍微特殊一些。

这一点在后文继续有所表现，如另一重头戏“诛仙阵”，也是“（姜子牙）正在殿上忧虑，忽报：‘黄龙真人来至。’子牙迎接至中堂，打稽首分宾主坐下，黄龙真人曰：‘前边就是诛仙阵，非可草率前进。子牙你可吩咐门人，搭起芦篷席殿，迎接各处真人异士，伺候掌教师尊，方可前进。’子牙听毕，忙令南宫、

① 《封神演义》，华夏出版社，1998年，第265—267页。

武吉盖芦篷去了。……子牙感谢毕。复至前殿，与黄龙真人同众门弟子，离了汜水关，行有四十里，来至芦篷；只见燃灯结彩，叠锦铺毹，黄龙真人同子牙上了芦篷坐下；少时间只见广成子来至，赤精子随至。次日，惧留孙、文殊广法天尊、普贤真人、慈航道人、玉鼎真人来至；随后有云中子、太乙真人来至，稽首坐下。”而姜子牙被吕岳暗害性命垂危，也是“哪吒正忧烦，听的空中鹤唳之声，元来是黄龙真人跨鹤而来，落在城上”，并修书伏羲索取丹药救治。

若看这些情节，作者似乎很看重这位黄龙真人，突出他在十二弟子中的地位。可是，奇怪的是，他又是十二弟子中最“倒霉”的一位。

先是与赵公明作战：

> 赵公明道罢，黄龙真人跨鹤至前大呼曰：“赵公明！你今日至此，也是封神榜上有名的，合该此处尽绝。”公明大怒，举鞭来取；真人忙将宝剑来迎，鞭剑交加，未及数合，赵公明忙将缚龙索祭起，把黄龙真人平空拿去。……至中军，闻太师见公明得胜大喜。公明将黄龙真人也吊在杆上；把黄龙真人泥丸宫上用符印压住元神，轻容易不得脱逃……燃灯闻言，甚是不乐，忽然抬头见黄龙真人吊在杆上面，心下越发不安；众道者叹曰：“是吾辈逢此劫厄，不能摆脱；今黄龙真人被如此厄难？我等

此心何忍？谁能与他解厄方好？”[①]

作战、斗法，不妨互有胜负。但做了俘虏，被吊在幡杆上示众出丑，这样的写法用在“正面”的仙人身上就显得有点怪异了——十二弟子只有他“享受”了这样的待遇，而最后还是被小辈师侄从杆子上救下来。

如果说事出偶然、作者无心，那下一段文字就不好解释了。

黄龙真人曰：“众位道友！自元始以来，惟道独尊；但不知截教门中，一意滥传，遍及匪类。真是可惜工夫，苦劳心力，徒费精神，不知性命双修，枉了一生作用，不能免生死轮回之苦，良可悲也！”……黄龙真人上前曰：“马遂！你休要这等自恃；一如今吾不与你论高低，且等掌教圣人来至，自有破阵之时。你何必倚仗强横，行凶尚气也？”马遂跃步仗剑来取，黄龙真人手中剑急忙来迎，只一合，马遂祭起金箍，就把黄龙真人的头箍住了；真人头痛不可忍，众仙急救真人，大家回芦篷上来。真人急除金箍，除又除不下，只箍得三昧真火从眼中冒出，大家闹在一处不表。[②]

这是万仙阵的一段，又是黄龙真人逞强出头，不料“只一合，马

① 《封神演义》，第283页。

② 《封神演义》，第512—513页。

遂祭起金箍，就把黄龙真人的头箍住了"。显然，本领低劣，无自知之明。问题是箍住了也罢，还有更过分的描写："真人头痛不可忍"，"急除金箍，除又除不下，只箍得三昧真火从眼中冒出"而"众仙急救真人，……大家闹在一处"。不仅黄龙真人狼狈不堪，连众仙人都被他拖累得"闹在一处"，全无尊严了。

除此之外，其他地方还多次写到他的无能，如"吕岳战黄龙真人，真人不能敌，且败往正中央来；杨文辉大叫：'拿住黄龙真人！'哪吒听见三军呐喊，振动山川，急来看时，见吕岳三头六臂，追赶黄龙真人"。结果又是晚辈哪吒救了黄龙真人的命。

十二门徒中，多次写黄龙真人出头充当"组织者"，显然是要引起读者对他的注意；而出头的同时却是一次次让他出乖露丑——高吊示众、箍得"三昧真火从眼中冒出"，这样的笔墨中流露出强烈的负面情绪。

一个"正面"的仙人，为何如此"倒霉"？为何只有他如此"倒霉"？

这与《封神演义》的作者问题紧密相关。

《封神演义》的作者问题复杂而有趣，而问题的焦点在于晚明一位十分活跃的道士陆西星。

孙楷第《中国通俗小说书目》按语云：

> 《封神演义》作者，明以来有二说：一云许仲琳撰，见明舒载阳刊本《封神演义》卷二，题云"钟山逸叟许仲琳编辑"。

鲁迅先生有文记之。仲琳盖南直隶应天府人，始末不详。且全书惟此一卷有题，殊为可疑。一云陆长庚撰，余始于石印本《传奇汇考》发见之。卷七《应天时》传奇解题云："《封神传》传系元时道士陆长庚所作。未知的否？"张政烺谓"元时"乃"明时"之误，长庚乃陆西星字。其言甚是……惜不言所据耳。[①]

这里把两种主要观点的来龙去脉梳理得清清楚楚。"惜不言所据"，也是很客观、很谨慎的态度。不过，从语气看，孙先生还是比较倾向于"陆西星著"一说的。

许、陆二说之外，二十世纪八九十年代又有李云翔合著的说法，惟依据含混，影响不大，这里且置之不论。

由于孙楷第先生留下了"惜不言所据"的憾词，旅澳学者柳存仁便接下了这个任务。他在《陆西星、吴承恩事迹补考》《佛道教影响中国小说考》《元至治本全相武王伐纣平话明刊本列国志传卷一与封神演义之关系》等文章中，相当细密地论证了陆西星撰写《封神演义》的根据。[②]大略言之，有以下几个方面：

不仅《全相武王伐纣平话》是《封神演义》的早期蓝本，嘉隆万之际的《列国志传》亦"或曾为陆西星所见，且为陆所利用"。

① 孙楷第：《中国通俗小说书目》卷五，人民文学出版社，1982年，第196—197页。
② 柳存仁：《和风堂文集》。

《封神演义》中的一些道教用语与陆西星其他著作如《南华副墨》等颇有相同或相近者。

《封神演义》中的散仙陆压是个神龙见首不见尾的人物，值得深究。

张政烺认为陆西星与吕洞宾关系至为密切，所以神通广大的陆压暗指陆的老师吕洞宾。证据是"陆压"二字的声母与"吕岩"（吕洞宾名吕岩）的声母皆为L、Y。而柳存仁先生认为其观点与论证均未免迂远，不如直接以"陆压"为作者自己的隐名为妥。

指"陆压"为陆西星的隐名，理由多多，主要有："压星"为道教方术，以"压"指"星"自然而然；"陆压"不在书中设定的阐教、截教神仙谱系之中，更谈不上辈分问题，以致阐教十二门徒在"封神"之役展开前根本不认识他；[①]姜子牙碰到的大难题，很多都靠他解决，例如射赵公明、斩丘岳、处死妲己等；同时，无论对手多么厉害，作者从不让陆压"吃亏"；[②]其他，还有现实中陆西星的"性命双修"宗教主张、"西昆仑"的地望等，都在小说的陆压身上有所体现，等等。

可以说，柳先生的工作相当细致。然推敲之下，有的似与陆西星的著作权关系不大。[③]但后出于文本内部的几条，对于文本的解读而言，非如此，对"陆压"这一奇特的人物形象难有圆通

① 《封神演义》四十八回，第288页。

② 如《封神演义》四十八回、四十九回，对阵赵公明、碧霄娘娘等。

③ 章培恒先生着文驳柳，主要也是从此下手。

的解释。虽然据此尚不能对著作权问题铸成铁案，却也是相当有说服力的。[1]

我们在这里梳理问题的由来与现状，当然不是为了彰显柳存仁的贡献，或是讨论李云翔的资格，而是由“陆西星”还可以延伸出去，涉及几个较为有趣的话题。

据《道教文化词典》【陆西星】条：“（1520—约1601）明代道士。字长庚，号潜虚。扬州兴化县（今属江苏）人。少为诸生，名望很高。九次赴考进士不中，乃弃儒为道士。不久，自称吕洞宾降临其北海草堂，亲授丹诀，遂得内丹真传。后世道士尊之为内丹东派之祖。晚年研读佛经，欲合老、释为一家。著有《宾翁日记》《道缘法录》《方壶外史》《南华副墨》《楞严述旨》《楞严经说约》。据近人考证，《封神演义》为其所作。”[2]

一个地道的全真教领袖人物来写一部道教题材的长篇小说，这本身就是文学史上空前绝后的事情。更何况，此时正当社会宗教生态发生巨大变化不久——他本人则是嘉靖、隆庆那场戏剧性大转折的目击者、亲历者。而他秉承的全真教传统既有援佛入道的一面，又有与佛教徒三次辩论、三次败北的耻辱纪录。如果这些没有反映到自己创作的小说中，反而是无法理解的了。

① 我国小说史上，有一个“自我指涉”的传统：逆向而述，《老残游记》的主角有作者刘鹗的影子；《红楼梦》的贾宝玉、《儒林外史》的杜少卿，皆含作者自我指涉的成分；李渔的《十二楼》中也把自己写了进去。历史题材与神魔题材的自我指涉，则有“白日梦”的色彩。如《女仙外史》的“帝王师”吕律，《野叟曝言》之文素臣，明显是作者自己的“意淫”产物。在这个意义上，《封神演义》中的“陆压”，既神通广大、建不世之功，又天不管兮地不拘，逍遥自在，显然是出入儒释道的陆西星的自我“人设”。

② 《道教文化词典》，江苏古籍出版社，1994年，第253页。

陆西星的经历中，特别有趣的是与吕洞宾密切的关系。

陆西星有《金丹就正篇》，开端的两篇序言重点便是宣传自己与吕洞宾深厚的仙缘：

> 嘉靖丁未，偶以因缘遭际，得遇法祖吕公于北海之草堂，弥留款洽，赐以玄醴，慰以甘言。三生之遇，千载稀觌……
>
> 甲子嘉平，……恩师示梦，去彼挂此，遂大感悟，追忆曩所授语，十得八九。参以契论经歌，反复紬绎，寤寐之间，性灵豁畅，恍若有得，乃作是篇。……庶几不背吾师之旨乎！[①]
>
> 昔师示我云："《参同》《悟真》乃入道之阶梯。"顾言微旨远，未易剖析，沉潜廿载，始觉豁然。且夫仆非能心领神悟也，赖玩索之功深，而师言之可证耳。[②]

首先，他能入道完全是吕洞宾（注意，历史上的道士吕洞宾是唐代人物；此吕洞宾乃是"得道"后的仙人）的提携。吕洞宾甚至住到他家里，传授内丹的诀窍，实在是"千载稀觌"——千载难逢的旷世缘分。其次，吕洞宾始终关心他这个弟子，二十年后又托梦来指导，打破他种种瓶颈性问题，使之"寤寐之间，性灵豁畅"——换个说法是"当下大悟"。于是乎，他不敢私密，于是把吕祖所传及自己的学习心得公之于众，便有了这本《金丹

① 《金丹就正篇序》，《藏外道书》第5册，第368页。

② 《金丹就正篇序》，《藏外道书》第5册，第370页。

就正篇》。

可见，陆西星与吕洞宾的关系实在是旷世仙缘！

陆西星后来成为全真教中一派的领袖，当与他所宣称的这一师承关系有直接的联系——虽然，这一师承、仙缘具出自他本人自述，但哪一个宗教领袖没有过类似的把戏呢？

《封神演义》有一些特殊的笔墨，也显示出作者与吕洞宾的密切关系。作品迻录了不少吕的诗词，如“随缘随分出尘林，似水如云一片心；两卷道经三尺剑，一条藜杖五弦琴。囊中有药逢人度，腹内新诗遇客吟；丹粒能延千载寿，漫夸人世有黄金”（第五回），“交光日月炼金英，一颗灵珠透室明。摆动乾坤知道力，避移生死见功成，逍遥四海留踪迹，归在三清立姓名，直上五云云路稳，紫鸾朱鹤自来迎”（十三回），“自隐玄都不记春，几回苍海变成尘。玉京金阙朝元始，紫府丹霄悟妙真。喜集化成千岁鹤，闲来高卧万年身。吾今已得长生术，未肯轻传与世人”（四十六回），“堪笑公明问我家，我家原住在烟霞；眉藏火电非闲说，手种金莲岂自夸。三尺焦桐为活计，一壶美酒是生涯；骑龙远出游沧海，夜静无人玩月华”（四十七回）。而且无一例外，这些抄自吕洞宾集子中的诗词在小说里都被“派”到正面仙人如云中子等头上。

与此相应的，吕洞宾的“死敌”黄龙就在小说中遭到了噩运。作为吕洞宾的“亲炙弟子”，陆西星在《封神演义》中把“黄龙”置于特殊的尴尬地位，作出带有几分恶意的描写，也就不难理解了。另外，七十七回，还有这样一段文字："（元始天尊）吩咐弟子排班：赤精子对广成子，太乙真人对灵宝大法师，清虚道德真君对惧留孙，文殊广法天尊对普贤真人，云中子对慈航道人，玉鼎真人对道行天尊，黄龙真人对陆压，燃灯同子牙在后。"[①]可是，作品在前文明明交代了陆压不是元始天尊的弟子——"不去玄都拜老君，不去玉虚门上诺"[②]，这里却让他参加到"弟子排班"中，而且让他和黄龙真人结成了对子。于是，在似有意似无意之间，作者给读者留下了二者有关联的印象。

以此为背景，来看《封神演义》中给"黄龙"的特殊待遇，就可以引发我们如下一些思考，并提供了做进一步研究的可能：

明代中后期，无论宗教内部，还是社会上——包括官方、民间、士林，都出现了相当强烈的"三教合一"的舆论。这种情况反映到小说创作中，《西游记》《西洋记》以及《封神演义》等都有十分明确的"三教合一"的说法，也都有"三教"并存的笔墨。但是，"合一"只是一方面，在"合一"的大旗下，"争胜"始终暗潮汹涌。上述对阐教门徒的种种安排——三大菩萨的"降辈"等，正是站在道教立场上，对佛教的"挑衅"。

如前所述，几乎同时的《西游记》《西洋记》，则有大量站在佛教立场上对道教的"挑衅"。

这类描写真实地反映了当时的社会"宗教生态"。而在其他文

① 《封神演义》七十七回，第478页。

② 《封神演义》四十八回，第288页。

献中，包括所谓“正史”，以及笔记杂著、文人别集，几乎难得一见。因此，这几部小说是研究当时宗教文化、社会精神生活独特的、十分重要的材料。

《封神演义》借助小说表达扬道抑佛的意图相当显豁，不仅表现在对“黄龙”充满恶意的书写中，而且渗透到其他细节，如“神仙谱系”，如一些次要人物形象，等等。

先来看神仙谱系。《封神演义》中神界、仙界的最高等级都在道教的谱系之中，如“昊天上帝”与“鸿钧老祖”。若从“辈分来讲”，佛教中地位崇高的燃灯佛、拘留孙佛、定光佛，以及影响巨大的观音、文殊、普贤菩萨，都是“鸿钧老祖”的徒子徒孙辈。四十四回开列元始天尊弟子名单时，特地在惧留孙后标出“后入释成佛”，在慈航道人、文殊天尊、普贤真人后面标出“后成观世音菩萨”“后成文殊菩萨”“后成普贤菩萨”。这几乎就是“老子西行化胡”[①]的翻版。而在元始天尊面前，“燃灯秉香轵道伏地曰：‘弟子不知大驾来临，有失远迎，望乞恕罪。’”——小说里明明白白交代这个燃灯是来自“灵鹫山”的。他见到老子，同样是“参拜”。甚至已经明确了佛教代表身份的“西方圣人”——接引道人、准提道人，也是“鸿钧老祖”的晚辈，只能与老子、元始平辈论交。这种矮化佛教的意图实在是太明显了。

① 《太上洞玄灵宝无量度人上品妙经注》卷中，有《老君化胡经》之名目，见《正统道藏》洞真部玉诀类。

《封神演义》中有若干情节可以肯定受到《西游记》的影响。换言之，《封神演义》的作者是读过《西游记》的。那么这些矮化佛教的笔墨是自觉地回应（如果我们不用"反击"这样词的话），当是在情理之中的。

再来看一个次要的人物形象——长耳定光仙。

《封神演义》中有一个特殊得有点奇怪的人物，就是截教门下的"长耳定光仙"。在阐教与截教大决战的"万仙阵"一段，通天教主的"终极法宝"是"六魂幡"。这个情节在"诛仙阵"就出现端倪："通天教主……自思：'不若往紫芝崖立一坛，拜一恶幡，名曰'六魂幡'。'此幡有六尾，尾上书接引道人、准提道人、老子、元始、武王、姜尚六人姓名，早晚用符印，俟拜完之日，将此幡摇动，要坏六位的性命。"到了后面"万仙阵"大决战前夕，这个长耳定光仙开始崭露头角。先是代表通天教主去阐教下战表：

> 通天教主曰："罢了！如今是月缺难圆，摆此万仙阵，必定与他见个雌雄，以定一尊之位。今日是万仙统会，以完劫数。"随命长耳定光仙："你且去芦篷上，见你二位师伯，下这一封书。"定光仙领命，迳至芦篷下，……老子看书毕，谓定光仙曰："吾知道了，明日会破万仙阵也。"定光仙下篷，至万仙阵回复通天教主。①

①《封神演义》八十二回，第513页。

在“万仙”之中，教主把这个任务交给“长耳定光仙”，显出他是通天教主弟子中的亲信。接下来，通天教主进一步又把决定大局的最重要的任务交给了他：

> 通天教主吩附长耳定光仙曰：“但吾与你师伯，共西方二位道人会战，吾叫你将六魂幡麾动，你可将幡麾动，不得有误。”长耳定光仙曰：“弟子知道。”①

但万万没有想到的是，到了决战的最关键时刻：

> 通天教主只见万仙受此屠戮，心中大怒，急呼曰：“长耳定光仙快取六魂幡来！”定光仙因见接引道人白莲裹体，舍利现光……知道他们出身清正，截教毕竟差讹。他将六魂幡收起，轻轻的走出万仙阵，迳往芦篷下隐匿。正是：根深原是西方客，躲在芦篷献宝幡。话说通天教主大呼：“定光仙快取幡来！”连教数声，连定光仙也不见了；通天教主已知他去了，大怒，无心恋战。②

由于长耳定光仙的临阵叛逃，万仙阵彻底崩溃，通天教主也被鸿钧老祖收走。而这个长耳定光仙却借此改换了门庭：

---

①《封神演义》八十三回，第522页。

②《封神演义》八十四回，第527页。

> 老子与元始看见定光仙问曰："你是截教门人定光仙，为何躲在此处也？"定光仙拜伏在地曰："师伯在上，弟子有罪，敢禀明师伯！吾师盖有六魂幡，欲害二位师伯，并西方教主……弟子不忍使用，故收匿藏身于此处。……西方教主曰："吾有一偈，你且听着："极乐之乡客，西方妙术神；莲花为父母，九品立吾身。池边分八德，常临七宝园；波罗花开后，偏地长金珍。谈讲三乘法，舍利腹中存；有缘生此地，久后幸沙门。"西方教主曰："定光仙与吾教有缘。"元始曰："他今日至此，也是弃邪归正念头，理当皈依道兄。"定光仙随拜了接引、准提二位教主。①

显然，临阵脱逃，背弃师门，都不是什么太光彩之事。不过，也可以用改邪归正一类说辞来开脱。这并不是我们关注的问题。我们关注的是，这个形象奇怪的名字是从哪里来的。

通天教主门下颇多动物成精者，在名称上往往有所体现，如"龟灵圣母"，现出原形就是一只大乌龟，"灵牙仙"就是一头大白象，"虬首仙"就是青毛狮子，"金光仙"则是金毛犼，等等。如果按照这个"惯例"，"长耳定光仙"似乎应该是一个兔子精，这才符合读者的"阅读期待"。但是，他不仅没有"现出"兔子的原形，还很风光地到了西方"极乐之乡"。

那么，这个怪怪的"长耳"从何而来呢？怎么又入了佛

① 《封神演义》八十四回，第528页。

门呢？

原来，这是个真实的历史人物，还是个真实的佛门大德。更有趣的是，他与陆西星有交集！

《武林梵志》卷三有“宝相寺”条目，提到晚唐五代时有宗慧大师者：

> 姓陈氏，名行修，号性真……母梦吞日，惊寤而生，长耳垂肩，异香满室。
>
> 人或问师，如何有是长耳？即以手曳耳示之，不发一语。[①]

“吞日”云云，自然是附会之词。但其人以“长耳”为异像，则是突出的表征。五代时，“吴越王以诞辰饭僧。有永明禅师者，亦异人也。王问永明：‘今有真僧降否？’永明曰：‘长耳和尚，乃定光古佛应身也。’”于是，就有了“长耳定光”之说。而法相寺就成了他的道场。

万历年间，道士陆西星的兴趣向佛教转移——全真教本有融佛入道的传统，乃与两浙督抚甘士价共同发愿，整修已渐倾圮的这座寺院：

> 督抚甘士价、平湖陆长庚倡缘，筑石逵，甚整，沿坞而

① 《武林梵志》卷三，《四库全书》史部十一地理类七。

上，为定光庵古佛修证处。[①]

不仅如此，陆西星还为之作记——惜今已不得见。[②]

这个带有强烈地方色彩的"长耳定光"与陆西星竟然有如此缘分，或可为陆西星著《封神演义》之说增添一个小小的砝码。而另一面，佛教中的定光古佛，原来是道教中的一个晚辈，而且有临阵叛逃的经历——无论如何，"叛师之徒"总不是多么光彩的身份。这样来写，在佛道之间的轩轾态度不是虽似隐蔽而实强烈吗？

这一讲，我们暂时离开了《西游记》，把镜头对准了《西洋记》与《封神演义》。初衷在于加深对当时社会宗教生态——佛道之间既并存、互补，又矛盾、争胜的认识，特别是对这样的生态是如何反映到小说之中的认识。换句话讲，也可以说是加深对小说作者是如何把自己的宗教倾向、宗教立场灌注到文学作品中的认识。

《西洋记》与《封神演义》，都是《西游记》同时代的作品，彼此又有相当多的相似之处。通过观看这场"对台戏"，《西洋记》的扬佛贬道，《封神演义》的扬道贬佛，对于我们理解《西游记》宗教态度之形成，应该是有所帮助的。

---

① 同上。

② 《武林梵志》卷三有"宝相寺"条："陆长庚有记。"

第十三讲　《西游记》：横看成岭侧成峰

讲到这里，应该有个收束了：到底应该怎样理解《西游记》？或者说，怎样阅读《西游记》才是“正确”的？

与之相联系的，还有第二讲留下的那个悬念：怎么看“妖猴”孙大圣与“降妖”孙行者的身份冲突？或者说，怎么解释作品主旨含有的矛盾？

这里可能涉及的问题，理论色彩比较浓厚，但那不是本书要解决的，恐怕也不是本书读者的兴趣所在。所以，只在这里稍作介绍，然后还是进入文本，面对更具体的话题。

第二讲中，我们曾提到阐释学的一个悖论：就是文本的意义必须顾及整体，局部的意义只能在整体观照中赋予；但整体的意义却只能是局部意义的集合，是局部归纳而形成。从逻辑上看，这个悖论几乎是无法克服的。但“理论是黯淡的，生活之树永远长青”，尽管理论上的“绝对准确”阐释是无法实现的，但现实中人们每时每刻都在进行着阐释，并以之引导、推动阅读的实践。

指出这一点，并非出于理论癖好，而是要提醒一下，对一个复杂文本的阐释本身就是复杂的，任何简单的、独断的做法都不会有好的结果。

《西游记》正是这样一个复杂的文本。

它不是一个人一次性独立完成的。相反，它是在漫长的历史过程中，经历过若干环节之后，最终定型的；而这一过程的完整链条已经断落，诸多环节散失湮没在历史的埃尘中，但又在最终的定型作品里留下了或深或浅、或显或隐的痕迹。

它的题材是佛教的真实历史事件，而话语却有大量的道教成分；这些道教成分有的与整个文本的意义生成有某种有机联系，有的则几乎是文本的冗余。

它的定型阶段处在社会宗教生态剧烈动荡的背景之下。这一背景或“反映”到文本中，形成了具体的情节，以及人物形象；或只是引起作者的一种情感的“反应”，影响到作品的叙事态度。

它的作者——最终文本“定型”的书写者——本身仍然是个谜。

它的题材是庄重、宏大的，它的风格却是诙谐，甚至带有搞笑、解构的色彩。

等等，等等。

所以，不可避免的是，对这部作品的解读，见仁见智的可能更大一些。一定程度上，可以说是“横看成岭侧成峰”。而由于文本内部“裂罅”造成了较大的可写性，也更容易诱发读者“边读边写”的主体介入。

那么，我们有没有结论呢？

当然有。但是，这个结论是开放的，而并非排他的，并非是终结。

既然是复杂的文本，是“横看成岭侧成峰”，那么不妨先做一个“航拍”，在阐释的第一步，视野尽可能地顾及文本整体，尽量做到整个文本内部的逻辑自洽；然后，再进入峰峦之间，看一看有哪些令人流连的相对独立的景观。

一

我国的长篇小说，有一个常见的“套路”，即给出全书的“总纲”，来引导读者的阅读。如《红楼梦》的第五回“太虚幻境”，①《水浒传》开端的“走妖魔”与“石碣受天文”，《封神演义》元始天尊的“佥押封神榜”，《儒林外史》开端的王冕观天象与结尾的“幽榜”，②等等。

对于《西游记》来讲，既然小说的主体是西天取经，那么行动发起者如来佛祖对这一宏大计划的说明就带有“总纲”性质。不过，如来的说明有两次，分别是第八回的“布置任务”，与一百

① 另有一说称总纲是第四回的“四大家族”说。两种“总纲”说反映出阅读《红楼梦》的不同侧重点。二者互补接近于小说的全貌。

② 因版本不同，亦有不同说法。此不具论。

回的“工作总结”：

如来讲罢，对众言曰：“我观四大部洲，众生善恶，各方不一。东胜神洲者，敬天礼地，心爽气平；北巨芦洲者，虽好杀生，只因糊口，性拙情疏，无多作践；我西牛贺洲者，不贪不杀，养气潜灵，虽无上真，人人固寿；但那南赡部洲者，贪淫乐祸，多杀多争，正所谓口舌凶场，是非恶海。我今有三藏真经，可以劝人为善。”诸菩萨闻言，合掌皈依，向佛前问曰：“如来有那三藏真经？”如来曰：“我有《法》一藏，谈天；《论》一藏，说地；《经》一藏，度鬼。三藏共计三十五部，该一万五千一百四十四卷，乃是修真之经，正善之门。我待要送上东土，叵耐那方众生愚蠢，毁谤真言，不识我法门之旨要，怠慢了瑜迦之正宗。怎么得一个有法力的，去东土寻一个善信，教他苦历千山，远经万水，到我处求取真经，永传东土，劝化众生，却乃是个山大的福缘，海深的善庆。”

如来道：“圣僧，汝前世原是我之二徒，名唤金蝉子。因为汝不听说法，轻慢我之大教，故贬汝之真灵，转生东土。今喜皈依，秉我迦持，又乘吾教，取去真经，甚有功果，加升大职正果，汝为旃檀功德佛。孙悟空，汝因大闹天宫，吾以甚深法力，压在五行山下，幸天灾满足，归于释教，且喜汝隐恶扬善，在途中炼魔降怪有功，全终全始，加升大职正果，汝为

> 斗战胜佛。猪悟能，汝本天河水神，天蓬元帅，为汝蟠桃会上酗酒戏了仙娥，贬汝下界投胎，身如畜类，幸汝记爱人身，在福陵山云栈洞造孽，喜归大教，入吾沙门，保圣僧在路，却又有顽心，色情未泯，因汝挑担有功，加升汝职正果，做净坛使者。……沙悟净，汝本是卷帘大将，先因蟠桃会上打碎玻璃盏，贬汝下界，汝落于流沙河，伤生吃人造孽，幸皈吾教，诚敬迦持、保护圣僧，登山牵马有功，加升大职正果，为金身罗汉。”又叫那白马："汝本是西洋大海广晋龙王之子，因汝违逆父命，犯了不孝之罪，幸得皈身皈法，皈我沙门，每日家亏你驮负圣僧来西，又亏你驮负圣经去东，亦有功者，加升汝职正果，为八部天龙马。”长老四众，俱各叩头谢恩。……旃檀佛、斗战佛、净坛使者、金身罗汉，俱正果了本位，天龙马亦自归真。有诗为证，诗曰：
>
> 一体真如转落尘，合和四相复修身。五行论色空还寂，百怪虚名总莫论。
>
> 正果旃檀皈大觉，完成品职脱沉沦。经传天下恩光阔，五圣高居不二门。

细推敲，这两段话的重点稍有不同。前者把“取经”事业的意义定位在普度众生；后者则把取经的过程说成是五众的自我救赎。前者是玄奘取经这一题材本身固有之义，如果没有这个定位，整个故事便没有了道义支点；而后者可以视为小说总体结构的说明——五众各自的“宿业”（通俗讲，即是“前科”）与投入取经之旅而逐渐“销业”，直至终极解脱。

二者的结合，就是理解《西游记》全书的大思路。

这样来阐释全书的题旨，容易理解的是猪八戒、沙和尚与白龙马，因为他们所犯的“错误”比较明显，自我救赎的意图也在行文中多次明确提到。最直接的两段如四十回：

> 沙僧闻言，打了一个失惊，浑身麻木道：“师兄，你都说的是那里话。我等因为前生有罪，感蒙观世音菩萨劝化，与我们摩顶受戒，改换法名，皈依佛果，情愿保护唐僧上西方拜佛求经，将功折罪。今日到此，一旦俱休，说出这等各寻头路的话来，可不违了菩萨的善果，坏了自己的德行，惹人耻笑，说我们有始无终也！”

“前生有罪”“将功折罪”，自我救赎的性质讲得明明白白；所以一定要咬紧牙关，有进无退，有始有终。再如五十四回：

> 三藏道：“……他三人都因罪犯天条，南海观世音菩萨解脱他苦，秉善皈依，将功折罪，情愿保护我上西天取经。”

也是“将功折罪”，不过把“罪”的性质讲得更严重——“罪犯天条”，因而救赎之艰难也就不言而喻了。

但在这个思路下，唐三藏与孙悟空的情况就有些麻烦，因为文本在讲述他们二人故事时，叙事态度出现了矛盾，也便影响到读者的阅读感受——这一点，留待下文再细说。不过，从文本的大格局来看，他们二人的取经历程，仍然是一个自我救赎的过程。这一点，与那三位成员并无二致。

说明唐三藏取经具有自我救赎性质，除了如来“工作总结”那段缘起说明外，小说文本中还有两段相关文字。一段是十一回唐王遴选取经人时：

> 三位朝臣，聚众僧，在那山川坛里，逐一从头查选，内中选得一名有德行的高僧。你道他是谁人——灵通本讳号金蝉，只为无心听佛讲，转托尘凡苦受磨，降生世俗遭罗网。投胎落地就逢凶，未出之前临恶党。父是海州陈状元，外公总管当朝长。出身命犯落江星，顺水随波逐浪泱。海岛金山有大缘，迁安和尚将他养。年方十八认亲娘，特赴京都求外长。总管开山调大军，洪州剿寇诛凶党。状元光蕊脱天罗，子父相逢堪贺奖。复谒当今受主恩，凌烟阁上贤名响。恩官不受愿为僧，洪福沙门将道访。小字江流古佛儿，法名唤做陈玄奘。

这是唐僧的“出身传”，如同第八回猪八戒、沙和尚的“出身传”一样，只是更简略一些。不过已经把最核心的内容点出来了：“只为无心听佛讲，转托尘凡苦受磨，降生世俗遭罗网。”所犯“错误”与后文如来所指出的相互呼应，从而构成了“自我救赎”的整体框架。另一段则是九十八回“功成行满见真如”中稍显怪异的情节：

那佛祖轻轻用力撑开，只见上溜头泱下一个死尸。长老见了大惊，行者笑道：“师父莫怕，那个原来是你。”八戒也道：“是你，是你！”沙僧拍着手也道：“是你，是你！”那撑船的打着号子也说：“那是你！可贺可贺！”

他们三人，也一齐声相和。撑着船，不一时稳稳当当的过了凌云仙渡。三藏才转身，轻轻的跳上彼岸。有诗为证，诗曰：脱却胎胞骨肉身，相亲相爱是元神。今朝行满方成佛，洗净当年六六尘。

磨难历经，西天已到，对于曾有过失而被贬下凡尘的唐僧而言，乃是完成了一个脱胎换骨的经历——旧唐僧已死，新唐僧终于脱凡成佛。“洗净当年六六尘”，也是再次强调一下救赎的完成。“六六尘”，是全真道的术语，意谓修道的尘障。“洗净当年”，自我救赎的意味十分显豁。

说明孙悟空自我救赎的文字有两类，一类是直接的表述，如十九回：

老孙改邪归正，弃道从僧，保护一个东土大唐驾下御弟，叫做三藏法师，往西天拜佛求经。

注意“改邪归正，弃道从僧”这八个字，既有对大闹天宫的忏悔，又有对佛道二教的态度。这个意思，在孙悟空口中一而再、再而三地讲，如十四回：

> 行者道："我亏了南海菩萨劝善，教我正果，随东土唐僧，上西方拜佛，皈依沙门，又唤为行者了。"龙王道："这等真是可贺，可贺！这才叫做改邪归正，懲创善心。"

四十二回：

> 行者心中暗想道："他要请老大王吃我师父，老大王断是牛魔王。我老孙当年与他相会，真个意合情投，交游甚厚。至如今我归正道，他还是邪魔。"

七十三回：

> 毗蓝婆道："你当年大闹天宫时，普地里传了你的形象，谁人不知，那个不识？"行者道："正是好事不出门，恶事传千里，象我如今皈正佛门，你就不晓的了！"毗蓝道："几时皈正？恭喜！恭喜！"

如此等等。

另一类与唐僧“脱胎换骨”的描写有几分相似，都是要挑明一下“自我救赎”的题旨，如一百回：

> 孙行者却又对唐僧道：“师父，此时我已成佛，与你一般，莫成还戴金箍儿，你还念什么《紧箍咒》掯勒我？趁早儿念个松箍儿咒，脱下来，打得粉碎，切莫叫那什么菩萨再去捉弄他人。唐僧道：“当时只为你难管，故以此法制之。今已成佛，自然去矣，岂有还在你头上之理！你试摸摸看。”行者举手去摸一摸，果然无之。

困扰孙悟空十几年，多次要求“松褪”而不得的“紧箍（咒）”，当他到达西天完成功业时，竟然自动、自然地消失了。这一笔具有双重的意味：一重是躁动的“心猿”已经驯顺，无需“紧箍”，故“紧箍”自消；另一重是，“自赎”完成，无需继续惩戒，故“紧箍”自消。

这些文字的叠加强化了全书“自我救赎”的题旨——至少从总体来看，应无疑义了。

有一个匪夷所思的比较研究，似乎对于这一阐释的思路有些启发。

十九世纪末，美国作家弗兰克·鲍姆的长篇童话《绿野仙踪》，讲的是一个女孩子多萝西和四个同伴——铁皮人、稻草人、小胆狮与小狗托托，西行去翡翠城求见大魔法师奥芝，请求他帮助自己解决各自的“人”生难题的故事。而奥芝其实并没有能力真正帮助他们。但这五众在艰难的旅途中应对各种危机得到了锻炼，经过自己的努力，几乎都有了“脱胎换骨”的变化，而他们各自的“人”生难题也在不知不觉间解决了。

五众西行，自我救赎，童话色彩——这都使得二者具有一定的可比性。由此可比性深挖下去，在文化比较的意义上，应该大有文章可做。不过，那不是本书的“任务”。在这里提及这本似乎毫不相干的作品，只是着眼于在阐释思路上可能具有的相互发明的意义。

二

以上讲的是“俯瞰”，是强调对作品整体观照的文本阐释。

但是，《西游记》毕竟是一部百回的长篇巨著，而且是二三百年间累积而成，所以其中有些部分具有相对独立的性质，如一到七回的孙悟空出身、学艺、大闹天宫的故事，又如《西游证道书》的“陈光蕊赴任逢灾　江流僧复仇报本”等。

另外，文学作品的意义生成要在作者、文本与读者三方面的互动中实现。读者的阅读既有被文本引导的一面，也有主体“强行”介入的可能。在复杂的、含混的文本面前，后者的概率明显增加。

于是，一部长篇小说的阐释，整体的观照，追求全书的逻辑圆通是必要的，甚至可以说是首要的。而局部相对独立的阅读体验也不能完全排斥。如果把《西游记》比作一条宏大、雄奇的山脉，全景的“航拍”之外，深入峰峦之间，变换着角度观察、欣赏不同的景致，也是不可或缺的补充。

就以小说前七回的悟空出身传——或突出重点称为“大闹天宫”来讲，就存在多种解读，而且各有其合理性，也都在读者中产生很大的影响。

一种是从阶级斗争、政治生态角度的解读。如北京大学中文系出版于1978年的《中国小说史》：

> 人民群众……热情洋溢地欣赏和赞扬这种行为。经过群众长期加工改造，闹三界的孙悟空就逐步变成了一个正面的英雄。
>
> （闹天宫）这段故事写得如火如荼，有声有色。它有力地显示出：反抗神佛并不是什么“欺天罔上”的罪行，面是理直气壮的正义行动。然而孙悟空……后来听从观音的劝告，表示愿意“痛改前非”，于是被戴上紧箍儿，保唐僧去西天取经。……企图说明孙悟空造反必然会受到惩罚，只有向统治者投降和为他们卖命，才是唯一的出路。[①]

---

① 《中国小说史》，人民文学出版社，1978年，第138—139页。

“人民群众”“群众加工改造”云云，是那个时代特有的印记，今天可以置之不论。它讲大闹天宫一段“如火如荼，有声有色”，也符合作品的实际，但由于缺乏对全书的整体把握，又过度运用社会学阶级分析的方法，以致得出了作品在主张“向统治者投降和为他们卖命”这样生硬的结论。

时隔二十年后，出版于1998年的林辰著《神怪小说史》对这种解读作了一番归纳：

> 新中国成立后……首先是五十年代盛行的“造反说”以及“反抗说”“革命说”“起义说”，基本上可归纳为一说，即以孙悟空大闹天宫为依据，歌颂其造反精神，称赞其反抗性格，借以指出它反映了古代农民起义的革命斗争。
>
> 另一极端，出现了“镇压说”，即认为《西游记》是一部镇压农民起义的反动书——此说似乎也振振有词：孙悟空那么有本领，闹天宫又如何，还不是被如来佛一掌，压在五行山下五百年，终于老实了，忏悔了，归正了，这岂不是警告农民起义者，或像孙猴子那样投降，或像牛魔王那样灭亡。①

林著更清晰地指出了此类观点的核心，即把大闹天宫看作是农民起义的反映，歌颂也罢，警告也罢，都是从这个基本认识出发的。林先生对这种认识，以及生发出的两种相反观点都是不以为

① 林辰：《神怪小说史》，浙江古籍出版社，1998年，第300页。

然的。这也代表了近二三十年学术界一般的态度。

不过，问题可能不是简单的是或非、肯定或否定那么简单。

北大版《中国小说史》成书于半个世纪前，有些非学术的提法大可不必深究。不过说到“（闹天宫）这段故事写得如火如荼，有声有色”的评价，应该讲还是比较准确地反映了大多数读者的真实阅读感受。如果有一份问卷：阅读《西游记》最喜欢哪一段？印象最深的是哪一段？相信大多数回答是“大闹天宫”。这就值得来研究一番：原因何在？

对于一般读者而言，作者讲述一段故事，其叙事态度如何往往直接决定了接受者的感情态度。如《水浒传》写的是打家劫舍的“强盗”，但作者开篇就写王进的无辜受害，与高俅的小人得志恶行，一下子就把读者的同情心调动起来。《西游记》“大闹天宫”一段也当作如是观。作者笔下对孙悟空种种“捣乱”行径并无反感，源于作者讲述时完全持同情、欣赏的态度，只是让读者觉得痛快、有趣，而毫无“错误”“罪过”的感觉。如第四回写孙悟空初到天庭的一段：

悟空挺身在旁，且不朝礼，但侧耳以听金星启奏。金星奏道：“臣领圣旨，已宣妖仙到了。”玉帝垂帘问曰：“那个是妖仙？”悟空却才躬身答应道：“老孙便是。”仙卿们都大惊失色道：“这个野猴！怎么不拜伏参见，辄敢这等答应道：‘老孙便是！’却该死了，该死了！”玉帝传旨道：“那孙悟空乃下界妖仙，初得人身，不知朝礼，且姑恕罪。”众仙卿叫声：“谢恩！”猴王却才朝上唱个大喏。

玉帝形象就是人间皇帝的投影。臣下见君，有所谓“三拜九叩”“扬尘舞蹈”之类的说法。这也是封建专制时代森严等级制度的最高、最突出的表现。这种制度既有维护秩序的功能，也天然带有强化不平等、束缚个体灵性的负面作用。孙悟空的一声“老孙便是”给读者带来的解放之愉悦，可与狂禅著名的“我子天然”相互映衬。

另外，孙悟空的“大闹”，带有他的猴子“底色”，从而显示出浓厚的童话色彩，唤醒读者的童心，使读者但觉其有趣。如第五回写偷蟠桃与盗仙丹的两段：

一日，见那老树枝头，桃熟大半，他心里要吃个尝新。奈何本园土地、力士并齐天府仙吏紧随不便。忽设一计道：“汝等且出门外伺候，让我在这亭上少憩片时。”那众仙果退。只见那猴王脱了冠服，爬上大树，拣那熟透的大桃，摘了许多，就在树枝上自在受用。吃了一饱，却才跳下树来，簪冠着服，唤众等仪从回府。迟三二日，又去设法偷桃，尽他享用。

葫芦里都是炼就的金丹。大圣喜道：“此物乃仙家之至宝。老孙自了道以来，识破了内外相同之理，也要炼些金丹济人，不期到家无暇。今日有缘，却又撞着此物，趁老子不在，等我吃他几丸尝新。”他就把那葫芦都倾出来，就都吃了，如吃炒豆相似。

猴子吃桃，似乎是天经地义。吃仙丹“如吃炒豆相似”，也是童趣盎然。甚至后文第六回写孙悟空大战二郎神，本是生死相搏的紧张场面，作者也是以童趣之笔来描写：

那大圣趁着机会，滚下山崖，伏在那里又变，变一座土地庙儿：大张着口，似个庙门；牙齿变做门扇，舌头变做菩萨，眼睛变做窗棂。只有尾巴不好收拾，竖在后面，变做一根旗竿。真君赶到崖下，不见打倒的鸨鸟，只有一间小庙，急睁凤眼，仔细看之，见旗竿立在后面，笑道：是这猢狲了！他今又在那里哄我。我也曾见庙宇，更不曾见一个旗竿竖在后面的。断是这畜生弄喧！他若哄我进去，他便一口咬住。我怎肯进去？等我掣拳先捣窗棂，后踢门扇！”大圣听得，心惊道：“好狠！好狠！门扇是我牙齿，窗棂是我眼睛。若打了牙，捣了眼，却怎么是好？”扑的一个虎跳，又冒在空中不见。

按说以孙悟空的神通，不会出现“尾巴不好收拾”的窘境，但这么一写，类似儿童的思维方式就给神魔斗法涂染了游戏的、趣味的色调。

还有更重要的一点，是写孙悟空的“闹”源于所受到的不公待遇，是玉帝等天庭神仙们欺骗手段酿出的后果。孙悟空的神通与能力本已崭露头角，太白金星奏报玉帝明确提到他“修成仙道，有降龙伏虎之能”，可是被招上天庭却只是安排了一个“弼马温”——因为初衷便是“籍名在箓，拘束此间”，“若违天命，就此擒拿”，并非要用其贤能。而孙悟空并不知道这一内幕，上天之后尽职尽责，直到发现了真相：

> 这猴王查看了文簿，点明了马数。本监中典簿管征备草料；力士官管刷洗马匹、扎草、饮水、煮料；监丞、监副辅佐催办。弼马昼夜不睡，滋养马匹。日间舞弄犹可，夜间看管殷勤：但是马睡的，赶起来吃草；走的捉将来靠槽。那些天马见了他，泯耳攒蹄，都养得肉肥膘满。不觉的半月有余。
>
> “……这样官儿，最低最小，只可与他看马。似堂尊到任之后，这等殷勤，喂得马肥，只落得道声‘好’字；如稍有些尫羸，还要见责；再十分伤损，还要罚赎问罪。”（第四回）

于是，孙悟空不辞而别。其实，这一次他并没有“闹”，只是不满待遇“自炒鱿鱼”而已。但是，却招来了天兵天将的征讨。征讨失败之后，有了二次招安，可玉帝们却又重蹈覆辙，依然走欺骗的路线：

> 班部中又闪出太白金星，奏道：“那妖猴只知出言，不知大小。欲加兵与他争斗，想一时不能收伏，反又劳师。不若万岁大舍恩慈，还降招安旨意，就教他做个齐天大圣。只是加他个空衔，有官无禄便了。”玉帝道：“怎么唤做‘有官无禄’？”金星道：“名是齐天大圣，只不与他事管，不与他俸禄，且养在天壤之间，收他的邪心，使不生狂妄，庶乾坤安靖，海宇得清宁也。”玉帝闻言道：“依卿所奏。”（第四回）

正是这一笔又一笔的渲染，把玉帝代表的天庭推到了道义的反面，使读者对齐天大圣的“大闹”有了同情之心，有了欣赏之趣。

比《西游记》略早的一部戏剧作品有助于我们理解上述“大闹天宫”的叙事态度，就是李开先的《宝剑记》。剧本重点写朝廷奸佞当道，贤能之士被排斥、迫害，终于“逼上梁山”。该作品系嘉靖前中期，历经数人之手，成稿于李开先。一经演出，便产生了很大影响。由于时代相近，在理解作品方面，与“大闹天宫”可以说也构成某种互文的关系。

其实，即使说“大闹天宫”有农民造反的影子，也不是无稽之谈。且不要说整个封建专制时代，此类造反此起彼伏，成为我国历史的一个特色。就说《西游记》成书的前夜，当时的思想界领袖王阳明主要的一个功业就是平定赣粤几宗“悍匪”。据《明史·王守仁传》：

十一年八月，擢右佥都御史，巡抚南、赣。当是时，南中盗贼蜂起，谢志珊据横水、左溪、桶冈，池仲容据浰头，皆称王。与大庾陈曰能、乐昌高快马、柳州龚福全等，攻剽府县。而福建大帽山贼詹师富等又起。前巡抚文森托疾避去。志山合乐昌贼掠大庾，攻南康、赣州。赣县主簿吴玼战死。①

其中主要的几支造反势力都有数万人马，占据山头，“皆称王”。池仲容称“金龙王”，谢志珊则称“征南王”。下属封为元帅、都督、总兵等。另据谷应泰在《明史纪事本末·平南赣盗》中记载：

正德浊乱，群盗蠭起，而江西之盗有五：大帽山者号赣贼，仙女寨、鸡公岭者号华林贼，玛瑙寨、越王岭者号靖安贼，王浩八为桃源贼，乐庚二、陈邦四为东乡贼。自江西副使周宪战死华林，总督陶琰再抚浩八……江西之贼复有四：蓝天凤等为左溪贼，谢志珊等为横水贼，钟景等为桶冈贼，池大鬓等为浰头贼……而当时议者动思言抚，此何异招麋鹿于金镳，呼亡猿于朱槛？有踯躅倘徉去之惟恐不速耳。抚不就而用剿，征调狼达，兼招苗峒，……岂久安长治之道也哉！②

① 《明史》卷一百九十五，《王守仁传》，第5160页。

② 谷应泰：《明史纪事本末》卷四十八“平南赣盗”，《四库全书》史部三纪事本末类。

“议者动思言抚”，“踯躅倘徉去之惟恐不速”云云，与《西游记》招安猴王，猴王招而复去之情节何其相似！至于前有四盗，后有五贼，也和小说描写的“齐天大圣”“平天大圣”“混天大圣”“驱神大圣”差相仿佛。再看王阳明正德十二年（1517）底的《横水、桶冈捷音疏》：

> 大贼首蓝天凤、谢志珊等，盘据千里，荼毒数郡，僭拟王号，图谋不轨，基祸种恶，且将数十余年，而虐焰之炽盛，毒流之惨极，亦已数年于兹。前此亦尝夹剿，曾不能损其一毛；屡加招抚，适足以长其桀骜。[①]

可知这种局面延续了数十年。而且朝廷也是时剿时抚，“反贼”也是有的接受招安，有的受而后叛——“屡加招抚，适足以长其桀骜”。这些情况经思想领袖王阳明介入，并写进自己的文集，对当时的朝野舆论之影响可想而知。将其视为“大闹天宫”书写时的社会背景，当是没有什么问题的。

三

循此思路，不妨继续简单考察一下近二三十年来学界对于《西游记》题旨的一些观点，揭示其“合理内核”之所在。

① 王阳明：《王阳明全集》，上海古籍出版社，1992年，第349页。

如思想文化潮流角度的解读，把阳明心学与《西游记》的题旨联系起来。这方面的研究也有多种不同的切入点，如挖掘吴承恩与心学人物的交游关系，又如指“心猿”为心学影响《西游记》创作的显证等。兹举一例：

> “心猿”不但在回目中出现，小说正文中也反复出现，这正说明小说受到当时社会盛行的阳明心学的影响，否则我们就很难理解作者不用更为贴切的“猿猴”抑或“猴子”等类似词汇，而一定要用与“心学”一样的“心”当头的“心猿”两字来构想。诚然，小说《西游记》和阳明心学之间的密切联系，不仅仅表现于作者在回目上的这番良苦用心，而且还体现在小说呈现出来的最根本的思想精神，对于这种最根本的思想精神的认识，学界历来众说纷纭。笔者以为，“孙悟空的形象出现于明代中后期并非偶然，它与当时社会个性解放精神息息相通”当是说到了点子上。作者虽未明说，但已隐约透露了与阳明心学之间的关系。[①]

我们在前面的第三讲专门考察了“心猿”的来历，这里指“心猿”来自心学自属望文生义。但是，把阳明心学视为《西游记》的思想文化重要背景因素，却是毫无问题的。

关于阳明心学，自然是个绝大的题目，这里不可能展开。不

① 张蕊青：《〈西游记〉之“心猿”及其文化根源》，《上海金融学院学报》2009年第6期。

过，只需摘录几条阳明及其后学的言论，其与孙大圣精神相通之处便跃然于纸上了。如：

我的灵明便是天地鬼神的主宰：天，没有我的灵明，谁去仰他高！地，没有我的灵明，谁去俯他深！鬼神，没有我的灵明，谁去辩他吉凶灾祥！

曾点飘飘然，不看那三子在眼，自去鼓起瑟来，何等狂态！及至言志，又不对师之问目，都是狂言。……圣人乃复称许他，何等气象！

我今信得这良知，真是真非，信手行去，更不着些覆藏。我今才做得个狂者的胸次，使天下之人都说我行不掩言也罢。

狂者……真有凤凰翔于千仞之意。[①]

“我”的大无畏气概，以及对“狂者”“狂言”“狂态”的高调称扬，都与我们在阅读大闹天宫时的感受，有着气息相通之处。王阳明的这种“狂者”精神在其后学那里不仅得到传承，而且又有发展。《明儒学案》称：“阳明先生之学有泰州、龙溪而风行天下……泰州之后，其人多能以赤手搏龙蛇。传至颜山农、何心隐

①《王阳明全集》上海古籍出版社，1992年，第124、104、116、1288页。

一派，遂复非名教之所能羁络矣。”其狂放程度变本而加厉，乃至于“非名教之所能羁络”。这种情况在李卓吾那里也有突出的表现。李卓吾是隆庆到万历间接踵王阳明的思想领袖。他同样称道“狂狷”，一如阳明当年：“论载道而承千圣绝学，则舍狂狷将何之乎？”而他又更进了一步：

> 豪杰之士亦若此焉尔矣。今若索豪士于乡人皆好之中，是犹钓鱼于井也，胡可得也！……古今贤圣皆豪杰为之。非豪杰而能为圣贤者，自古无之矣。①

> 林道乾固横行自若也……然林道乾犹然无恙如故矣。称王称霸，众愿归之，不肯背离。其才识过人，胆气压乎群类，不言可知也。设使以林道乾当郡守二千石之任，则虽海上再出一林道乾，亦决不敢肆……必如林道乾，乃可谓有二十分才，二十分胆者也。②

这个林道乾是个大海盗，“称王称霸”于闽、粤海上十数年。李卓吾极口称赞其才能，称道其人格魅力，谓其“有二十分才，二十分胆者也”。这种离经叛道的观点也可谓“有二十分胆者”了。

王阳明活跃于正德到嘉靖前期，李卓吾活跃于隆庆到万历前

① 李贽：《与焦弱侯》，《焚书 续焚书》，中华书局，1975年，第4页。

② 李贽：《因记往事》，《焚书 续焚书》，第156页。

期，二者之间的半个多世纪，正是世德堂本《西游记》酝酿、写作与刊刻的时段。把二者的思想主张、精神气质看作《西游记》产生的大背景，绝无问题——只是不可胶柱鼓瑟，一定要落实到哪个人物、哪个词语的联系上。

此外，还有一些观点，可能有一枝一节的道理，对于一部以奇幻见长的大书，至少可以增加阅读的趣味。

如从文艺心理学的角度来讨论，引入“母题”分析的方法，把大闹天宫的旨趣解读为“失败的英雄”“受难的英雄”。论者把反抗天庭的孙悟空与盗息壤的鲧、被天帝斩首而抗争不止的刑天，甚或还有希腊神话中的普罗米修斯进行比较，提出“反抗——失败——不屈”的“母题”要素。此说抓住了大闹天宫情节的某些要义，但由于和全书的“救赎”题旨明显冲突，所以只能是作品鉴赏时一个可讨论的思路。

又如借鉴精神分析学说，提出作品的性隐喻旨趣——在国外的研究者中尤为多见。按照这种思路，把孙悟空使用的金箍棒、居住的水帘洞，甚至太上老君的八卦炉，都赋予了性心理的隐喻含义。在一般读者看来，这种方法似乎有牵强附会、走火入魔的嫌疑。从全书来看，这种嫌疑是很难“洗白”的。但是，在某些局部，也并非空穴来风。如小西天一段，假扮佛祖的黄眉大王威力无穷的宝贝叫作“人种袋”，不无遐想的空间。《西游证道书》中汪象旭就此批道：“后天袋中，装进多少人物！”又如《后西游记》写小行者使金箍棒大战不老婆婆的玉火钳，性隐喻的色彩便十分显豁了。可见其作者正是从隐喻角度理解《西游记》的金箍棒之类内容。其实，在明清通俗小说中，作者弄些小狡狯，穿插一些色情话语到作品中，是很普遍的现象。注意到这种地方，也无伤大雅。只是不要把偶尔、局部的内容随意放大——那就走火入魔了。

还有认为《西游记》主体部分就是童话，理由是一个猴子、一头猪，动物而有人的言语、行为，符合于童话的最基本特点。说《西游记》带有童话色彩，甚至说《西游记》有童趣、童心，都是不错的。但如果就此视之为童话或类童话，则失之千里了。

《西游记》研究史上，还有一个曾纠缠不休的问题，就是孙悟空的原型。二十世纪二十年代，胡适等“洋务派”提出，印度长篇史诗《罗摩衍那》中有一神猴哈奴曼，有若干特征与孙悟空近似，故孙悟空当为“进口货”。鲁迅则认为其原型为淮河水怪无支祁，也举出若干近似的特征，被戏称为“国货”派。还有认为乃“胡僧石磐陀”或“释悟空”的演变。二十世纪八十年代初，又有学者提出“混血猴”的观点，主张是“土洋融合”的产物。这些观点各执一词，互不相下，一个共同的问题是把《西游记》，尤其是其中的主角孙悟空，看成是某一作者一次性构思创作的。但实际情况却是，《西游记》的成书经历了漫长的演化过程——如本书所追溯。那些多变的取经故事，与随这些故事而丰满的孙悟空、猪八戒形象，乃是在这一过程中进入了开放的文本系统之中。至于哈奴曼的元素、无支祁的元素，都有可能直接或是间接（应该说，间接的可能更大些）汇流而入。而“心猿”之类的哲理含义同样是逐渐融入、渗入“西游”故事的机体之中。对此，执一或是排他，都是没有意义的做法。除非有新的重要的文献发现，这类问题的学术性讨论都是应该画上问号的。

刘勰《文心雕龙·辨骚》谈及对《离骚》的多元解读云：“才高者菀其鸿裁，中巧者猎其艳辞，吟讽者衔其山川，童蒙者拾其香草。”鲁迅《〈绛洞花主〉小引》谈及《红楼梦》时讲：“经学家看见《易》，道学家看见淫，才子看见缠绵，革命家看见排满，流言家看见宫闱秘事。”前者强调读者的思想文化水平决定了对《离骚》理解的深度，后者指出读者的先行经验决定了对《红楼梦》接受的角度。其实，只要是复杂的文学作品，都必然引发不同读者的歧见。

“横看成岭侧成峰，把玩之趣在其中”——《西游记》正是这样一部书。